LUGARES SOMBRÍOS

Thomas H. Cook

Lugares
sombríos

Traducción de
Óscar L. Molina

Argentina • Chile • Colombia • España
Estados Unidos • México • Uruguay • Venezuela

Título original: *Places in the Dark*
Editor original: Bantam Books, an imprint of the Bantam Dell Publishing Group, a
                     division of Random House, Inc.
Traducción: Óscar L. Molina

Published by arrangement with Bantam Books, an imprint of the Bantam Dell
Publishing Group, a division of Random House, Inc.

© 2000 *by* Thomas H. Cook
© de la traducción, 2003 *by* Óscar L. Molina
© 2003 *by* Ediciones Urano, S. A.
    Aribau, 142, pral. - 08036 Barcelona
    www.umbrieleditores.com

ISBN: 84-95618-53-2
Depósito legal: B. 8.501 - 2003

Fotocomposición: Ediciones Urano, S. A.
Impreso por Romanyà Valls, S. A. - Verdaguer, 1 - 08760 Capellades (Barcelona)

Impreso en España - *Printed in Spain*

Este libro está dedicado a
Irvin y Lucille Harris
Vena y T. L. Gilley
Duard y Violet Harper
Emory y Ruth Harper
Nell y Starling Davis
Mickie y Virgil Cook
Lillian y Julian Ritter
Noma y Leon Townsel
Jetta y Rayford Carson
Sal de la Tierra

y a
Brian Furman
De regreso, para ti, en papel

En cualquier pueblo se sabe muy bien
cuántos han muerto de amor
o se han marchado voluntariamente;
no necesito trabajar para probarlo.
La muerte es la catástrofe común
de esas personas.

Robert Burton
Anatomía de la melancolía

PRIMERA PARTE

Port Alma, Maine
1937

1

Más que nadie que haya conocido, mi hermano Billy sentía las veloces alas del verano, cómo se precipitaba cual pájaro entre los árboles de Maine, jugueteaba en los arroyos y en las charcas, y después remontaba el vuelo, brillante y reluciente, dejándonos atrás tiritando con nuestros abrigos y pañuelos.

En uno de esos fugaces días de verano salvó la vida de Jenny Grover. Había construido una balsa de madera, con troncos desechados por el aserradero local, y llenado el espacio entre las tablas con lodo y harapos. Me pidió entonces que le ayudara a llevarla donde el arroyo Fox se ensancha y ahonda y la corriente otra vez se torna turbulenta, justo después del recodo tras el cual corre impetuoso a precipitarse a las cataratas Linder.

—Voy a atravesarlo entero —declaró. Tenía doce años. Iba sin camisa, descalzo, vestido solamente con un par de pantalones recortados.

—Se va a hundir, Billy —le advertí—. Verás que se hundirá como una piedra.

Se reía.

—Si se hunde, nadaremos.

—¿Nadaremos? Yo no iré en esa cosa.

—Oh, vamos, Cal.

—No —dije—. Mírame.

Al revés de Billy, estaba completamente vestido. Mi única transacción con el verano era un par de sandalias.

—Está bien —dijo—. Puedes volver a casa.

—No, te voy a esperar.

—¿Por qué?

—Porque alguien te tendrá que sacar del agua. Por eso vine. A salvarte la vida.

No era exactamente una broma. Cinco años mayor, hacía mucho que había asumido el papel de custodio, de hermano protector, seguro de que durante toda la vida estaría presente para cuidarlo. Ya lo había sostenido cuando se caía de escaleras y sillas, y apartado de hogueras, y evitado que se cogiera los dedos en puertas a punto de cerrarse. Una vez me las había arreglado para bajarlo de un pony y depositarlo a salvo en tierra. Mi madre me había reñido entonces. «No puede evitar hacerse daño, Cal», me dijo. «La próxima vez deja que se caiga.»

Era el tipo de afirmación que a esas alturas esperaba siempre de mi madre, que valoraba mucho la experiencia, sobre todo si es dolorosa.

Sin embargo, no era la clase de consejo que aceptaba. Ni sería el que iba a seguir ahora. De ningún modo dejaría que mi hermano se hundiera en el estanque Fox.

—Cuidado, Billy —le advertí mientras él subía a la balsa, hendía las aguas con su remo de madera y se internaba en la corriente—. Hay rápidos después de la curva.

Le brillaban los ojos.

—Te vas a arrepentir de no venir conmigo.

—No.

—Siempre te pierdes lo mejor, Cal.

Le indiqué el hilillo de agua que ya se filtraba en la balsa.

—¿Como ahogarse?

Su sonrisa era una luz que apuntaba al mundo.

—Como *casi* ahogarse —respondió—. Te veo al otro lado, Cal.

Y empujó otra vez el palo contra el fondo rocoso, esta vez con todas sus fuerzas. La balsa saltó adelante y dejó detrás una estela y remolinos.

Lo contemplé flotar en la corriente y empecé a correr hacia el desvencijado puente de madera que la atravesaba.

Billy ya había completado un tercio de su camino por el agua cuando llegué al puente. Ahora remaba con furia, tratando de alcanzar la otra ribera antes de que la improvisada embarcación se hundiera bajo él. Me sonrió y saludó en medio del arroyo.

—¿Lo logrará? —pregunté a gritos, cada vez más angustiado.

—Seguro que sí —me contestó sin aliento. La balsa todavía flotaba, pero apenas sobresalía del agua.

Salté del puente y corrí por el borde del agua. Billy ya había cruzado los dos tercios y sonreía, triunfante, porque la balsa seguía flotando.

—¡A tierra! —le grité.

Se rió un momento, pero se interrumpió. Clavaba la vista en algún punto lejano.

En ese instante apareció por debajo del puente Jenny Grover, presa de pánico y aferrada a una negra cámara de caucho. Se movía a gran velocidad por aguas nada tranquilas y que inevitablemente la arrastrarían por la turbulenta superficie que había entre el puente y las aguas letales que la esperaban tras el recodo, aguas que en pocos minutos la empujarían a las cataratas Linder.

La terrible verdad me golpeó instantáneamente. Jenny Grover, de cinco años, iba a morir. Era un hecho irrefutable. Podría lanzarme al agua y tratar de interceptarla, pero ella atravesaría mucho antes cualquier punto donde pudiera alcanzarla. Nada había entre Jenny y las cataratas, nada que pudiera retener la cámara de caucho o dirigirla a la ribera.

Nada, es verdad, a excepción de mi hermano.

Me volví y comprobé que seguía en el mismo lugar, con el remo inmóvil en la mano, la balsa hundiéndose, la mirada fija en Jenny Grover. Supe de inmediato lo que estaba pensando.

—¡No! —grité—. ¡No!

Me miró, la luz del sol le brillaba en el pelo húmedo; se volvió y se lanzó de cabeza al agua, una cosa reluciente, graciosa, fugaz, el pájaro blanco del verano.

Me sentí temblar el corazón, emerger la pasión en una plegaria silenciosa, brillante. *¡Vive!*

Entonces me lancé yo mismo al arroyo, nadé como un loco hacia Billy, que seguía alejándose sin dejar de azotar con los brazos el agua turbulenta, golpeándola con todas sus fuerzas, acercándose a Jenny Grover.

Llegué a la balsa cuando él llegaba donde ella, le vi aferrar la negra cámara y nadar hacia atrás, arrastrarla.

—La alcancé —me gritó. En su voz había un gozo extraño, exultante.

Entonces nadé hacia él, agarré la cámara y juntos la empujamos a la ribera.

Ya en tierra, Jenny lloró suavemente, sujeta con fuerza por los brazos de Billy.

—Eres un héroe, Billy —le dije.

Me miró con ojos chispeantes.

—Un verdadero héroe —repetí.

Mi padre consideró de otro modo lo que había hecho Billy y cometió el error de declararlo esa misma tarde cuando la cena estaba por terminar. No bien concluí de contar toda la historia, la balsa de Billy, su navegación por el arroyo Fox y cómo se había lanzado al agua y arrancado a Jenny Grover del camino de la muerte.

Mientras terminaba, Billy miró a nuestra madre, confirmó que estaba sin duda orgullosa de lo que él había hecho y enseguida miró a nuestro padre, a la espera de una reacción semejante.

Pero se encontró con una expresión dura, solemne, con unos ojos oscuros.

—¿No crees que fuiste irresponsablemente temerario, William? —preguntó mi padre.

Billy lo miraba a punto de decir algo.

Presentí problemas, dejé el cuchillo y el tenedor, esperé.

—Tienes que pensar antes de actuar —dijo mi padre—. Para eso tienes la cabeza. —Se golpeó la frente con los dedos, para destacar el punto—. Te sirve para controlar los impulsos. Si no le haces caso…

—¿Qué le estás diciendo, Walter?

Era la voz de mi madre, firme, decidida, una espada que se suscitaba en el aire, entre ellos.

Supe que la vieja batalla estaba por volver a estallar, mi padre al mando de la impasible fuerza de la razón, y mi madre, comandante de las orgullosas legiones de la pasión. Así había sido por años, aunque el fin parecía establecido y el botín de guerra dividido: yo la dura moneda de mi padre, y Billy el dorado tesoro de mi madre.

—¿Qué sucede, querida? —respondió mi padre, con un tono no tan condescendiente como en busca de apagar el fuego que había encendido involuntariamente. Era el tono que yo ya esperaba en esas ocasiones. Pues aunque mi padre podía parecer impresionante, un hombre de opiniones fuertes que sazonaba su charla con citas cultas, muy pronto había advertido que en realidad era curiosamente débil. Ante una confrontación siempre estaba dispuesto a retirarse, especialmente ante la figura formidable e inflexible de mi madre.

Ella le encaraba desde el costado opuesto de la mesa del comedor, con esos ojos azules, resueltos, que no cedían.

—¿Crees que Billy debió dejar que Jenny se ahogara? ¿Es eso lo que habrías hecho *tú*, Walter?

—Por supuesto que no.

—¿Y por qué no? ¿No habrías controlado cualquier impulso por salvarla?

—No tengo doce años, Mary —contestó mi padre. Me lanzó una mirada, pues suelo ser su aliado en esos momentos, pero no manifesté nada—. William pudo haberse ahogado. Ese es el punto. Pudo haber muerto. ¿Y eso te habría gustado *a ti*?

Mi madre, fiel a sí misma, prefirió no contestar a una pregunta que sabía puramente retórica.

—El punto verdadero no es si Billy pudo haberse ahogado —replicó—, es cómo debe vivir su vida.

—¿Y cómo? —preguntó mi padre, que entonces doblaba la servilleta y la dejaba cuidadosamente en la mesa junto al plato.

—Sin «controlar sus impulsos», por cierto —dijo mi madre.

—Mary, sólo quería precisar que…

—Sé muy bien lo que querías precisar.

—No estoy seguro de eso.

—Que Billy debe vivir como un cobarde.

—De ningún modo quise decir eso.

—Puedes arreglar las cosas como quieras, Walter, pero ya has dicho lo que has dicho.

Mi padre ordenó su tenedor, su cuchara, su cuchillo y su vaso de agua. Y dijo, con suavidad:

—¿Qué crees que debió haber hecho?

—Exactamente lo que hizo —respondió mi madre.

—¿Arriesgar la vida?

—Obedecer a su pasión —su mirada caía, orgullosa, en su hijo—. No siempre nos dirige la mente.

—Obedecer a su pasión —repitió mi padre, permitiéndose apenas un leve escepticismo en el tono de la voz—. Sin normas de ningún tipo.

Una sonrisa ligera, tímida, se insinuaba en sus labios.

—La voz del apóstata, querida.

Era una referencia a que mi madre había sido católica, pero hacía mucho que había rechazado la fe, reemplazando al Santo Padre por los poetas románticos, y los rigurosos mandamientos de la Madre Iglesia por esos versos apasionados.

—Llámalo como quieras —cortó mi madre.

—¿De verdad crees, Mary, que la pasión puede guiar una vida? —añadió mi padre, con un hilillo de voz.

Mi madre le clavó la vista, inflexible.

—Sí. Por supuesto.

—¿Y el corazón es la única instancia que debemos consultar? —preguntó mi padre, que ahora asumía una actitud profesional, como si tratara de neutralizar la confrontación que había empezado sin querer y que ahora sólo intentaba apaciguar.

—Sí.

Mi padre fingió pensar en la idea de mi madre.

—¿Y esto significa que William debió seguir el dictado de su corazón sin considerar las consecuencias?

—Sin «pensar» en las consecuencias —precisó mi madre, tensa.

—La pasión —reflexionó mi padre—. William debería dejar que la pasión sea su guía. Una idea muy noble, Mary. Nadie puede discutirla.

Movía la cabeza como con sabiduría y sonrió, conciliador.

—Me alegro que tengas esas ideas, querida…

Las señalaba y trataba de mostrar que, efectivamente, le parecían ideas serias.

—... Ideas románticas. Que tenemos que obedecer al corazón.

—¿Y a qué tendríamos que obedecer? —contraatacó mi madre.

Mi padre no respondió a la pregunta, pero continuó con eso de que «el bien triunfa sobre el mal».

—Así es, cuando te mantienes firme.

—Y el amor es eterno.

—Algún amor es eterno —dijo mi madre, mirando ahora a su hijo favorito.

—Y sólo hay un amor verdadero para cada uno de nosotros —concluyó mi padre.

—¿También dudas de eso, Walter? —preguntó mi madre, ya exasperada por la ligereza del tono—. ¿También desdeñas eso?

—De ningún modo.

La paz era ahora el único propósito de mi padre, y la verdad y la sinceridad meros obstáculos. Se puso de pie, una criatura en plena retirada, y le puso la mano en el hombro a Billy.

—Estoy completamente seguro de que para William sólo hay un amor verdadero.

Miré a mi hermano entre serio y burlón.

—Sólo uno, Billy —le dije.

Sonrió con esa sonrisa de niño.

Alcé la mano y apunté con el dedo a la ventana, al mundo de la noche que había allí detrás.

—Ella está allí, en alguna parte —me burlé, sonriendo abiertamente ahora, sin creer que existiera tal cosa para mi hermano, como no creía en las refulgentes sirenas de que hablan algunos viejos borrachos.

Y sin embargo, como he calculado desde entonces, ella acababa de cumplir ocho años ese verano, una niñita de profundos ojos verdes, ya tan verdadera, tan terriblemente en el mundo, que si yo hubiera extendido un dedo infinitamente hacia el oeste le podría haber tocado el largo cabello rubio.

2

A menudo pienso ahora en el momento más oscuro de la vida de ella, en cuánto la modeló y, al modelarla, nos modeló a Billy y a mí, configuró todo lo que sucedió después.

Contemplo a los niños mientras patinan sin rumbo en un estanque congelado, trazando círculos en el hielo, riendo mientras avanzan, sin nunca imaginar que corren sobre profundidades letales ni que sepultados en ellos mismos hay lugares en la oscuridad, hondos y ocultos, desde los cuales se despliega su destino.

Entonces de súbito pienso en Dora, y veo una niña pequeña corriendo por una casa a oscuras, acosada por un hombre de pelo espeso y blanco antes de tiempo, y por una adolescente de vaqueros rotos y ensangrentados. La niña encuentra la escalera, sube por ella tan silenciosa como puede y después se acurruca aterrada, arriba. Abajo, el hombre se detiene.

El haz de luz de su linterna barre las habitaciones de la planta baja de la casa y se estabiliza en los primeros peldaños de la escalera. La adolescente está a su lado, observando muda mientras el haz de luz sube con hambre por la escalera como si la luz misma hubiera sentido el olor de algo vivo.

La niña observa la luz que se le acerca, cierra con fuerza los ojos, aprieta las rodillas contra el pecho, se empequeñece cuanto puede, una bola ínfima de vida.

Allí está, dice el hombre.

Los pasos resuenan en la escalera. Un olor penetrante se le viene encima. Abre los ojos. La adolescente cuelga sobre ella como harapiento espantapájaros, mirándola; ahora el hombre está a su lado, una voz fría, práctica, extrañamente ceremoniosa.

Vuélvete.

La niña se vuelve, obediente, sobre su estómago, y aprieta las mejillas contra el polvoriento suelo de madera. Unos dedos flacos le cubren la boca. Una mano sucia apaga sus gemidos.

Quieta.

Con un ojo alcanza a ver la sombra de un cuchillo moviéndose en la pared.

Una mano le alza la blusa hasta los hombros.

La hoja desciende. Otra voz le susurra al oído.

No va a doler.

Entonces la hoja hurga en la pálida piel de su espalda con veloces movimientos cortantes, como alguien que tallara abrazos y besos en la suave corteza de un árbol.

Estoy seguro de que Dora revivió ese momento muchas veces mientras avanzaba por las Montañas Rocosas y atravesaba las grandes praderas, utilizando los mismos caminos que más tarde yo recorrería tras las débiles pistas que tenía.

Llegó a la costa este, se quedó allí un tiempo y después se encaminó al norte, sin duda cruzó Nueva Inglaterra por la Nacional Uno. Finalmente, a fines de octubre, con las hojas en plena gloria otoñal, llegó a Port Alma, un pueblo aferrado a una costa rocosa, bordeado por un acantilado, provisto de un largo muelle de piedra y de una enjoyada isla en la bahía.

La leyenda local dice que Port Alma fue bautizado así por la esposa de un capitán de la marina. Billy estableció los hechos en una breve conferencia que dio dos días antes de cumplir dieciséis años. La sociedad de historia del pueblo se reunió a escucharle en el salón principal de la vieja biblioteca.

—Alma era la amante del capitán, no su esposa —explicó Billy—. Era una hermosa joven que vivía en Sevilla.

Según Billy, el capitán Brennan había navegado por el Guadalquivir a cargo de un barco mercante, en el siglo dieciocho, en busca de aceite de oliva y jerez español. La aristocracia local había agasajado al capitán, le había invitado a bailes y mostrado sus famosos jardines donde las flores cuelgan abundantes y olorosas de paredes blancas. Durante uno de esos largos y perfumados atardeceres, Brennan conoció a María Alma Sánchez. De diecisiete años. De piel morena. De pelo muy negro. Caminaron por las estrechas calles del barrio de Santa Cruz, y se besaron en la Torre del Oro, junto al mismo río de donde había zarpado Colón.

Y la historia se oscurece. La pareja se vio forzada a separarse. Y hubo cosas peores. El suicidio de Alma. El capitán Brennan, que sigue navegando. Al fin se estableció en una remota playa de Maine, donde levantó un pequeño centro comercial. Lo bautizó Port Alma.

—Fue un lugar perfecto para el capitán Brennan —concluyó Billy, gozando con el romanticismo de su historia, mirando a su madre, que le observaba complacida desde la primera fila—. Porque todos los demás lugares sólo le servían para recordar que había sacrificado el único amor verdadero de su vida.

Esa había sido la última frase de la charla de Billy. Y recuerdo que la señora Tolliver se enjugaba los ojos al final. Y, cosa extraña, el señor Tolliver la observaba, como si una vieja sospecha acerca de su esposa se estuviera concretando de súbito. No sé si mi hermano advirtió esa reacción, pero estoy seguro de que le habría gustado. Durante toda la vida, a Billy le encantó la idea de que la gente tenía secretos que guardaba celosamente como gemas en una bolsa de terciopelo, secretos preciosos, deslumbrantes, raros. Quizás ello le empujó inicialmente hacia Dora. No su belleza, sino la forma monstruosa en que la habían lesionado. No lo que le dejaba ver, sino lo que *ocultaba*.

—Fue una hermosa charla, Billy —dijo mi madre mientras los tres permanecíamos en la escalera del edificio, y la calle principal de Port Alma bullía con su habitual multitud de fines de semana. Sus ojos parecían dos suaves luces azules—. Muy bella.

—Gracias —dijo Billy, que sonreía, feliz—. Cal dará una charla el próximo mes.

Mi madre se volvió.

—¿Verdad? ¿Y de qué vas a hablar, Cal?

—De la desobediencia civil.

Se rió.

—¿Contra eso, supongo?

—Por supuesto.

Me apretó la mano contra la mejilla.

—Hijo de tu padre —dijo, sonriendo, radiante e indulgente, y se volvió hacia Billy—. Bueno, felicitaciones. Fue una charla encantadora.

Descendió la escalinata, giró a la izquierda y navegó majestuosamente por Main Street como un gran barco que atravesara un laberinto de embarcaciones menores.

—Está tan segura de sí misma —dije apenas la tuve a suficiente distancia—, tan segura de que tiene la razón en todo.

Billy dijo entonces, con una perspicacia que incluso en ese momento me pareció que no correspondía a su edad:

—Si no se sintiera así, no podría vivir. Se moriría, Cal. Se acurrucaría y se dejaría morir.

Después de ese intercambio fuimos a caminar un rato, siguiendo más o menos la ruta de mi madre a través de una ciudad en plena actividad, con gente que entraba y salía de las tiendas, y continuamos por la playa, que estaba cubierta de familias con niños que corrían en todas direcciones.

La multitud había menguado cuando llegamos al muelle. Nos detuvimos al borde y nos asomamos por encima de las enormes piedras grises.

—Parece la espina dorsal de un dragón —dijo Billy.

Observé el muelle y me pareció que tenía razón.

—Sí, así es.

Subió a las piedras y dijo:

—¿Qué piensas de nuestros padres? Me refiero al principio, a antes de la boda.

—No tengo la menor idea.

—No se pudieron haber conocido muy bien.

—Es probable que no.

—Quizá tiene que ser así, Cal, cuando te enamoras.

—Tiene que ser. En caso contrario no te enamoras.

—Eres igual a papá —me dijo, y me alargó la mano y me subió a su lado.

—¿En qué sentido?

—Por el modo como piensas todo.

—¿Y eso qué tiene de malo?

—Nada. Pero terminas destrozando todo. Trozo por trozo. Hasta que no queda nada.

—Y tú eres como mamá —le dije, mirando el costado del muelle, donde la espuma se elevaba y se retiraba entre las piedras—. Confías en todo.

Eché un vistazo al cielo. Durante toda la tarde una tormenta se había preparado al norte. Ahora nos acechaba casi encima, con nubes espesas, hinchadas, como un gas gris, venenoso.

—Mejor que volvamos —dije—. La lluvia está al caer.

Billy no me hizo caso, se volvió y caminó a grandes pasos hacia el extremo del muelle y allí se quedó, cara a la bahía, con el abrigo sujeto de los hombros, colgando como una capa.

Me subí el cuello y le seguí, contra el viento.

Se volvió de súbito, cuando estaba a punto de llegar junto a él. El viento le agitaba el pelo.

—Seguro que ella está allí, en algún lugar —me dijo, señalando tierra adentro.

Mantuve la vista en la bahía, donde un herrumbroso pesquero se arrastraba cansado mar adentro y desplegaba una estela blanca y desgreñada como la cabellera de una anciana.

—¿Quién es?

—La única —respondió Billy.

Le miré con ganas de burlarme.

—¿No recuerdas lo que dijiste? —me preguntó—. ¿Esa noche, después de lo de Jenny Grover? Dijiste que ella estaba «allí fuera, en algún lugar». Mi único amor verdadero.

—Estaba bromeando —le dije.

—Por supuesto que estabas bromeando —dijo Billy—. ¿Y si estuvieras en lo cierto, Cal? ¿Y si ella estuviera allí fuera?

Me daba cuenta de que mi hermano había llegado a creer que verdaderamente podía existir esa persona, un amor único, al que estaba destinado.

—¿Y bien? —preguntó.

Supe que durante los años que estuve lejos, estudiando en la universidad, le habían perseguido multitud de chicas del pueblo, terrenales, deseosas, destinadas a trabajar en las fábricas o al matrimonio. Según mi padre, no se interesó en devolver las atenciones de esas chicas por más evidentes que hubieran sido. Ahora sé por qué. El romanticismo se había convertido en su espada y en su escudo. En pocas palabras, no podía desear a quien no amara, y se había convencido de todo corazón que sólo amaría una vez.

—Si está allí fuera, espero que la encuentres —le dije, aunque no esperaba que pudiera.

—¿Y qué hay contigo?

—¿Conmigo?

—¿Nunca has pensado que allí fuera podría estar la chica que...?

—No —le dije, seguro. Y era verdad. Esas nociones vaporosas nunca me habían impresionado. Y en los últimos años me había concentrado exclusivamente en mis estudios de Derecho en Columbia, en pleitos, en las reglas del juicio civil, en contratos rotos, en demandas sin fundamento.

—Mamá cree que por cada persona hay...

—Estoy seguro de que lo cree —dije, cansado de súbito de esa charla—. Y debe de estar tan segura de eso como de cualquier otra cosa.

Billy estaba ahora sumamente serio.

—Sucede que yo también lo creo, Cal.

—¿De verdad?

—Sí.

No veía nada malo en aceptar las románticas suposiciones de mi hermano.

—Bueno, quizá tenéis razón.

Pero de ningún modo creía que pudieran estar en lo cierto. De hecho, nunca pensé en la posibilidad de que el único amor verdadero de mi hermano apareciera; ni de que se desvanecería no menos misteriosamente, a los ocho meses de presentarse en Port Alma, dejando tras ella rosas salpicadas de sangre, y en mí la implacable decisión de encontrarla.

3

Luther Cobb fue la primera persona con que hablé el día que empecé la búsqueda de Dora. Cobb había administrado la terminal de autobuses de Port Alma durante treinta años, y había visto infinidad de personajes siniestros llegar, dar unas vueltas y luego marcharse. Y, sin embargo, me miró con aprensión cuando llegué a verle, como si yo fuera un extraño. Me había acostumbrado a esa aprensión a esas alturas. Sabía que desde la muerte de Billy había adquirido un aspecto flaco y consumido, que, hubiera la luz que hubiera, de mí se desprendía la sombra de un predador.

Pasaron treinta y siete días desde la muerte de mi hermano antes de que empezara a buscar a Dora. Días terribles en que sentí retorcerse en mí los gusanos que de seguro se retorcían dentro de Billy, devoradores, duros, insaciables. Había dormido apenas, comido lo justo para mantener el cuerpo funcionando y la mente repitiendo y repitiendo la historia.

Y entonces, en el día número treinta y siete después de la muerte de Billy, decidí que debía poner término a esa situación, que no podía dejar que escapara. La orden pareció venir del aire frío que me rodeaba: *Encuéntrala.*

Luther Cobb fue mi primera parada en mi camino hacia Dora March.

—Buenos días, Cal —me dijo apenas acudí a la ventanilla.

Sin más preámbulos, le conté lo que quería, lo que estaba buscando.

—Dora March —dije, y en ese mismo instante la vi allí de pie, en la polvorienta terminal de autobuses de Port Alma, una figura espectral, vestida de sombra, con el rostro inexpresivo y unos ojos verdes, muertos.

—Dora March —Luther me miraba intensamente—. Qué personaje tan extraño resultó ser.

—¿Qué recuerdas de ella? —pregunté—. Me refiero al día en que llegó al pueblo.

—Vino de noche. Bajó sola. Cerca de medianoche según recuerdo. Y no te puedo decir mucho más. Sólo que nadie la recibió.

El rostro de Luther era suave, redondo como una moneda, con ojos hundidos y curiosamente agobiados. Su hijo Larry se había ahogado en 1911. Su bote se hundió y nunca lo recuperaron de unas aguas que según todos los testimonios estaban muy tranquilas. El misterio de ese niño perdido colgaba como un velo sobre los rasgos de Luther. No tenía la menor duda de que había pasado los largos años desde la muerte de su hijo en un infructuoso conjurar de posibilidades: asesinato, suicidio, una serpiente que emerge del abismo plácido. Mientras le observaba esa mañana, supe que, si Dora se me escapaba, quedaría encerrado para siempre en la misma prisión oscura.

—A esas horas de la noche uno espera que alguien reciba a una mujer sola —dijo Luther—. Pero nadie vino.

Se presentó un viajero en la ventanilla, de mediana edad, con un ajado sombrero que le cubría la frente. Pidió un billete para Rockport.

—Ahora vuelvo, Cal —me dijo Luther, y se marchó a vender al hombre un billete.

Me aparté y esperé.

Un altavoz pidió a los pasajeros que subieran al autobús de Portland. La gente se empezó a poner de pie, recogía su equipaje. Jóvenes y viejos cargaban bolsas de lona o luchaban con maletas, baúles, destartaladas cajas de cartón atadas con cuerdas. Me pareció que sólo en el sentido más estricto podían saber adónde iban.

—Se acercó a la ventana —dijo Luther después de entregar al hombre su billete y el cambio—. Quería saber dónde estaba el hotel más próximo. «Vaya justo enfrente», le dije, como siempre digo a cualquiera que me pregunta eso. «Y luego gire a la izquierda.»

La contemplé mentalmente mientras cruzaba ante la vieja máquina expendedora de Coca-Cola y después bajo el reloj de la terminal. El sonido de sus pasos me latía con suavidad en la cabeza.

—No dijo una palabra más —agregó Luther—. Sólo se encaminó a la puerta.

Una brisa avanzó por el suelo cubierto de linóleo, pasó sobre sus zapatos negros, planos, y luego giró sobre la pared de enfrente para hojear las páginas rotas de un viejo calendario.

—Había mucha niebla esa noche —Luther movía la cabeza—. No creo que pudiera ver las luces del hotel. Pero hacia allá se fue de todos modos.

La vi avanzar decididamente en la niebla, la vi como Luther la viera esa primera noche en Port Alma, una mujer apenas entrevista y enseguida devuelta a la sombra.

—Nunca la volví a ver —agregó Luther.

Yo la veía cada vez que cerraba los ojos.

—No dejaba una impresión perdurable.

Se quedó inmóvil un momento en la esquina. Entonces, de improviso, giró sobre sí misma para encararme, con los ojos llameantes, y pronunció su lúgubre advertencia: *Regresa.*

Lo único que podía hacer era no contestarle en voz alta: *No puedo.*

Así pues, seguí los pasos de Dora por la calle principal hacia el hotel Port Alma. Empezaba a caer una nieve ligera. Me recordaba lo que me había dicho una vez mi padre: si la vida funcionara como el clima, contaríamos con algún aviso de la tormenta inminente. Quizá fuera cierto, pero al mismo tiempo caí en la cuenta de que mi hermano no deseaba que las cosas fueran así de previsibles. Billy siempre había preferido, costara lo que costara, una vida de maravilla y sorpresa. «Me gustaría que cada día me golpeara como una piedra», me dijo una vez. En ese momento le había puesto el brazo en los hombros, le había apretado contra mí y murmurado: «William Corazón de León», y con esas palabras había sentido lo único seguro que sé en la vida: aunque viviera solo para siempre, sin mujer, sin hijos, por lo menos siempre habría una persona que verdaderamente he amado.

La nieve apenas me cubría el abrigo cuando llegué al hotel Port Alma. Antaño, en la época que los viejos llamaban los «tiempos de la ballena», el edificio había servido como tribunal del condado. La escalera que conducía a la segunda planta era ancha, con barandas de madera labrada que pulía todos los días Preston Forbes, el propietario actual. Era la única parte del hotel que mostraba un aura de elegancia. El resto del edificio languidecía, las alfombras estaban deshilachadas en los bordes, ajadas las cortinas de terciopelo. Había polvo en el aire, lo que daba al lugar un aspecto de agotamiento y falta de energía, como un hombre engañado una y otra vez, abandonado en altares y en jardines a la luz de la luna mientras la que ama se precipita para siempre en brazos de algún otro.

Pero a pesar de su apariencia desastrada, el Port Alma era el único hotel que teníamos. Dora no tuvo otra opción la noche que llegó.

Según Preston Forbes, la puerta estaba cerrada con llave. La mayoría de los huéspedes del hotel eran residentes de tiempo completo, no transeúntes. Por eso Preston se había sorprendido tanto al verla esa noche, una mujer sola que llega tan tarde cargando una estropeada maleta de cuero.

—Estaba de pie, allí, con su maleta en la mano —me dijo—. Nada que no hubiera visto antes, por cierto. Una mujer con una maleta.

Me observaba sin ocultar su curiosidad mientras sacaba mi libreta del bolsillo del abrigo, abría las páginas y empezaba a anotar.

—Así que tú mismo estás investigando, Cal.

Asentí en silencio, ahora hombre de pocas palabras.

Preston llevaba un viejo traje marrón, con los pantalones brillantes y la chaqueta salpicada de ceniza de cigarrillos. Los ojos, pequeños, le sobresalían un poco, tenía la nariz afilada y en punta, casi carecía de barbilla; un rostro, en suma, que parecía capturar fragmentos de cada cosa que miraba.

—Supe que renunciaste a tu trabajo con el fiscal del distrito. No te culpo. Porque vayas tras ella, quiero decir. Un extraño no se preocuparía tanto.

No podía imaginar qué podría sentir un extraño contemplando la ruina ensangrentada de mi hermano. ¿Qué extraño podía saber de su bondad, de su coraje, de la intensa esperanza que había inundado sus últimas horas o de cómo se había comprometido con ella hasta el último aliento?

—¿Está claro que ella lo hizo, Cal? —preguntó Preston.

La mente me presentaba las pruebas que había acumulado el sheriff T. R. Pritchart: las anotaciones de Dora en los libros de contabilidad del *Sentinel*, que ofrecían, con sus entradas fraudulentas, el único motivo que consiguió hallar. Le habían informado de las furiosas palabras que se escucharon en la vivienda de Dora cerca de la bahía, había visto el ensangrentado cuchillo de cocina en el suelo junto al cadáver de mi hermano, el anillo de oro y las rosas rojas también salpicadas con su sangre. Y habían visto a Dora, sentada rígidamente, atrás, en el autobús que salió esa misma tarde, y su maleta marrón en el portaequipajes; los ojos verdes le brillaban en la sombra.

—T. R. cree eso —dije.

Preston se encogió de hombros.

—Me gustaría ayudarte, Cal. Pero la verdad es que apenas tuve que ver con ella. Sólo tomé sus datos esa noche. Y eso es casi todo.

Me dijo que había escuchado el timbre que se utilizaba para llamar en las escasas ocasiones cuando alguien llegaba después de medianoche. Lo primero que pensó fue que la mujer había venido a visitar a uno de los ancianos que vivía en el hotel, a la señora Kenny o al señor Washburn.

—Pensé que podría ser una pariente lejana de alguien —buscaba las palabras para describirla adecuadamente—. Y tenía un aspecto... No diré que horripilante. Pero, bueno, como si nada bueno le hubiera sucedido nunca.

Cogió una caja de zapatos que había debajo de la ventanilla y empezó a revisar las tarjetas que había amontonado dentro.

—¿Cuándo debió de haber venido?

—A mediados de noviembre —le dije.

Siguió trabajando con las tarjetas y finalmente sacó una.

—Aquí está. Ahora me acuerdo. Le di la habitación diecisiete. —Me pasó la tarjeta—. No creo que te sirva de mucho, Cal, pero es todo lo que te puedo decir.

Dora firmó la tarjeta, pero dejó en blanco todo el resto. Su firma era muy pequeña y extrañamente quebrada, con el nombre roto en fragmentos, como algo aplastado con un martillo, una escritura tan diferente a cualquier otra que hubiera visto que cuando Henry Mason levantó la vista, sorprendido y asombrado, e hizo la pregunta: *¿Podría ser Dora?*, la mente me dio una respuesta instantánea que yo mismo no pude darme: *Sí*.

—Me ofrecí para llevarle la maleta —dijo Preston—, pero no aceptó. Parecía asustadiza. Como si creyera que le podía hacer algo malo.

—¿Hacerle qué?

—Quizá tocarla como no se debe. Asustadiza como eso.

Me pregunté si eso no se le habría ocurrido en realidad a Preston. Entonces su mujer, Mabel, hacía semanas que se estaba muriendo, y decían que de su habitación salían olores terribles. Quizá la visión de una mujer joven, hermosa, quizás incluso vulnerable, había hecho emerger algo de la caverna húmeda y oscura, y Dora fue una vez más objeto de una necesidad penosa e implacable.

—En cualquier caso, me mantuve alejado desde entonces —añadió Preston—. No dije una palabra más. Sólo le di las llaves. Subió a la habitación diecisiete y eso fue todo.

Miré hacia la escalera. Una mujer subía en ese momento. Vestía un abrigo azul oscuro, descolorido, nada elegante. De la mano izquierda le colgaba el llavero de plástico rojo del hotel. Me volví hacia Preston.

—¿Volvió a bajar Dora esa noche?

—No que yo sepa —replicó Preston—. Pero Claire Pendergast quizá te pueda ayudar. Por esos días se encargaba de hacer las habitaciones. Y es curiosa. Una de las razones por las que la dejé marcharse. No podía mantener la boca cerrada acerca de los huéspedes. Ahora trabaja en la fábrica de zapatos.

Golpeó una pequeña campanilla cromada y se presentó Sammy Hokenberry. Vestía una chaqueta azul marino de estilo militar, con gastadas charreteras doradas. Era de una talla por lo menos un número mayor que la que le correspondía, así que Sammy parecía un carroñero de campo de batalla, y la chaqueta algo que hubiera arrebatado al cadáver de un valiente.

Preston le pasó un paquete envuelto en papel marrón.

—Llévalo al señor Stimson.

Sammy cogió el paquete y atravesó el vestíbulo hacia donde el señor Stimson estaba jugando a las damas consigo mismo; giraba el tablero con cada movida.

—¿Y nadie vino a visitarla esa noche? —pregunté a Preston.

—Nadie podría haber entrado sin que yo lo supiera —contestó Preston, moviendo la cabeza.

—¿Y después? ¿Nunca nadie preguntó por ella?

—Solamente Ruth Potter. Y dejó esta nota. Sobre el trabajo que ofrecía. Alguien que se ocupara de Ed Dillard. Ya sabes, supongo.

Asentí. Vi los dedos de Dora abriendo la nota, imaginé lo que Ruth había escrito: *Caballero de edad necesita ama de llaves. 210 Maple Lane.*

—Sí —dije.

—Y no sé nada más de ella —dijo Preston.

—¿Recibió alguna carta mientras estuvo aquí?

—Nunca lo supe. Sólo entraba y salía —dijo, y se encogió de hombros—. Ojalá te pudiera ser más útil, Cal.

Le di las gracias y me marché del hotel, giré a la izquierda y me encaminé a la bahía. La acera estaba resbaladiza con la nieve, la gente se aferraba de cualquier cosa para mantener el equilibrio, los mayores vacilaban temerosos de caer, y los niños reían sin cuidarse del mismo peligro helado. Un frente frío descendía desde Canadá y con él un cegador muro blanco. Todo parecía estar esperándolo. La bahía estaba inmóvil, plana, como alguien bajo fuego. Las aves marinas se instalaban en sus rincones de piedra. En el extremo más distante del muelle una vieja gaviota se aseaba en silencio, deslizaba el largo pico por sus alas. Justo a mis pies el agua fría se arremolinaba, junto a los pilares de madera, con ruidos como de niño que se ahoga y está jadeando, desesperado.

Recordé las veces que Billy y yo habíamos corrido por este muelle, y entonces le vi de espaldas en el suelo, diseminadas alrededor las rosas que había traído y sus pétalos empapados de sangre. Me embargó una ola de odio, profunda y pura, y me trajo su nombre tal como había surgido, suave y ansioso, de labios de mi hermano: *Dora.*

Pensé que si el amor que él había soñado me llegara ahora, golpearía como el agua en roca de granito.

Los grandes árboles de los bosques del norte se alzaban a los costados mientras avanzaba por la carretera Bluefish. Varios kilómetros después de la ciudad, pasé por la población de emergencia que se había instalado cerca de la vía férrea y que ahora casi llegaba a la carretera. Eran chabolas de madera prensada, inestables cobertizos sujetos con cartón y papel de periódico, con techos improvisados con planchas de hojalata oxidada y restos de tablones alquitranados. Un humo espeso se cernía sobre la población, denso y acre, como expulsado de un vasto pozo que ardiera eternamente en el corazón de las cosas. Hombres flacos y hambrientos arrastraban los pies bajo el humo, o se agrupaban junto a grandes tambores metálicos alimentando con tablillas un fuego crepitante. Su aspecto era el perplejo de los desposeídos, como el de gente después de una tormenta, espantados porque tamaña destrucción les hubiera caído encima tan abruptamente, de improviso, dejándoles sin nada.

Imaginé a Dora en cuclillas entre ellos, fingiéndose hombre, con hollín en la cara y polvo en el pelo, cuidando de permanecer alejada, sin dar señales de su verdadera identidad, un personaje inmovilizado para siempre en una red de engaño tenebroso.

La fábrica de zapatos estaba en un sector fangoso arrancado a los faldeos del cerro próximo. Un camino de grava, lleno de baches, describía una curva hacia un aparcamiento donde unos pocos coches se apretaban herrumbrosos y agotados, como mulas viejas en un corral destartalado. Reconocí el Ford de Claire Pendergast, de dos años antes, de cuando la había acusado por mal uso de un cheque. Había devuelto el dinero y se disculpó con todos los afectados, pero siempre creí que volvería a las andadas. Claire era como mucha de la gente que en tiempos recientes se ha deslizado hasta Port Alma desde los cerros, no tan maliciosa como incapaz de pensar en orden.

No pareció preocuparse cuando la avisté en la planta de la fábrica y le indiqué que se acercara. Le pidió a un compañero que la reemplazara en el estampado de suelas que realizaba en una gran plancha de goma roja y me condujo a la sala donde los trabajadores descansaban. Las paredes eran de ladrillo pintado de blanco, y el suelo de frío cemento. Repartidas aquí y allá había unas cuantas mesas de patas altas y delgadas cubiertas de madera llena de iniciales talladas. En un rincón descansaba una abollada cafetera sobre un hornillo negro, y a su lado un roto canasto de mimbre yacía sobre un taburete sin pintar. Un cartel escrito a mano colgaba de la pared sobre el canasto: *Confiamos en usted. Café, cinco centavos.* Ningún cuadro adornaba las paredes, a excepción de una fotografía de la fábrica en un marco de plástico; allí sus primeros trabajadores sonreían, jóvenes con pantalones de franela y camisas a cuadros, y también sonreían chicas con vestidos floreados. La fecha decía 17 de octubre de 1922.

—Las hermanas Polasky siguen trabajando aquí —me dijo Claire, mostrándome a dos de las chicas en la fotografía, ambas de pelo corto y sonriendo felices a la cámara, contentas por tener trabajo—. ¿Se imagina lo que es eso? Pegadas en este lugar de mala muerte durante quince años.

—Estoy tratando de encontrar a Dora March —le dije.

Dejó caer una moneda en el canasto de mimbre y se sirvió una taza de café. Negro.

—Supongo que el señor Forbes le dio mi nombre —me dijo; cogió el café y me condujo a una mesa en un rincón—. ¿Y qué le contó?

—Que te podrías acordar de Dora mejor que él.

Sorbió café. Se alzó vapor, que empañó un tercio de sus gafas.

—Es posible —dijo, y extrajo un paquete de cigarrillos de la blusa, sacó uno, se lo llevó a los labios y me ofreció el paquete.

Negué con la cabeza.

—¿No dice mucho, verdad? —me dijo Claire—. Es del tipo alto y silencioso, supongo.

Aspiró profundamente el tabaco y se acomodó en la silla.

—Bueno, quizá sea mejor así. Los que hablan terminan diciendo poco.

Probablemente tenía algo más de cuarenta años, pero se veía mayor. El pelo era marrón con algunos mechones grises, y la piel era seca y apergaminada como el tabaco de su cigarrillo. Los hombros, huesudos, se le marcaban en el vestido como resortes en un colchón.

—Lo noté apenas entré en su cuarto —empezó a relatar—. Al principio creí que Preston me había dado el número equivocado, que allí no había nadie. Entonces me fijé en la silla, que estaba arrimada a la ventana. Siempre dejo la silla al otro lado del cuarto. Así que supe que quien hubiera estado allí esa noche la había llevado hacia la ventana.

Se alisó una arruga del vestido y dejó otras dos, que no veía, intactas.

—Fue lo único que hizo, hasta donde pude ver —continuó—. Sólo movió la silla. No utilizó la cama. La colcha estaba tal cual la había dejado el día anterior, remetida como yo lo hago. Así que supe que nadie había dormido en esa cama ni la había vuelto a ordenar. Era evidente que nadie había dormido allí. Bastante extraño, ¿no le parece?

—¿Viste algo en el cuarto? —le pregunté—. Una carta, el periódico.

Claire se quitó una mota de tabaco de la comisura del labio.

—Fue hace un año, señor Chase. Si hubiera visto algo como eso, ya lo habría olvidado.

—Nada de nada.

Hizo memoria algunos segundos. La imaginé como una máquina de estampar, sin aceitar y apenas mantenida, crujientes las ruedas dentadas, produciendo ya muy poco.

—La verdad es —dijo finalmente, moviendo la cabeza—, la verdad es que si en ese trabajo no encuentras nada desagradable en un cuarto, apenas reparas en lo que hay.

—¿Nunca hablaste con ella?

—Creo que dos veces —contestó Claire.

Volvió a aspirar profundamente del cigarrillo. Una humareda intermitente estalló en sus labios. Intuí que su mente había encontrado el surco del caso, que ahora giraba con mayor suavidad.

—Bajó la escalera y acudió a la recepción. Dijo: «¿Tengo que pagar ahora?». Como alguien que nunca ha estado en un hotel y no sabe cómo ni cuándo se paga. Le dije que había dos maneras de hacerlo. Semanal o diariamente. Podía haber un descuento por el pago semanal, pero había que hacerlo por adelantado. Creo que prefirió esto, pero no estoy segura.

—¿Y la segunda vez?

—La segunda vez fue uno o dos días después —continuó Claire—. Preston me pidió que fuera a buscar algunos huevos frescos al Madison. Pasé por el parque y allí estaba, sentada en un banco. Llevaba gafas y leía el periódico. Se las quitó cuando me vio acercarme.

Imaginé a Dora frente a la calle principal, con el monumento a la Guerra revolucionaria a su izquierda y el viejo quiosco de música a la derecha, arrebujada en su abrigo. Un ejemplar del *Sentinel* en su regazo, las dos manos encima, y los dedos delicadamente enlazados alrededor de las gafas de montura dorada.

Intuí que si mi hermano hubiera visto a Dora en esa postura, de inmediato se habría entusiasmado. Aunque la hubiera visto un instante, Dora le habría impresionado.

—Como que retrocedió cuando me acerqué a ella —dijo Claire—. Igual que un gato que no te conoce. Así que sólo le dije: «Parece que tendremos un buen día». No parecía saber qué responderme. Me dijo: «Estoy buscando trabajo». Sólo eso, así de rápido y breve.

Claire supuso de inmediato que Dora era de la clase de mujer que siempre ha sido mantenida. Sin embargo, parecía más desechada que protegida. Así que Claire imaginó que Dora acababa de ser abandonada, quizá porque había enviudado. En cualquier caso, la habían dejado sola para que se las arreglara como pudiera.

—Así que le dije que, bueno, podía ir por el pueblo presentándose. Pero me di cuenta de que la idea no le gustaba. Le dije entonces que podía ir al *Sentinel* y poner un anuncio. Fue lo último que le dije.

—Cuando hablaste con ella, ¿no mencionó a nadie? ¿Un amigo o un conocido?

—No, por lo menos no recuerdo nada de eso. Por lo demás, tampoco hablaba mucho. —Claire movió la cabeza y sonrió—. Como usted.

Se quitó el cigarrillo de la boca y terminó el café. Aplastó el cigarrillo al fondo de la taza.

—Ojalá hubiera seguido su camino. En realidad, le deseo lo mismo a todos los que llegan a este pueblo. Dios sabe que en Port Alma nunca pasa nada.

Contempló la taza unos segundos, girándola entre esas manos rudas de trabajadora fabril. Y después alzó la vista y me la clavó abiertamente.

—Tiene usted una linda cara —dijo.

Eché un vistazo a mis agobiados rasgos en el vidrio de la ventana, que tan bien reflejaba mi corazón de lobo.

—Y lindos ojos también.

Para verte mejor, pensé.

4

De regreso al pueblo, pensé en mi hermano, en cuán diferentes habíamos sido siempre, dos respuestas para un mismo enigma, como dijo una vez mi padre. Yo, el heredero de todos los hábitos paternos; Billy, el vástago dorado de nuestra madre.

Así que no me sorprendió cuando se decidió que me enviarían a estudiar Derecho a Columbia y que Billy heredaría el *Sentinel*.

—Tu madre cree que Billy está mejor dotado para dirigir el periódico —me dijo mi padre la noche que me informaron de su decisión—. Como sabes, siempre ha gozado en la oficina. Las impresoras. Y tu madre me ha dicho que últimamente está escribiendo algunos breves ensayos.

Estábamos en el despacho de mi padre, un cuarto lleno de desvaídos grabados de escenas clásicas, Cincinato detrás del arado y Cicerón en el Senado. Era el cuarto donde, juntos, habíamos leído a los antiguos mientras Billy jugueteaba en la nieve más allá de la ventana, o pasaba corriendo con un bate de béisbol o una caña de pescar. Mi padre se sentaba en una silla de cuero de alto respaldo, el pelo le centelleaba a la luz del fuego, y mi madre a un par de metros, cómoda en una silla de tapiz floreado, junto a la ventana, siempre con un libro en las manos.

—He pensado a menudo, Cal, que tu futuro coincide con el Derecho.

—¿El Derecho?

—Todo es muy exacto en la práctica legal —me explicó—. No hay necesidad de... —buscaba las palabras— sentimientos.

—A menos que haya otra cosa, Cal —interrumpió mi madre,

buscándome los ojos con los ojos—, algo que prefieras, algo por lo cual te sientas particularmente inclinado.

Esperó que dijera algo, pero lo insinuó ella misma, pues yo permanecí en silencio.

—Tus dibujos, por ejemplo.

Se refería a los esbozos que había hecho en el curso de los años, sobre todo escenas locales, muros de piedra, cercos de madera.

—Hay escuelas donde puedes estudiar dibujo —agregó.

Nunca había pensado tal cosa, pero sus desventajas eran evidentes.

—No podría ganarme la vida con eso.

—Exacto —dijo mi padre, a quien parecía impacientar el curso de la conversación—. Estaba pensando en la Universidad de Columbia. Es una buena escuela. ¿Qué te parece?

—Muy bien. Necesito una profesión. Y el Derecho es una buena profesión.

—Sí que lo es —asintió mi padre—. Requiere una mente afinada. Y así eres tú, sin duda, Cal.

Miró entonces a mi madre.

—Y Billy cumple con los requisitos para dirigir un diario —agregó.

—¿Y qué requisitos son ésos? —pregunté.

La respuesta de mi madre fue suave:

—Un corazón —dijo.

La clase de corazón que Billy ya había demostrado, intenso e impulsivo, nada inclinado a calcular las posibilidades antes de lanzarse en aguas turbulentas y nadar hacia una niña que se ahoga.

—¿Así que estamos todos de acuerdo? —preguntó mi padre, poniéndose de pie, visiblemente aliviado de que se decidiera tanto con tan poca discusión.

—Sí —dije—, de completo acuerdo.

El año siguiente me marché a estudiar Derecho en Columbia. Dejé atrás a Billy, en Port Alma. Le escribía a menudo, pero le veía en contadas ocasiones, salvo durante los siempre breves veranos cuando volvía a Maine.

En el curso de los años que siguieron, mientras continué estudiando en Nueva York, su interés en el *Sentinel* aumentó continuamente. Iba allí casi todos los días después de la escuela, se quedaba el tiempo que mi padre le permitía, escribía columnas imaginarias, cubría historias inventadas. No me sorprendió que después de graduarse no continuara estudiando y se integrara en cambio al trabajo regular del periódico.

Mi padre se retiró varios años después y Billy se hizo cargo. Entonces ya era «William» para todos menos para mí, ya no un muchacho, sino un hombre decidido a ocupar su lugar como pilar de la comunidad.

Celebramos su ascenso con una cena en Royston. Fue la última vez que comimos juntos como una familia. Un mes más tarde mi madre se mudó a una casa de campo en Fox Creek y dejó a mi padre solo en la casa grande fuera del pueblo. Había planeado esto mucho tiempo, me contó Billy después. Pero esperó que sus hijos crecieran y se estabilizaran con una vida propia.

Acabábamos de hacer precisamente eso cuando abandonó a mi padre. Billy estaba por entero a cargo del *Sentinel*. Se había trasladado a una casa pequeña no muy lejos de su despacho en el periódico, y la había llenado con su habitual conjunto de libros, revistas y baratijas que había reunido durante años. Yo conseguí un trabajo en las oficinas del fiscal del distrito. Atendía rutinariamente los casos que Hap Ferguson me dejaba en el escritorio, y terminé instalándome en una casa un poco más grande y a no mucha distancia, en la misma calle, de mi hermano.

Y así continuó la vida. Cuando se incendió el molino de agua, recorrimos sus restos carbonizados, Billy para describir la destrucción y yo para asegurarme de que todo había ocurrido accidentalmente y no de manera intencional. Más tarde, cuando se derrumbó el único puente cubierto que quedaba en el condado, revisamos juntos las ruinas. Me aseguré de que no había daños intencionales mientras Billy buscaba algún pequeño símbolo de la desaparecida humanidad que el viejo puente había servido, de los vagones y carros que trepidaron por su oscuro túnel «llevando astillas de madera, novias y ataúdes», como días después escribiría.

En el curso de los años leí multitud de sus artículos y relatos noticiosos, sin jamás imaginar que su destino podría enredarse de manera invisible entre los pliegues de unas cuantas líneas: *Mujer soltera busca empleo. Se considerará cualquier oferta. Las propuestas deben enviarse al hotel Port Alma a la atención de Dora March.*

Hacía más de un mes que estaba en Port Alma cuando la vi. Salía de la tienda Madison uno de esos días de diciembre en que el viento helado azota cruelmente las esquinas y golpea los toldos. Se cubría con el largo abrigo de paño que vería tan a menudo en los próximos meses, y llevaba una bolsa de comestibles y otras cosas. Apenas echó un vistazo, al pasar, a la ventana de la barbería de Ollie.

—Es la chica nueva de Ed Dillard —dijo Ollie, que advirtió que me había llamado la atención—. Reemplaza a Ruth Potter. Hace todo lo que le pidan en la casa.

Siguió con la vista a Dora que pasaba bajo los toldos agitados de la tienda Bolton, con la cabeza inclinada contra el viento.

—Sin duda que es bonita —agregó—. No se puede culpar a Ed por contratarla.

Ed Dillard era un empresario retirado que una vez fue alcalde del pueblo. Era viudo desde hacía tanto tiempo que ya nadie podía precisarlo, y nunca tuvo hijos, hecho que había producido algún nivel de especulación acerca de quién heredaría su considerable fortuna. Unos años antes había sufrido un infarto, y desde entonces una serie de mujeres, la mayoría viudas de granjas cercanas, se habían acercado y luego alejado de la gran casa que treinta años antes había construido en la calle Ocean. A algunas mujeres las había despedido, pero la mayoría se había marchado. La queja más habitual era la naturaleza irascible y exigente de Ed y la enorme cantidad de trabajo necesario para mantener esa gran casa, limpiar sus diversas habitaciones y quitar el polvo a la colección de figurillas de porcelana que Ed había reunido con el curso de los años.

—Nunca quedaba satisfecho, nunca podías terminar todo el trabajo —me dijo Ruth Potter cuando fui a visitarla, mientras la tormenta canadiense nos caía con todo su peso de nieve y había tenido que sacudirme los zapatos antes de entrar—. Por eso me agradó tanto que ese día apareciera Dora. Nada sabía de ella, por supuesto.

Tampoco me importaba. Ella estaba dispuesta a tomar el trabajo. Era suficiente.

Estábamos en el salón de la casa de Ruth cuando me hablaba de esas cosas, un cuarto poblado de sillas llenas de cojines y una mesa con mantel de hilo, repleta de fotografías enmarcadas de su hijo Toby, un chico larguirucho, con aspecto de indolente, al que habían destrozado en la Gran Guerra. Le recordaba apagado y lento, con pocas cualidades aparte de una sonrisa llena de dientes. Contemplando el pequeño mausoleo que Ruth había creado en memoria de su hijo, me impresionó cómo, por más ordinaria y prescindible que sea una persona, puede sin embargo inspirar un amor profundo e imperecedero, la alegría de la madre de Barrabás al saber que sería Cristo el que moriría en vez de su hijo.

—¿Señor Chase?

Traté de concentrarme en la razón por la que había venido.

—Sí, puedes continuar.

—Bueno, había visto el anuncio que ella puso en el diario —continuó Ruth.

Llevaba un vestido marrón con grandes flores color limón y un ajado suéter con los puños gastados. De ella provenía un olor a humedad, dulce y penetrante como de fruta muy madura. Afuera se oían los leves gruñidos de su marido, que cortaba leña.

—¿Así que tú buscaste a Dora? —le pregunté.

—Le dejé una nota en el hotel, diciéndole que había visto su anuncio en el diario y que podría haber empleo para ella. —Miró hacia la ventana—. Creo que será de las malas. La tormenta. Ojalá que no caiga nieve mucho tiempo.

—¿Le dijiste de qué empleo se trataba?

—No, nada de eso. Temía que si sabía que era con el viejo Dillard ni siquiera lo pensara un minuto. Él tiene su fama, sabe usted. De difícil.

—¿Qué le dijiste en la nota?

—Sólo escribí mi nombre y dirección. Imaginé que vendría si le interesaba.

Lo que había hecho esa misma tarde.

—Estaba trabajando arriba cuando la vi llegar —me dijo

Ruth—. El señor Dillard estaba furioso por algo. Yo trataba de tranquilizarlo. Recuerdo que pensaba que si seguía comportándose así, nadie querría nunca ese trabajo.

Ruth suspiró profundamente y continuó.

—Entonces miré afuera y esa joven venía subiendo por el sendero. Pensé que vendería algo. Biblias. Algo así. No creí que fuera la que había puesto el anuncio en el diario.

—¿Por qué no?

Ruth pensó un momento antes de contestar.

—Porque no tenía el aspecto de quien está buscando ese tipo de trabajo. Joven. Me refiero a que se veía muy joven. Y bonita. No tenía la apariencia de alguien interesada en cuidar a un viejo de mal genio.

—¿Y qué más recuerdas de ella?

—Sobre todo que parecía muy incómoda. Como si nunca la hubieran invitado a pasar a una casa. No sabía qué hacer, cómo actuar.

Miró un momento por la ventana otra vez, hacia donde se veía al señor Potter inclinado sobre un montón de maderas, respirando pesadamente, con nieve que le giraba alrededor de la cabeza como una horda de polillas de alas blancas.

—Se va a matar cortando esa leña. —Se quedó mirando un momento a su esposo, y luego se volvió hacia mí—. Una persona tensa, diría yo. Pensé que estaba así porque realmente necesitaba trabajar y eso la ponía nerviosa.

Había una especie de desesperación en los ojos de Dora, dijo Ruth, como la de quien ha tensado al máximo la cuerda y ha agotado sus últimos recursos.

—Pero aunque necesitara tanto el trabajo, le dejé claro que no era ningún paseo campestre. Fui honesta con ella. Le conté todo. Todo lo que le caería encima. Barrer. Limpiar. Lavar los platos. Lavar la ropa.

Dora no se había inmutado por la cantidad de trabajo.

—Y entonces llegué a la parte peor —continuó Ruth—. Atender al señor Dillard. En las condiciones en que estaba. Que podía ser muy fastidioso si las cosas no funcionaban como él quería. Y porfiado también, siempre queriendo hacer las cosas por sí mismo, aunque ya no podía. Le dije todo eso, pero no pareció importarle que la fueran a tratar un poco mal.

Y de súbito me volví a sentir en la oscuridad, espiando a la luz amarillenta que se filtraba por la ventana de Dora cuando el vestido rojo cayó de sus hombros y reveló las pruebas por las cuales nunca necesitaría saber más acerca de cuán «rudamente» la habían tratado.

—Quizás estaba acostumbrada a eso —dije.

—¿A que la trataran mal? —preguntó Ruth y se encogió de hombros—. Puede ser. Pero le dije que lo peor de lo peor era la lectura. Que al señor Dillard le gustaba que le leyeran. Hora tras hora. Como para volverte loca. Me dijo que eso tampoco le importaría. Así que le dije: «Bueno, entonces el trabajo es tuyo». Y se vino a la casa al día siguiente.

—¿Habría modo de ver su cuarto? —pregunté, movido por un impulso repentino.

A Ruth le sorprendió mi pregunta.

—¿Para qué? Dora no ha estado en ese cuarto desde la muerte de Ed Dillard.

—Pero me gustaría echarle un vistazo.

—Nos podemos quedar pegados con toda esta nieve.

—No —le aseguré.

—Bueno entonces, de acuerdo. Todavía tengo una llave del lugar. Pero tendremos que ir en su coche. El nuestro no funciona.

Se puso de pie con algún esfuerzo.

Pocos minutos después llegamos a la amplia casa de Ed Dillard, cruzamos el pasaje cubierto de nieve y entramos al vestíbulo. Todo estaba en silencio, inmóvil, los muebles cubiertos con sábanas.

—No se ha podido dar con ningún pariente vivo, eso dicen los abogados —me dijo Ruth mientras examinaba la sala fantasmal—. Por eso todo está aquí. Porque no han podido hallar a quien darlo.

Las sábanas blancas me hicieron estremecer. Billy había yacido bajo una, con la misma inmovilidad y un brazo sin vida colgando hacia el suelo hasta que finalmente se lo puse sobre el pecho y volví a cubrirle con la sábana.

—Creo que Dora cubrió todo —dijo Ruth.

Y me llevó por la escalera al cuarto que Dora había ocupado durante las pocas semanas que trabajó para Dillard.

Era feo, pero pulcro y ordenado, con una sola ventana que daba al ancho césped frente a la casa; junto a la ventana había una silla. Cortinas de encaje colgaban en la ventana que también tenía persianas de papel beige con una cuerda que se sobresaltaba ligeramente con cada paso que uno daba, como el péndulo de un viejo reloj desordenado y neurótico.

Mientras Ruth observaba, busqué en el armario donde Dora había colgado sus trajes, y después revisé los cajones del mueble junto a la cama que había ocupado. Hasta busqué detrás, por si hallaba alguna pista del lugar adonde podía haber huido. Terminé sentado en la silla junto a la ventana.

—Al parecer no le importaba mucho su cuarto —comentó Ruth—. No creo que le importara en realidad. Me refiero a las comodidades. Es probable que le agradara tener un cuarto propio. Como antes vivía en un hotel...

Había llegado temprano a la mañana siguiente, me dijo Ruth.

Imaginé un típico día de otoño en Port Alma, muy claro y ventoso, con ráfagas que arrastrarían olas de hojas púrpura por la hierba.

—Llegó caminando —me informó Ruth—. Nadie la trajo. Con una sola maleta. Lo único que tenía, me parece.

Abrí las cortinas y observé afuera, alrededor.

—Estaba preparando el cuarto cuando llegó —agregó Ruth—. El señor Dillard dormía en la silla de ruedas. Siempre hace una siesta por la tarde.

La nieve oscurecía el césped, pero mientras seguía mirando por la ventana se me invirtieron las estaciones. Regresó el otoño, ventoso, atormentado.

—Miré por la ventana, y allí estaba.

Imaginé una mujer caminando decidida hacia la casa.

—Y entonces, de pronto, se despertó el señor Dillard.

Ella iba con su largo abrigo de paño, sus ojos esmeralda clavados adelante.

—Y empezó a moverse, inquieto, como asustado.

Dora navegando hacia mí.

—Como cuando le golpeó el dolor.

En un río de hojas rojas.

5

La mañana siguiente visité a mi madre, algo que mi hermano había hecho cada día camino de su despacho en el *Sentinel*. Su lealtad con ella era de corazón, un afecto que ella correspondía en todo sentido. Yo era un pobre sustituto de Billy, por supuesto, sólo el hijo superviviente (como sin duda me consideraba) y atado por obligaciones que según ella no sentía.

Ya no vivía en su amada casa de campo junto al arroyo Fox. El ataque no se lo permitía. Así que Billy y yo la habíamos trasladado a una cabaña no muy lejos de la calle principal. Hicimos la mayor parte del trabajo nosotros mismos, ampliamos las habitaciones y les agregamos ventanas para que recibieran luz que le iluminara más el espacio y el ánimo. Y colgamos comederos para pájaros fuera de cada ventana con la esperanza de que le ocuparan los ojos, la única parte del cuerpo, junto con la mente, que el ataque no le había dañado. De sus necesidades cotidianas se ocupaba Emma Fields, una mujer mayor que acababa de perder a su marido y, con él, la casa que alquilaban y el nivel de vida. Emma era una mujer baja, gorda, de cabello blanco y acuosos ojos azules.

—Parece que la nieve se ha ido —dijo al abrir la puerta.

—No por mucho tiempo —continué yo—. Está al llegar otra tormenta.

Emma me miró, alarmada.

—¿Tan pronto? Tengo que ir a Madison.

—Cuentas con un par de horas —le aseguré—. Pero puedes ir ahora si quieres. Yo me ocupo de mi madre.

—Creo que es mejor que haga eso —dijo Emma. Se acomodó el pañuelo y el abrigo—. Trataré de volver pronto.

Mi madre yacía en la cama, apoyada en el cabezal, con los ojos brillantes, alerta, con el habla notablemente clara a pesar del lado izquierdo del rostro, ahora torcido. Era un milagro que pudiera hablar, nos había dicho a Billy y a mí el doctor Bradshaw.

Si lo era, era el único. Porque estaba horriblemente disminuida en cualquier otro sentido. Las manos le temblaban incontrolablemente, le impedían sostener una taza o un libro, y no podía caminar.

Pero a pesar del sufrimiento físico, yo sabía que su angustia interior era aún mayor, sabía muy bien que estaba viviendo en una nube de pena, recordando continuamente a Billy en cada etapa de su vida, el niño resplandeciente, el hombre brillante. No había alivio para esa pena. Hacía mucho que había abandonado el consuelo de su fe católica con la misma decisión y confianza en sí misma con que la reemplazó con ideas de mejoría social, deísmo y aventura, que había implantado en su hijo ya muerto.

Supe que Billy era su favorito mucho antes de que le dieran el *Sentinel*. El asunto estaba claro desde que era niño. La entusiasmaba su energía y rebeliones. El desorden en que mantenía su cuarto la llenaba de esperanza. Durante los largos inviernos de Nueva Inglaterra, cuando mi padre y yo nos encerrábamos en su despacho discutiendo seriamente las obras de la antigua Grecia y Roma, Billy y mi madre se apretujaban junto al fuego, charlaban en voz baja junto al tablero de juegos mientras fuera Maine se hundía lentamente bajo su capa anual de nieve.

Creía que Billy iluminaba todo, y también a ella, y que de este modo era una prueba viviente de las ideas que en su juventud había abrazado con tanto entusiasmo y que nunca había abandonado. Pasión. Libertad. Amor. El que no consiguiera premios académicos, se graduara sin honores y decidiera no ir a la universidad, circunstancia que afectó profundamente a mi padre, no la perturbó absolutamente nada. «Estoy seguro de que Billy la ha desilusionado, señora Chase», escuché que un profesor decía un día a mi madre. Nunca he olvidado la fuerza de su inmediata respuesta: «Mi hijo sólo me desilusionaría si no conociera su corazón».

Ahora sólo me tenía a mí.

—¿Cómo estás? —le pregunté mientras acercaba la silla a su cama.

Inclinó la cabeza y miró hacia la ventana, brillante luz solar sobre reluciente nieve intacta. Desde la muerte de Billy se había hundido en un silencio grave; casi nunca iniciaba una conversación, respondía a las preguntas con frases breves y entrecortadas, y rara vez era ella la que preguntaba. Como si la luz interior que irradiaba se hubiera extinguido brutalmente dejándola en tinieblas.

—El tiempo ha mejorado un poco —dije.

Ella seguía con los ojos una bandada de gansos canadienses que se desplazaban por el fragmento de cielo que alcanzaba a vislumbrar, suaves y seguros, como patinadores en un estanque helado.

—Parece que papá está bien —le dije.

En realidad, por supuesto, no le iba nada bien. La bebida era su único consuelo. Las pocas veces que le insinué que visitara a mi madre, me indicaba con la mano que por ningún motivo y agregaba:

—Ya tiene bastantes problemas sin verme.

—Está comiendo bien —agregué.

Me observó en silencio un rato, y entonces dijo:

—¿Y tú, Cal?

—Me las arreglo —le aseguré.

Le tembló la cabeza al reparar en la mesilla de noche junto a su cama y en el anillo de oro que allí había en una caja de terciopelo junto a la lámpara, sobre una edición de un mes antes del *Sentinel*. Volvió a mirarme.

—¿Dora?

—No hay señales de ella todavía.

Exhaló, como derrotada, le tembló el cuerpo, la vida se le escurría inexorablemente como el aire de un neumático pinchado.

Tal como estaba ahora resultaba difícil imaginarse a la mujer que antaño había sido, la hermosa, vivaz e infinitamente rebelde hija de una destacada familia católica. Le habían enseñado música y modales con la esperanza de que resultara aún más deseable para los numerosos y convenientes hombres que la esperaban en el cortinado salón de la bella casa de su padre. Se le ofrecieron varias escuelas para completar estudios, pero ella rechazó cualquier modo de «completar» nada, y en cambio se inscribió en una escuela de enfermería, en una profesión de baja categoría que su padre consideraba apenas superior al servicio doméstico. Poco después de graduarse, aceptó un empleo donde Benjamin Putnam, un médico de Port Alma, cuya modesta clínica en las afueras del pueblo se ocupaba sobre todo de agotados granjeros, cazadores y tramperos, y trabajadores de las fábricas de conservas, de los miserables de la tierra, a quienes pretendía dedicar su vida. Tenía veinticuatro años cuando conoció a mi padre, un editor de prensa ya bien establecido y doce años mayor que ella. En un mundo de pescadores y leñadores, donde la gente comía almejas sobre papel de diario empapado de aceite y sal y aligeraba esa comida con espumosa cerveza, mi padre sin duda debió de brillar como un cometa. «Había leído mucho», siempre contestaba mi madre, sucintamente, cuando Billy insistía preguntando qué la había atraído en un hombre tan distinto a ella. Y enseguida, casi riendo, agregaba: «Pero sólo cosas viejas. De griegos y romanos. Nada después de Cristo».

Se conocieron cuando mi padre acudió a la clínica del doctor Putnam. Se había cogido una mano en una de las máquinas de la imprenta. El doctor Putnam había resultado herido en un accidente de caza dos días antes, así que mi madre le trató la mano. «Había hombres más jóvenes, por supuesto», le había dicho a Billy «pero preferí el pan a la levadura.» Se casaron ocho meses después y vivieron juntos veinticinco años.

Hacía cuatro años que yo trabajaba en el despacho del fiscal del distrito cuando dejó a mi padre para, como explicó, «estar con sus pensamientos».

Decidió vivir en una pequeña casa de campo sobre el arroyo Fox, a tiro de piedra del viejo puente que lo atravesaba y desde el cual yo había contemplado a mi hermano guiar su balsa por el agua. Amuebló la casa con muy poco. Una cama, unas cuantas sillas, libros, casi nada más. Dijo que quería «reducir al mínimo las cosas», y fue la única explicación que dio. Pero la casita, tan discreta, siempre estaba inundada de luz y música, con el veloz ritmo de los pasos de mi madre si de súbito, en medio de una frase, recordaba un verso y corría a sus libros por la referencia exacta.

Durante los años anteriores al ataque, la había visitado a menudo en el Fox Creek, por lo general junto con Billy. A veces la encontrábamos en la casa, canturreando mientras barría el suelo o lavaba los platos. En otras ocasiones estaba sentada en la ribera del arroyo, con una vieja caña de pescar enterrada en tierra a su lado, con los ojos fijos en las posibles sacudidas del pequeño flotador rojo que se desplazaba con lentitud en la corriente; y siempre con un libro de poesía en el regazo.

Mi hermano, por supuesto, la adoraba, la llamaba en broma «El Gran Ejemplo», y decía «El Gran Ejemplo vino hoy al diario» o «Anoche conversé con El Gran Ejemplo». La adoraba por su alegría y su energía, por cómo su risa resonaba como campanas, pero sobre todo por la gran lección que decía le había enseñado, que estás vivo solamente cuando sientes que estás vivo, y que todo lo demás es «respirar muerte».

La última vez que estuvimos juntos fue un día resplandeciente de principios del verano. Billy le trajo un mantel a mi madre y lo extendió en el suelo junto al arroyo. Ella recolectó un hatillo de laurel de la montaña y se instaló graciosamente junto al mantel, sentada al estilo indio y apoyada contra un árbol. Ya llevaba cuatro años viviendo en el arroyo Fox y el pelo se le había vuelto blanco por completo, pero tenía la piel admirablemente suave, con sólo una insinuación de arrugas junto a los ojos y la boca. Parecía saber que algo estaba por llegarle, algo que sólo podía esperar y observar como un caballo negro en la distancia. Su madre había muerto a los cuarenta y tres años, y su padre a los cuarenta y seis, ambos, decía, por un corazón débil. Aun así, quería continuar como El Gran Ejemplo. Y por eso se esforzaba por ser amable, conversaba de jardinería conmigo y charlaba alegremente con Billy. Pero poco después cambió de talante. Miró más allá del arroyo, a las verdes praderas del otro lado.

—Qué perfecto es todo eso —murmuró.

—¿Nunca te has arrepentido? —le pregunté—. ¿De dejar a papá? ¿De venirte aquí? ¿De vivir sola? ¿No has dudado...?

Billy le tocó la mano.

—Mamá nunca ha dudado de nada —dijo.

Ella me miró como si la hubiera desafiado.

—Nunca he dudado de nada fundamental, Cal —me dijo.

Podía apreciar que seguía segura, convencida de su sabiduría, con absoluta certidumbre de que nunca se había engañado a sí misma ni engañado a nadie, de que había seguido los dictados de su corazón y así había llegado al pequeño paraíso que ahora ocupaba en la ribera del arroyo Fox.

El ataque le llegó tres días después.

Yo la encontré. De espaldas junto a la cama, con los ojos abiertos, la vista fija, la boca abierta y caída al lado izquierdo, el rostro inmovilizado en una mueca horrible. Se había ensuciado, y una mancha amarilla, mate, se expandía por su camisón. Que hubiera yacido horas en una situación tan indigna me dejó el cerebro en ascuas.

—No debería haber estado sola —le dije a Billy mientras caminábamos por el pasillo del hospital la noche siguiente—. Podía vivir conmigo. O contigo. Hasta haber vuelto con papá. Por lo menos no habría quedado así, sola, impotente…

Pasó una enfermera empujando un carrito metálico.

—Quería estar sola —dijo Billy, que nunca dejaría de defenderla, no menos convencido que ella misma de sus decisiones, de los caminos que escogía—. Por eso se trasladó a vivir allí.

Negué con la cabeza, pues su acción me parecía extrema, e innecesario que se hubiera aislado tanto.

—Deseaba libertad, Cal —me dijo Billy, enfático.

—¿Libertad? —me burlé—. ¿Y qué esperaba obtener de eso?

—Sabiduría —me contestó Billy.

La admiraba por eso. Y a menudo me he preguntado, después de su muerte, si mi hermano, de haber vivido, habría hecho otro tanto.

Ese pensamiento se me ocurrió otra vez mientras estaba esa mañana con mi madre, meses después, haciendo lo mejor que podía para mostrarle que aún le quedaba un hijo, aunque el que más creyera en ella se había marchado. Pensaba en todo cuanto podría haber aprendido mi hermano. En lo que podría haber dado. Y en ese momento le vi como un anciano, sentado junto al arroyo Fox, sintiendo la calidez del sol, dejando que todo se ajustara, con los ojos empezando a destellar mientras se aproximaba a una sabiduría definitiva. Vi una sonrisa formarse en sus labios, escuché su voz en el aire que me rodeaba: *Ahora sé, Cal. Ahora sé.*

—¿Cal?

La voz de mi madre me retrotrajo al presente.

—¿Sí?

—Cal..., ¿yo...?

Una espantosa inquietud se apoderó de sus ojos, como si hubiera avistado algo terrible en su propia mente, algo que no podía decir, pero que me pareció una nueva expresión de su pérdida, de su pena, del hecho de que quien más había compartido su visión del mundo, aceptado más sus apasionadas enseñanzas, creído en ella tanto como ella creía en sí misma, su único hijo verdadero, había muerto.

Le tomé la mano y se la acaricié suavemente.

—Lo sé —fue todo lo que dije.

La nieve había vuelto a caer cuando me marché una hora más tarde. Una tersa capa blanca en la acera subrayaba los miembros desnudos de cada árbol y arbusto. Recordé cuán a menudo Billy llevaba su trineo cerro arriba, detrás de casa, y luego se precipitaba hacia abajo y se estrellaba contra los enormes montones de nieve endurecida, y entonces se ponía de pie de un salto, encantado, cubierto de nieve, riendo, y me desafiaba a que le acompañara en la próxima caída. Volví a escuchar su voz: *Cal, te pierdes todo lo bueno.*

Había poca distancia hasta el banco Fisherman. Joe Fletcher, el gerente, en su escritorio, miraba unos cuantos papeles muy bien ordenados encima y otros clavados en una delgada varilla de metal.

Me senté al otro lado del escritorio y le hice a Fletcher la primera pregunta.

—La señorita March venía todos los lunes por la mañana, si mal no recuerdo —respondió Fletcher—. Hacía retiros en efectivo, de veinte dólares.

De amplio pecho, con traje oscuro, cruzado, su aspecto general era de hombre acostumbrado a tener en suspenso a los demás, a frustrar o cumplir miles de pequeños sueños. Podía apostar a que estaba tratando mi petición de información sobre Dora como si fuera un préstamo, intentando calibrar cómo iba a utilizar lo que me diera, estimando pérdidas y ganancias.

—¿Nunca supo mucho acerca de ella? —pregunté.

—En realidad, no.

—¿Nunca abrió una cuenta personal?

—¿Estás pensando que trató de aprovecharse de Ed Dillard? —La idea divertía a Fletcher—. No es difícil engatusar a un viejo, por cierto. Y la señorita March era encantadora, como sabes, pero...

Sonó el teléfono.

—Discúlpame —dijo Fletcher y cogió el auricular.

Mientras hablaba, miré por la ventana la angosta calle que atravesaba Port Alma, sus tiendas a lado y lado, y un pedazo de bahía apretado entre la ferretería y la panadería, congelado y opaco, apagado como el ojo de un muerto. La nieve caía ahora sin pausa, recubriendo de blanco los cables eléctricos, formando montones que el viento esparcía en las esquinas. Las pocas personas que había aún en la calle caminaban con decisión; la nieve era sólo un peso agregado al que ya soportaban.

Fletcher había terminado de hablar cuando volví a mirarle. Me observaba inquieto; contemplaba, pensé, mi aspecto invernal de árbol sin hojas.

—¿Te ha dolido mucho, verdad, Cal? Me refiero a lo que le pasó a William. —Se inclinó, como hombre mayor que ofrece consejo—. Es una vergüenza, una verdadera tragedia. Pero hay que continuar, ¿no te parece?

No era una pregunta que pudiera contestar.

—Y acerca de la señorita March —dijo, al ver que no había respuesta—, solamente la vi una vez. Fuera del banco, quiero decir.

—¿Y cuándo fue eso?

—Unas dos semanas antes de que muriera Ed —contestó Fletcher—. Estaba sentado en ese cuarto pequeño junto al salón. La señorita March lo trajo cuando le dije que tenía unos papeles para su firma.

Recordaba esa habitación. La había visto cuando Ruth Potter me llevó a la casa. El suelo era de madera pulida, y había potes de greda colgados en varios lugares. Los potes estaban vacíos cuando los vi, y según Ruth así continuaron todo el tiempo que trabajó en la casa. Fue Dora, me dijo, la que «acicaló el cuarto» con flores y plantas. Pero quitó todo después de la muerte de Ed.

—Ed estaba completamente vestido —continuó Fletcher—. No en pijama ni con esa vieja bata que llevaba las otras veces que le visité. Con pantalones y camisa. Y bien peinado. Si le observabas, podías creer que había vuelto a la normalidad.

—Y esos papeles. ¿De qué se trataba?

—De negocios. Sobre el valor actual de sus bienes raíces, ese tipo de cosas. Ed me había pedido que reuniera todo. Quería revisarlos, controlar los libros, se podría decirlo así.

Vi los ojos de mi hermano alzarse del libro de contabilidad, escuché su voz alarmada e incrédula, que temía aceptar que sabía lo que ella había hecho, *Algo malo.*

—¿Miró Dora los papeles?

Todo lo que Joe Fletcher había aprendido acerca de la venalidad humana en sus cuarenta y tres años de banquero en Port Alma le centelló en los ojos.

—Por lo general sé muy bien cuando algo así está ocurriendo, Cal. Me refiero a alguna clase de fraude.

—¿Por qué querría Ed Dillard reunir toda la información financiera sobre sí mismo?

—Iba a hacer testamento.

—¿Nunca lo había hecho?

—Nunca había tenido alguien que lo heredara.

—¿Y de súbito contaba con alguien?

—Sí.

—¿Quién?

Podía observar el viento negro que cruzaba por la mente de Fletcher.

—No sé —contestó, y me miró sin pestañear, en silencio, para que yo mismo dijera el nombre.

—¿Dora March?

—No lo sé, Cal.

—¿Y quién lo sabe?

—Art Brady era el abogado de Ed.

Me di cuenta de que algo en mis ojos, o en el tono de mi voz, había advertido a Fletcher que no me dijera nada más sobre Dora y Ed Dillard.

—Si encuentras a la señorita March, ¿la vas a entregar a las autoridades, verdad, Cal? —preguntó.

A esas alturas mi corazón ya había mentido tantas veces que a mi boca no le fue difícil agregar una mentira más.

—Sí.

La altura de la nieve era considerable cuando salí del banco. El viento aullaba entre los árboles, silbaba en el rompeolas, estremecía carteles y toldos, fiero y gruñón como un perro acorralado.

Art Brady estaba en su despacho, de pie ante una pared de libros de uniforme lomo negro. Llegaban mucho más arriba de su cabeza, un obelisco oscuro, las severas e implacables leyes de un Maine carente de pasiones.

—¿Qué puedo hacer por ti, Cal? —preguntó, volviéndose hacia mí. Era un hombre menudo, nervioso y flaco como un jockey, con brillante pelo blanco arreglado sobre la frente y partido al medio. La barba, muy cuidada, también blanca, le daba aspecto de personaje de un siglo distante, de alguien que había adornado con su rúbrica documentos famosos que ya nadie consultaba.

—Estuve conversando con Joe Fletcher en el banco. Sobre Ed Dillard.

Brady ajustó un libro en el lugar correspondiente de la estantería.

—¿Y qué hay con Ed?

—Joe me dijo que Ed quería hacer testamento.

—¿Y?

—Bueno, tú eras el abogado de Ed.

Brady se sentó. No me invitó a ocupar la silla al otro lado del escritorio.

—¿Se trata de Dora March, verdad? Has decidido que la señorita March tenía mal carácter. Sospechas que intervino en la muerte de William. Incluso piensas que pudo tener sus razones para matar también a Ed Dillard.

No esperó una respuesta.

—Bueno, no podrías estar más equivocado, Cal.

Se puso de pie, se acercó a un armario negro que había al otro extremo del cuarto, revisó varios archivos y regresó a su asiento con una sola hoja de papel.

—Este es el testamento que hizo Ed —dijo, y me la alcanzó.

Cogí el papel y leí las cuatro palabras que contenía. La letra era grosera, torpe, pero me resultó fácil distinguir lo que decía: *Testamento. Todo para Dora.*

—Como te darás cuenta, eso no se sostiene como documento legal —me dijo Brady—. Para empezar, no hay apellido. «Dora» podría ser una de las primas perdidas de Ed.

—Pero sucede que una mujer que se llamaba Dora estaba viviendo con él.

—Pero como tú deberías conocer mejor que nadie, saber algo y que eso tenga fuerza legal son dos cosas distintas. —Brady recuperó el papel y me miró con frialdad—. Mira, Cal, si no hubiera visto a la señorita March con Ed, es posible que sospechara lo mismo que tú. —Sonrió, pero no de manera lasciva. Parecía más bien la sonrisa de alguien que ha aceptado nuestra fragilidad, los peligros del deseo—. Ha sucedido a hombres mayores. Pero no a Ed Dillard. Y puedo probarlo.

Había ido a la casa de Ed el día siguiente al de su muerte, me dijo Brady. Dos días antes de Navidad. Dillard yacía en un ataúd abierto, en el cuarto principal, con el rostro afeitado y empolvado. Dora permanecía sentada, tensa, en una silla a poca distancia, mientras la gente, sobre todo ancianos hombres de negocios y conocidos, circulaba alrededor hablando en voz baja.

—Esperé hasta que todo el mundo se hubo marchado y entonces mostré esto a la señorita March —Brady me señalaba el papel que había dejado en el escritorio—. Lo leyó y me lo devolvió. «No», dijo, «no quiero nada.» Así de simple. Le dije que podía hacer una petición fundada en el papel. Dijo que no tenía el menor interés en el dinero de Ed. Así que le dije que por qué no tomaba alguna cosa de la casa, que a Ed le habría gustado eso.

Brady guardó silencio, mirando la página que Dillard había escrito.

—¿Y lo hizo? —pregunté—. ¿Se quedó con algo de la casa?

—Sí —dijo Brady—. Una figurita de porcelana. Ed tenía gran cantidad. Cogió una de una niña pequeña de pelo largo y rubio.

Se me formó en la mente tal como la había visto, iluminada por una sola lámpara.

—Desnuda. Sentada en una roca —dije—. Con las piernas levantadas.

—¿Así que la habías visto?

—Sí.

—No era nada especial. Sólo una pequeña figura de porcelana. Barata, no valía nada. Pero eso fue lo que eligió.

Estaba sobre el único mueble de su dormitorio. Aparte de su ropa y la maleta de cuero donde la guardaba, nada más se había llevado de la cabaña el día que huyó.

—¿Nunca pidió algo más?

—Nada —dijo Brady—. Siempre tuve la sensación de que Dora no deseaba mucho de la vida.

La volví a ver, mentalmente, en la ribera del arroyo Fox, inclinada para hundir los dedos en el agua, brillándole de gozo extrañamente los ojos, pequeña, intensa y frágil, como algo sostenido por alas pequeñísimas.

—Y te aseguro que jamás creí que fuera de la clase de mujer que se aprovecha de un viejo. —Brady sopesó cuidadosamente sus próximas palabras—. Tengo algunas pruebas de lo que digo.

—¿Pruebas de qué?

—De que cuidaba verdaderamente a Ed. De que no se trataba de una mera actuación. —Se reclinó en su asiento—. Una tarde, poco después de terminar el trabajo, me dejé caer en casa de Ed. Fue pocos días antes de que muriera. Estaba sentado en el salón, en la silla de ruedas, vestido como si tuviera que ir a la iglesia o a una boda. Hasta llevaba corbata. Se le veía un buen mozo. —Había escogido mal la palabra y se corrigió—. Bueno, no buen mozo. No se podía parecer buen mozo en la situación de Ed. Pero calmado, tranquilo. No furioso con el mundo, como solía.

Cuando llegó, me dijo Brady, Dora estaba sentada en una silla junto a Ed Dillard, con un libro abierto en el regazo.

—Un rato después se fue a la cocina y volvió con una tarta que había hecho. Recortó en pequeños cuadrados la porción de Ed. —Me estudiaba con la vista, al parecer decidido a demostrar su idea—. Y se puso de rodillas, Cal. Se arrodilló y alimentó con tarta al viejo. —Esperó que calara la imagen y continuó—: Era buena con Ed. Ése es el punto, por supuesto. Muy buena con él. Porque verdaderamente le cuidaba. Y no por obtener algo para ella. Y le leía hora tras hora.

La recuerdo en mi despacho, su rostro a la luz de la lumbre, el modo como acarició con las manos el libro que había tomado del estante, y después, en su casa, el libro que encontré abierto en la mesa junto a la ventana, las líneas que había subrayado.

Brady me dijo su última palabra sobre el tema.

—Dora fue buena con Ed, Cal. Desde que empezó a trabajar para él hasta la noche en que murió.

La noche en que murió.

Recuerdo bien esa noche. El sonido de la campana de Navidad en alguna parte mientras yo golpeaba la puerta y esperaba, y la mano que apartó las cortinas blancas de encaje, y después un rostro de mujer, bello e inmóvil, unos ojos verdes como de gatos que escrutaban desde la casa en sombras.

6

La casa de Ed Dillard estaba a cierta distancia de la calle Maple. Era la única sin señales de las fiestas de Navidad: no había velas en las ventanas ni árbol resplandeciente, ni signo alguno de que estuviera ocupada.

Entonces vi a una mujer en una ventana del segundo piso, con los brazos tiesos al costado, como si la hubieran puesto allí, como una de esas figuras de piedra que los antiguos usaban para proteger el portal de sus almas.

Había bajado a la planta baja cuando llegué a la puerta. Al correr las cortinas sólo le vi la cara, blanca y luminosa, un camafeo sobre terciopelo negro. Entonces abrió la puerta y le cayó un rayo de luz, partiéndola en dos, engarzando los ojos en una sombra profunda y bañando todo lo demás en una engañosa luminosidad amarilla.

—El sheriff Pritchart dijo que usted llamó —expliqué—. Está bastante resfriado y su asistente se marchó a Portland. Así que me pidió que viniera —me quité el sombrero—. Cal Chase. Trabajo en la oficina del fiscal del distrito.

Retrocedió.

—Por favor, pase usted —dijo.

Había visto antes a Dora, esa mañana que cruzó ante la barbería de Ollie, pero nunca de cerca. Ahora noté que se había cortado el pelo sin considerar ningún cuidado ni estilo. También noté otras cosas. Que la falda le llegaba a los tobillos y las mangas hasta las muñecas, como si se cuidara extremadamente de ocultar el cuerpo.

—El señor Dillard está arriba —dijo.

Yacía en la cama, con los ojos cerrados y una sábana ajustada bajo la barbilla. La almohada sobre la cual descansaba la cabeza parecía recién dispuesta, y la funda se veía blanca y ordenada. Había un vaso de agua en una bandeja de plata sobre la mesilla de noche, junto a una taza de porcelana azul a medio llenar con té. Una vela blanca ardía adecuadamente sobre un apoyo de cristal; una rosa roja, fresca y admirable por su fragancia, había sido colocada en un pequeño vaso de vidrio, al lado.

Miré un momento la silla giratoria junto a la cama. En el asiento había un libro abierto y un par de gafas de montura dorada. *La casa de los siete tejados.* Lo había leído en la secundaria, recordaba muy bien que el anciano moría con los ojos abiertos, frenético, furioso, escupiendo sangre por la boca.

Todo indicaba que Ed Dillard había muerto como desea la gente, pacíficamente mientras dormía. Dudaba de que hubiera sido así, por supuesto. Entonces ya tenía bastante experiencia con la muerte para saber que la gente muere como los automóviles viejos, estremeciéndose y crujiendo, expulsando fluidos y gases. De pronto recordé a mi madre tal como la había encontrado en su casa, apenas viva, despatarrada en el suelo, con el camisón pringoso con sudor y orina. Mi vieja cólera surgió en mí otra vez, como gato al acecho. Miré a Dora y vi que algo se movía en sus rasgos, rápido como una sombra. Sentí que también ella había visto la misma imagen que emergía en mi mente, que había percibido la prontitud del paso de la pena a la ira en mi interior.

—Parece que el señor Dillard se marchó pacíficamente —dije mientras sacaba mi libreta—. Sólo tengo que hacer un par de preguntas.

Asintió.

—¿Estaba usted con el señor Dillard cuando murió?

—Sí.

—¿Recuerda la hora del suceso?

—Poco después de las nueve.

—¿Y murió aquí mismo, en la cama?

—Sí.

—¿Alguien ha estado en este cuarto desde entonces?

—No.

—¿Lo han movido?

—Lo lavé y le cambié la ropa. ¿No debí hacerlo?

—No, no, está muy bien —le aseguré—. No tiene que preocuparse por eso. —Miraba la libreta, pero sin escribir—. Sólo por curiosidad, ¿cuál era su relación con el señor Dillard?

—Era su ama de llaves.

—¿Vive aquí?

—Sí.

—¿Sabe si tiene algún pariente? ¿Gente que deberíamos buscar?

—Nunca mencionó a nadie.

—¿Y usted se llama…?

Alzó los brazos como para protegerse de dedos invisibles que le estuvieran desabotonando la blusa.

—Dora March —respondió, en tono neutral.

Cerré la libreta.

—Bueno, de momento es todo lo que necesito saber. Tendré que enviar al doctor Bradshaw. El forense del condado. ¿Quiere que lo llame ahora?

—Sí —dijo.

Utilicé el teléfono de la planta baja, uno de madera, que colgaba de la pared. Dora se mantuvo a un par de metros, junto a una lámpara con pantalla roja, escuchando en silencio mientras hacía los arreglos del caso.

—El doctor llegará dentro de unos minutos —le dije apenas terminé de hablar.

Asintió.

—Siento lo del señor Dillard —agregué.

—Gracias.

Me condujo a la puerta. Salí a la terraza.

—Bien. Buenas noches, señorita March.

—Buenas noches, señor Chase.

Volví a mi oficina y, sin sueño a esas horas, revisaba una acusación que no recuerdo cuando el doctor Bradshaw llegó una hora más tarde. Era un hombre mayor, de aspecto descuidado, con un sombrero arrugado y una barba gris de dos o tres días. Tenía una pierna más corta que la otra, de modo que al andar el hombro izquierdo se le desplazaba unos cinco centímetros más alto que el derecho. Su apariencia resultaba entonces un tanto torcida, como una bicicleta accidentada y vuelta a armar de manera rápida y elemental.

—Aquí tienes el certificado de defunción —dijo, y dejó una hoja de papel en mi escritorio.

La cogí y la empecé a mirar.

—¿Hay algo que deba informar a Hap?

El doctor Bradshaw se dejó caer, con un suspiro, en la silla frente a mi escritorio. No contestó a mi pregunta. Pero preguntó:

—¿Tienes por casualidad algo de whisky, Cal?

—No tengo en la oficina.

—¿Porque va contra las reglas?

—Porque es demasiado tentador. —Miré el final de la página—. Causas naturales. ¿No te cabe ninguna duda?

El doctor Bradshaw reía entre dientes.

—¿Quieres problemas, Cal? ¿No te parece que haya bastante actividad delictiva en Port Alma? —Volvió a reír—. No, no encontré nada fuera de lo normal. Los viejos mueren, eso es todo. —Se inclinó hacia delante, se tocó las rodillas y volvió a reclinarse, gruñendo—. Pobre Ed. No hubo nadie que derramara una lágrima por él.

—A excepción de esa mujer —dije, y me sorprendí al decirlo.

—¿Crees que tenían cierta intimidad? —preguntó el doctor Bradshaw.

—Al parecer se preocupaba por él.

Bradshaw miró un instante hacia la ventana.

—Creo que se va a marchar de Port Alma.

—¿Y por qué?

—Quizá tenga que hacerlo —dijo, y volvió a mirarme—. No conozco a ningún otro viejo que pueda contratar un ama de llaves día y noche. Por lo menos no en estos tiempos.

Dejé el informe en una carpeta y la guardé en el escritorio.

—Ya encontrará algo que hacer.

—Quizá —dijo el doctor Bradshaw. Se sujetó las rodillas y se puso de pie—. Deberías llamarla, Cal.

—¿Llamar a quién?

—A esa joven que se estaba ocupando de Ed. No hay tantas mujeres solteras en Port Alma. —Sonrió astutamente—. El que vacila, pierde.

El doctor Bradshaw tenía razón, por supuesto, pero vacilé de todos modos. A la mañana siguiente ya había nuevos casos en mi escritorio, gente que se maltrataba de la manera habitual, sobre todo rompiendo contratos que implicaban dinero o corazones. El sheriff Pritchart vino a buscar el informe de el doctor Bradshaw. Preguntó si todo había sido «normal» en casa de Ed Dillard. Le dije que sí y no volví a pensar en el asunto.

Dos días más tarde, uno después de Navidad, vi un breve texto sobre Ed Dillard en el *Sentinel*. Supuse que Billy lo había escrito, pues tenía el sello de su estilo, la típica melancolía romántica que también caracterizaba su mentalidad. Escribió acerca de la lucha del viejo contra la pobreza, de todo lo que tuvo que superar, de la devoción que manifestó a su esposa durante su prolongada enfermedad y de la fortaleza con que soportó su propia mala fortuna. «La gracia de la vida de Ed Dillard finalmente se parecía a las rosas que cultivaba en el jardín de su casa», escribió mi hermano, «mucho más bellas por sus espinas.»

La tarde siguiente visité a mi hermano. Durante los últimos años nos habíamos acostumbrado a comer con nuestro padre todos los domingos. Después que lo abandonó mi madre para trasladarse a Fox Creek, había pasado por un lapso de pronunciada depresión. Por un tiempo estuvo pensando en regresar al diario, pero abruptamente abandonó la idea y decidió que sólo sería «consejero». Esto había significado poco más que depender de su viejo amigo, el sheriff Pritchart, que lo alertaba acerca de cualquier suceso digno de nota en el condado. La mayor parte del tiempo mi padre permanecía recluido en la casa de la calle Unión, leyendo sus amados libros y tocando las melodías de las pocas partituras de piano que mi madre había dejado.

Ese domingo parecía un poco más animado. Nos contó historias de sus primeros tiempos en el *Sentinel*, siendo el pasado, como siempre, mucho más vivo para él que el presente, y el futuro casi inexistente, una tierra más allá del río, inmóvil y sin viento, ya clausurada por la muerte.

Después de comer nos sentamos en el salón. Era un día de vientos estruendosos, con nubes oscuras que avanzaban desde el norte. Más allá de las ventanas que crujían, rugían ráfagas de súbito y no menos abruptamente se extinguían, como caballos espoleados y casi de inmediato sujetos por el freno.

Mi padre nos pasó cigarros y se instaló en la mecedora junto a la puerta. Billy se apoyó contra la chimenea de ladrillos, inquieto como siempre, y yo me acomodé como de costumbre en el sofá de cuero.

Mi padre aspiró el cigarro.

—¿Alguna novedad en el periódico, William?

Billy negó con la cabeza y se dejó caer en la silla frente a mí, cruzó las largas piernas una sobre otra, balanceando rítmicamente un pie como quien acompaña una canción que nadie más escucha.

—Bueno, habrá alguna noticia —dije.

—En realidad no. Las cosas están bastante tranquilas.

Mi padre se volvió hacia mí.

—¿Y qué sucede en la profesión?

—Nada especial.

—Muy bien entonces —dijo mi padre. Sacó un papel del bolsillo del pantalón—. Empecemos con Cuatro Líneas.

Cuatro Líneas era una idea que mi madre había inventado hacía varios años, cuando Billy y yo éramos niños. Después de la comida de los sábados, cada miembro de la familia recitaba cuatro líneas de alguna obra literaria. Había que escoger cada fragmento por su belleza o por su sabiduría. El ideal era que reflejara nuestro estado de ánimo, o algún problema que nos estuviera sucediendo en la vida y cuya solución estuviéramos buscando. Continuando con esa actividad incluso después que mi madre lo había abandonado, sin duda mi padre esperaba que nos alentaría a mi hermano y a mí a exponer nuestras esperanzas y temores más profundos junto a él. Cuatro Líneas no había conseguido ese objetivo, pero él seguía creyendo que algún día iba a resultar.

Esa tarde, como siempre, empezamos por el mayor. No recuerdo qué recitó mi padre, pero prefería los aforismos, especialmente si estaban encerrados en pareados heroicos, así que probablemente los tomó de Pope o de Dryden. Por mi parte, una hora antes había hojeado rápidamente las *Bartlett's Quotations*, y localizado unas frases sobre la ley. Las recité sin entusiasmo e indiqué a Billy que dijera las últimas palabras del día.

—Ahora tú —le dije.

Mi padre respiró impaciente, sospechando que no le interesaría en absoluto la elección de Billy. «Tu hermano es capaz de cortar el césped con una afeitadora antes que leer algo distinto a las tonterías románticas que tu madre le mete en la cabeza», había gruñido años antes mientras los dos estábamos en su despacho releyendo seriamente a Eurípides, y Billy daba volteretas en el jardín. Nunca había cambiado de opinión, aunque creo que la partida de mi madre había alterado bastante su juicio, y sugeríendole que quizá pudo aprender algo de los poetas que ella amaba y de sus ardientes canciones de amor.

—¿Y qué tienes hoy para nosotros, William? —preguntó.

El movimiento rítmico de los pies de mi hermano se interrumpió. Sonrió un poco, jugó innecesariamente con el puño derecho de la camisa, se puso de pie, y recitó con los ojos inmóviles y la voz casi solemne.

> *El deseo de la polilla por la estrella.*
> *Del día por el día siguiente.*
> *El anhelo de algo distante*
> *de la esfera de nuestra pena.*

Terminó y se sentó y fijó la vista en la lumbre. Una luz dorada y suave le bailaba en la cara, un efecto que daba vulnerabilidad a su apariencia, algo que nunca había visto en él.

—¿De qué poeta? —preguntó mi padre.

—De Shelley.

—El preferido de tu madre —dijo mi padre—. No me extraña. Ella siempre buscaba algo distante.

—Y supongo que todavía —asintió Billy en voz baja.

Lo miré a los ojos.

—¿Y tú? —pregunté.

—Quizá —dijo, con una sonrisa tranquila, extrañamente sombría, después de volverse y mirarme.

Pasarían dos semanas antes de que pudiera reunir la cita que había elegido con el talante pensativo de su dicción. Supe que dos semanas antes había encontrado eso distante que nombró esa tarde.

Y su nombre era Dora March.

SEGUNDA PARTE

7

El sheriff T. R. Pritchart hizo todo lo posible por hallar a Dora March en los días inmediatamente posteriores al asesinato de mi hermano. Siguió cada pista y habló con todos los que podían saber algo acerca de adónde se había marchado. Yo le informé que el anillo que habían encontrado junto al cuerpo de Billy era de mi madre. Betty Gaines le contó que un coche había estado aparcado detrás de la casa de Dora no mucho antes de la muerte de Billy. También había escuchado una voz en la casa de Dora, una voz masculina, aunque no estaba segura de que fuera de Billy. Atravesando la lluvia, sorteando los bordes del césped, sólo alcanzó a entender un poco de lo que había oído.

Cuatro líneas:

No lo creo.
No es verdad.
No puede ser verdad.
¡Eres tú!

Y Henry Mason, empleado del *Sentinel*, resultó ser el mejor testigo de las probables andanzas de Dora. La había visto ese día caminando por la carretera que lleva a Royston, dijo a T. R. Llevaba una maleta y se dirigía hacia el poste de hormigón que señalaba la parada del autobús de Portland. Estaba lloviendo, dijo, así que se detuvo, la recogió y la llevó a la terminal de autobuses de Port Alma. Parecía muy tensa, según Henry, pero no dio explicación alguna sobre por qué se marchaba del pueblo. Por el aspecto de su rostro dedujo que algo había sucedido, la enfermedad súbita de un pariente, quizás, o alguna otra noticia penosa que abruptamente la decidía a alejarse. Le había preguntado hacia dónde iba. Y sólo respondió: «Lejos por un tiempo», así que Henry había esperado que regresara a Port Alma al cabo de pocos días, y de ningún modo había imaginado que estuviera «huyendo». La había dejado en la terminal aproximadamente a las tres de la tarde, le dijo a Pritchart, y después se encaminó directamente a casa.

Según Sheila Beachman, que la atendió, Dora parecía nerviosa y algo trastornada cuando compró el billete a Portland. Se había ido directamente al autobús y se sentó muy atrás.

Y después sencillamente desapareció.

Durante los días que siguieron revisé una y otra vez la casa de Dora, sus armarios, el pequeño ático, e incluso escarbé entre las cenizas del hogar y hurgué en la ennegrecida chimenea, husmeando en todas partes en busca de algún indicio del lugar adonde había huido. Sólo encontré la maltrecha antología de poesía inglesa que dejó atrás. Una etiqueta, dentro, decía *Ex Libris Lorenzo Clay, Carmel, California*, quizás una clave acerca de dónde había estado pero no de adónde había ido.

—Ya sé que quieres que la capturemos pronto, Cal —dijo el sheriff Pritchart la tarde que me citó a su despacho.

Había sabido, me dijo, que estaba realizando una investigación por mi cuenta, y quería interrumpirla antes de que «me metiera en problemas».

—Es otra gente la que tiene que encontrar a Dora March —me dijo T. R.—. Y no tú, Cal. No es tu trabajo.

Estaba apoyado en el mueble donde guardaba las armas, una fila de rifles sujetos en sus apoyos, detrás de la puerta de vidrio. Una cadena de acero pasaba por cada protector de los gatillos y terminaba en un candado, en la estructura de madera.

—¿Comprendes?

Como no dije nada, me observó en silencio, y luego dijo:

—Te ves pésimo, Cal. —Observó que estaba estudiando la cerradura del mueble de las armas, reparó en la expresión desolada de mis ojos—. Ojalá William se hubiera mantenido lejos de Dora —agregó.

Un juicio anterior alzaba la cabeza: *La muerte la sigue.*

—Pero me parece que sencillamente no podía separarse de ella —dijo T. R., desanimado.

—La amaba —le dije en tono neutral, sin que se notara la ola hirviente que me atravesaba.

—Y eso le costó la vida.

Parecía la más amarga de las conclusiones, que Billy había muerto por amor. Recordaba la alegría y la paz que le embargaron durante las últimas horas. Como si por fin hubiera desentrañado el gran enigma de su existencia, hallando en Dora la única llave que le abría el alma.

—Y algo de dinero, me parece.

T. R. se refería a la malversación, a pequeñas sumas robadas en efectivo y a las anotaciones fraudulentas hechas por Dora.

—Eso no le importaba —dije.

—¿A William no le importaba que Dora fuera una ladrona? —T. R. sacudió la cabeza—. ¿Sencillamente iba a olvidar todo eso?

—Habría hecho cualquier cosa por ella —dije en voz baja—. En ella había algo que…

Me interrumpí recordando el tacto de su mano.

T. R. me observó con cautela, como el cazador que acaba de detectar huellas de oso en la nieve.

—¿Había algo en ella que qué?

—Que hacía que mi hermano quisiera vivir.

T. R. sacudió la cabeza. No quería distraerse con ese tipo de nociones y volvió a la razón por la cual me había citado a su despacho.

—Sé que has estado hablando con gente, Cal, con Joe Fletcher, con Art Brady, con otros.

Sentía cómo se apretaba el nudo. T. R. muy pronto adoptaría medidas, pediría a los buenos ciudadanos de Port Alma que callaran si yo aparecía por ahí preguntando por Dora March.

—¿Qué harás si la encuentras?

Le contesté simplemente con un encogimiento de hombros.

—Esa respuesta no basta, Cal.

—Es la única que tengo, T. R.

—Bueno, antes de que te precipites por la puerta de Dora, conviene que pienses bien un detalle. Si esa mujer mató a William, es tan seguro como el infierno que te matará también a ti. ¿Y en qué nos deja eso, Cal?

Quería que le dijera que renunciaba, que no buscaría más a Dora, que dejaría que el resto de su investigación siguiera por los canales oficiales. Pero yo no podía prometer una cosa a sabiendas de que no iba a cumplir la promesa.

—Si el dinero no le importaba a William, quizás estemos entonces ante una pelea de amantes —dijo T. R.—. He visto casos así varias veces. Discusiones que se salen de madre y alguien que termina muerto.

—Él la amaba —dije.

—¿Y ella a él?

Vi los ojos de Dora alzarse hacia los míos, *No puedo.*

—Sí, lo amaba.

—He visto que el amor hace que la gente haga cosas buenas —dijo T. R.—. Pero al mismo tiempo nunca he visto que impida que una persona haga algo malo.

T. R. se estaba acercando a los setenta años. Hacía mucho que en él habían muerto las ilusiones románticas. Veía en las certidumbres pasionales apenas algo más que afirmaciones fugaces, y en el amor eterno algo que no duraba más que una estación del año.

—Quizá le dijo que no, eso es lo que estoy pensando, Cal. Quizás así empezó todo. Le ofreció el anillo y ella dijo no. Y por qué le dijo no, bueno, puede ser por la historia más vieja del mundo, hijo. Quizá tenía otro hombre. ¿Nada sabes de eso, verdad?

—No.

—¿Nunca te mencionó William a alguien en quien pensara Dora más que en él?

La verdad se irguió como un atasco sangriento en mi garganta, pero me la tragué.

Ante mi silencio, T. R. movió la cabeza, desalentado.

—Me pregunto quién era ella.

Vi el sucio pesquero girar hacia el mar, escuché la voz de mi hermano con todo su entusiasmo juvenil, *Ella está allí fuera, en alguna parte.*

—Era la única que estuvo esperando toda la vida —dije.

—Creo que en lugar de eso debió coger un nombre al azar en un sombrero.

Miré hacia la ventana. La nieve caía, densa, más allá del vidrio nublado.

—No podía hacer eso. Amaba a Dora. Sólo a Dora.

—Sí, ése era William, de acuerdo —T. R. lo dijo con pena—. Nunca creció, ¿verdad? Nunca salió de esa manera infantil de ver las cosas —Me guiñó un ojo, como el que sabe—. Es mejor ser como tú, Cal.

—¿Como yo?

—Del tipo que nunca se deja arrastrar por nada.

Sentí mi mano en la garganta blanca de ella y me puse de pie enseguida.

—Mejor que me vaya —dije.

—Pero recuerda lo que te he dicho —me advirtió T. R.

—Lo recordaré —dije, y le dejé con sus papeles y sus armas y me encaminé a casa.

Apenas llegué, me quité el abrigo y lo colgué en el armario de la entrada, me saqué las botas de invierno y las dejé sobre la esterilla. Ya rugía la tormenta, y ráfagas furiosas estremecían las ventanas y enviaban ramalazos de aire helado sobre el frío suelo de madera. Encendí el fuego y me senté cerca de las llamas. De niños, Billy y yo solíamos hacer lo mismo, y nos abrazábamos, maravillados del calor que generaba nuestro cuerpo. Pensando en esos tiempos, la muerte de mi hermano me fue penetrando más y más hondo, densa como un humo negro, manchando todo, pasado, presente y futuro, dejando señales en todo lo que tocaba.

Uno por uno me volvieron los sucesos del año pasado: las Cuatro Líneas de Billy, mi primera visión de Dora mientras cruzaba frente a la barbería de Ollie, encuentros, conversaciones, las palabras que se habían cruzado entre nosotros, los instantes en que nos habíamos tocado. Y, sin embargo, a medida que avanzaba el atardecer, la mente me volvía con más y más exactitud a una noche particular, a un hombre, a una niña, a una casa ardiendo, a Billy en la distancia, a Dora a mi lado, con los ojos en el fuego, mirándolo con tanta intensidad que la mirada parecía atizar las llamas.

◆ ◆ ◆

El fuego había empezado al caer la noche. Una noche de viernes, el 17 de junio, para ser exacto. La nieve había caído sin pausa desde las nueve de la mañana, bloqueando caminos, casi deteniendo el tránsito. Cuando los bomberos voluntarios llegaron a la casa de Carl Hendricks, en el Camino del Pino, la destartalada edificación ya era una causa perdida.

Cuando llegué yo, la espiral de las llamas había superado las escaleras y destrozado la única ventana del segundo piso. Y ahora se aferraba al techo con feroces dedos rojos.

Ya nada se podía hacer para salvar la casa. Pero unos cuantos de nosotros, en lugar de mirar mientras se quemaba, habíamos formado una fila y acarreábamos cubos de agua desde un arroyo cercano para mojar el pequeño cobertizo que había detrás de la casa.

Carl Hendricks se había unido a la fila por un tiempo, pero pronto se apartó y se quedó a pocos metros de su casa, envuelto en una sábana gastada y con Molly, su hija, en silencio a su lado. Era un hombre grande, de rostro carnoso y nariz aplastada. Tenía las orejas pequeñas y retorcidas; mirado de lado parecían las de un mono. Molly parecía la hija de otro. Tenía ocho años, pelo rubio que le caía hasta la cintura, y una piel tan suave y luminosa como porcelana recién pulimentada.

Billy llegó pocos minutos antes de que la casa exhalara su último quejido, se estremeciera unos segundos y se derrumbara. Su destartalado y viejo Ford atravesó la nieve resonando hasta llegar silbando junto a mi propio coche y detenerse. Llevaba su gabardina marrón con solapas deshilachadas, al cuello el caro pañuelo rojo que yo le había regalado en su último cumpleaños, y un sombrero de fieltro hundido hasta las cejas, lo que le daba el aspecto de un detective de melodrama.

Advertí de inmediato que no venía solo.

Ella bajó con rapidez, cerró la puerta a sus espaldas y clavó la vista en el fuego, estudiándolo intensamente como si el humo negro y las llamas rojas fueran un acertijo que estaba decidida a resolver.

La reconocí de inmediato, por supuesto. Era la joven que primero había visto por la ventana de la barbería y después en casa de Ed Dillard la noche de su fallecimiento.

—Me parece que ya conoces a Dora —dijo Billy cuando estuvo cerca.

En las sombras que esculpía el fuego, mi hermano parecía mayor, más experimentado, y supongo que debí intuir que ella estaba empezando a ahondarle y enriquecerle, a entregarle la sensación de «algo que perder» que yace en el corazón de toda madurez.

—Sí, nos conocemos —dije, y me toqué el borde del sombrero—. Buenas tardes, señorita March.

—Señor Chase —dijo ella, e inclinó ligeramente la cabeza.

—Dora está trabajando en el *Sentinel* —me dijo Billy—. Allí estábamos cuando nos llegó el aviso. —Los ojos se le fueron hacia la casa—. Parece que no hay caso. —Sacó una libreta del bolsillo y miró a Dora—. Bueno, echemos un vistazo.

Los observé mientras se dirigían a la casa. La nieve giraba densa, envolviendo la ruina en un manto blanco. Billy se detuvo para señalar algo a Dora, anotando algo en la libreta al mismo tiempo que hablaba. Ella le escuchó con la mayor atención, y a una señal suya volvió a avanzar.

—¿Quién es la mujer que está con tu hermano?

Me volví y vi que Hap Ferguson estaba a mi lado. Era mi jefe, el fiscal del distrito del condado de Jefferson, un hombre gordo, canoso, de unos cincuenta años, alegre, a veces bromista, de mejillas sonrosadas.

—Dora March.

—Ese nombre me recuerda algo —dijo Hap.

—Era el ama de llaves de Ed Dillard. Debes de haber visto su nombre en mi informe. Hace un mes estaba viviendo con él cuando murió.

—La suerte de Ed —comentó Hap, con una sonrisa insinuante.

Seguí mirando un rato a Dora. Cuando volví a fijarme en Hap, advertí que me estudiaba, pensativo.

—Pareces un poco trastornado, Cal.

Hice un gesto con la mano, como para descartar el comentario.

—Yo no me trastorno, Hap.

—¿Ya estás muy viejo y cansado del mundo para esas cosas?

—¿En qué estás pensando, Hap? —pregunté.

En lugar de contestarme, sacó algo del bolsillo del abrigo.

—Quizá no sea el mejor momento, pero echa un vistazo a esto. Se llama Rachel. Rachel Bass. Mi prima.

A la luz variable del fuego, la fotografía mostraba a una mujer espigada, de anchos hombros y limpia expresión, un rostro de los que había visto de niño por lo general en mujeres de carteles de guerra, la enfermera que desafía el fuego y la metralla y trae a casa al soldado herido.

—Rachel es de tu edad —dijo Hap—. Su marido murió hace un par de años. Tiene una hija de cinco años, Sarah.

Rachel Bass llevaba un vestido barato, floreado, de los que cuelgan por centenares en las grandes tiendas. El pelo le caía justo hasta los hombros, espeso y ondeado, partido al medio. En la fotografía estaba de pie a la entrada de una casa de madera. Había un termómetro de hojalata clavado en la columna donde se apoyaba. Un paño blanco le colgaba de la mano, y el pequeño delantal parecía ligeramente sucio. Había una niña a su lado, que apretaba la cara contra la pierna izquierda de su madre y con la mano se aferraba al delantal manchado. Rachel Bass, más que otra cosa, parecía una mujer que ha terminado un día pesado, ha cocinado y limpiado y lavado, y ha explicado al tendero que le pagaría el fin de semana. Necesitaba descanso, pensé, no un hombre como yo.

—Un tiempo enseñó inglés en la escuela de Royston —continuó Hap—. Pero ahora alquila habitaciones para mantenerse.

Sacudí la nieve de la fotografía y la devolví.

—No es mi tipo, Hap.

—¿Y cuál podría ser tu tipo?

No me atreví a decírselo. A pesar de todas las historias subidas de tono que me contaba en el trabajo, no me pareció que mis visitas de fin de semana a un burdel de Royston fueran adecuadas para un abogado que trabajaba con él.

—Supongo que lo sabré cuando la vea. Pero ella no es.

—Demonios, ya sé que no es territorio virgen. Pero sigue siendo una hermosa mujer. Y muy bien educada. Lee todo lo que cae en sus manos. Creo que te gustaría. —Volvió a mirar la casa, y la fotografía le seguía colgando de los dedos—. Así que no la pierdas de vista, Cal. Piensa alguna vez en ella.

Antes de que pudiera alegar nada, volvió a ocuparse de Carl Hendricks.

—Pobre hombre. Hace dos meses que murió su segunda mujer. Por Dios, ¿qué va a hacer ahora? —Sacudió la cabeza, como considerando la multitud de desgracias que pueden golpear una sola vida—. Bueno, acerquémonos para apoyarle un poco.

Nos encaminamos al lugar donde estaba Carl Hendricks con su hija. El calor del fuego había calentado bastante el aire y Hendricks había dejado caer la sábana que se había puesto sobre los hombros y que ahora estaba a sus pies, mojada y arrugada. Con una de sus grandes manos apretaba con fuerza los hombros de Molly.

—Es terrible, Carl —dijo Hap, mirando el fuego—. ¿Te puedo ayudar en algo?

—No tenía seguro —murmuró Hendricks—. No me alcanzaba el dinero.

Parecía desconcertado por su desgracia, abrumado, atontado. Sospeché que, incluso en el mejor de los tiempos, Carl Hendricks había sido un hombre de recursos sumamente limitados, la clase de hombre que siempre resulta desplazado, golpeado y finalmente arrinconado, que su vida fue como una pelea de borrachos que él no empezó y que no sabía cómo terminar.

—Empezó en la cocina —murmuró—. Y se extendió por todas partes. —Chasqueó los dedos—. Así.

La casa apenas era ya un boceto abrasado en un campo de llamas. Billy y Dora venían hacia nosotros.

—La cosa más rápida que nunca he visto, ese fuego —decía Hendricks cuando ellos llegaban. Saludó con la cabeza a Billy y miró un instante a Dora, y enseguida apartó la vista. Señaló la sábana arrugada a sus pies—. Traté de combatirlo. Casi me quemo. Parece que todo se encendió al mismo tiempo.

Hendricks nos dijo que Molly estaba en el segundo piso cuando empezó el fuego, que avanzó tan rápido que casi la atrapa. Pero ella se las había arreglado para abrir una ventana, deslizarse al techo y finalmente saltar sobre un montón de nieve.

Vi que Dora miraba a la niña. Hizo ademán de tocarle el pelo, pero se interrumpió y metió las manos en el bolsillo del abrigo.

—Todo lo que tenía —los dedos de Hendricks acariciaban los hombros de su hija—, y todo quemado en un momento.

El techo se hundió con un gemido. Explotó en el aire un géiser de chispas, se mezcló un momento con la nieve que caía y se perdió silenciosamente en tierra. Molly miraba a Dora. Me pareció que se miraban a los ojos, y que de súbito los de Dora se agitaban como si hubieran avistado algo serio y alarmante en el rostro bonito y joven de Molly. Dora dio un paso atrás, se volvió y caminó hacia una zona aislada, unos seis metros más atrás.

Me atrajo esa manera silenciosa y solitaria de instalarse mientras los demás se movían por todas partes, así que poco después me retiré también del círculo y acudí donde estaba, siguiendo las huellas que había dejado en la nieve.

—Te vas a tener que acostumbrar a ver cosas como ésta —le dije apenas estuve cerca—. Como ahora estás trabajando en el *Sentinel...*

—Sí, por supuesto.

—Y peor todavía —agregué—. Port Alma es una comunidad pequeña. Pero aun así suceden cosas. Incendios como éste. Accidentes en los aserraderos. Gente que se ahoga. De vez en cuando tenemos un par de crímenes. Hasta tuvimos un asesinato en masa hace unos veinte años. Toda una familia apuñalada. Un hombre y su mujer. Y una niña.

Me clavó la vista y la apartó enseguida. Se quedó mirando la madera ardiente. Decidí pasar a un tema menos perturbador.

—Necesitarás un abrigo mejor si te quedas en Port Alma.

—William dijo lo mismo.

—Apuesto a que Billy te ofreció su propio abrigo —le dije, burlándome apenas de los anticuados modales caballerescos de mi hermano—. Es un caballero de brillante armadura.

—Sí, así es —dijo, y algo se suavizó en sus rasgos.

—Perros perdidos, gatos abandonados. Siempre lo siguen a casa —agregué.

Me miró a la cara.

—¿Y qué te sigue a ti a casa?

Sentí mi respuesta como un peso sutil que se agregaba a mi alma.

—Nada me sigue a casa.

Volvió a mirar el fuego, no hizo más comentarios, pero en cierto sentido me parecía que me seguía observando. Juzgando. Mi primer y único impulso fue marcharme.

—Bueno, me parece que no hay mucho más que hacer aquí. Buenas noches, señorita March.

La dejé sola, di una vuelta, le dije a Hap y a Billy que me marchaba, hablé un momento con Carl Hendricks, y me encaminé al coche y me instalé al volante. Mientras me alejaba, eché un vistazo atrás, impresionado por el resplandor de las brasas y el hirviente humo gris, por las figuras sombrías apretujadas bajo los árboles desnudos y helados, siluetas contra la nieve. Si el infierno fuera un paisaje invernal, pensé, sería como Maine. Entonces avisté una vez más a Dora, de pie, sola, y a mi hermano que acudía a ella, ansioso y sensible como si fuera el único que escuchara su llamada silenciosa.

8

Durante los días posteriores al incendio de Hendricks, cuando pasaba junto al *Sentinel* camino al trabajo o a casa, a veces veía a Dora sentada en el pequeño escritorio metálico que mi hermano le había asignado, pero no tuve oportunidad de conversar con ella. Solía estar inclinada sobre el escritorio, todo indicaba que concentrada en el trabajo, dedicada a los papeles que tenía enfrente. Nunca alzó la vista, nunca me notó, sin duda nunca vio mis ojos apegarse a ella, quedarse un instante en ella, quizás atraídos, pero fríamente, como los de un animal que bebe de un arroyo congelado.

Hap me llamó a su despacho una semana después del incendio.

—Tu hermano cree que hay algo raro en ese fuego en casa de Hendricks. ¿No te ha dicho nada?

—No.

—Ayer por la tarde pasé por la oficina de aprobación de testamentos y vino William, que empezó a hablar de eso. Me parece que huele algo extraño.

—¿Algo extraño?

—Como si sucediera algo extraño.

—¿Dijo eso?

—No con esas palabras, pero creo que deberías ir allí, revisar eso un poco, ver si algo te parece raro.

—¿Qué es lo que tengo que buscar, Hap? El lugar se quemó por completo.

Era la clase de tarea que menos me gustaba, pero no podía evitarla. Mientras me acercaba a la casa de Hendricks, una hora más tarde, me sentía ligeramente molesto porque una observación subjetiva de Billy me hubiera obligado al viaje. No conseguía imaginar de dónde había sacado la idea de que parecía haber algo extraño en ese incendio. A fin de cuentas yo había llegado mucho antes que él y había ayudado a los voluntarios a mojar el cobertizo detrás de la casa. Y en ningún momento vi nada que me hiciera dudar que el fuego se había desarrollado exactamente como lo había descrito Carl Hendricks.

Me seguía preguntando por el origen de la siniestra idea de mi hermano cuando ingresé con el coche por el sendero cubierto de nieve derretida de la que hacía tan poco había sido la casa de Carl Hendricks.

Entonces lo supe.

Ella estaba allí, de espaldas a la carretera, de cara a los carbonizados restos de la casa. Se volvió cuando escuchó el automóvil y noté que tenía los zapatos y también el borde del abrigo sucios y mojados. Sostenía lo que parecía un trozo de papel quemado.

—Buenos días —dije apenas bajé del coche.

Me saludó con la cabeza mientras me acercaba, se quitó las gafas con una mano y se guardó el papel con la otra en el bolsillo del abrigo.

—No esperaba encontrarte aquí.

Advertí que tenía los dedos manchados de hollín, saqué un pañuelo y se lo alcancé.

Se limpió las manos y me devolvió el pañuelo.

—Gracias.

El esqueleto ennegrecido de la casa estaba cubierto de nieve que se derretía. Un olor acre impregnaba el aire.

—Supe que mi hermano tenía algunas sospechas. Se las mencionó a mi jefe, a Hap Ferguson. El fiscal del distrito. Me pregunto si Billy cree que un hombre puede quemar su propia casa en tiempos como éstos. —Saqué un puro y lo encendí, tiré la cerilla a la nieve sucia, a mis pies—. Y una casa que no está asegurada, además.

Miraba la sábana empapada casi sepultada en la nieve, unos metros más allá. Era la que había caído de los hombros de Hendricks la noche del incendio. No dijo nada.

—¿Y cómo llegaste hasta aquí? —pregunté.

—William me pasó a dejar. Le dije que volvería caminando.

—Bueno, te puedo llevar al pueblo si quieres. Esta «investigación» no será muy larga.

Dicho lo cual me dirigí a los empapados restos de la casa de Carl Hendricks. Mientras Dora me esperaba, caminé entre las maderas quemadas, pateándolas o escarbando entre ellas con un palo. Incluso me incliné algunas veces, extraje algo de esas ruinas para olerlo en busca de rastros de gasolina o petróleo.

No sabía bien qué buscaba. Algo fuera de lugar o estúpidamente olvidado, una lata de queroseno en los calcinados restos de lo que fue un dormitorio. Hacía mucho que había comprobado que la mente criminal suele ser torpe, descuidada y nada hábil, capaz de estupideces hasta muy cómicas. Nuestro delincuente local típico era un inocente, dañado por la mala memoria y por una muy limitada capacidad de concentración. Caían solos en una trampa antes de que las autoridades los atraparan. Si Carl Hendricks había incendiado su propia casa, estaba seguro de que había dejado alguna pista.

Pero no encontré ningún indicio ni huella que delatara el ocultamiento de semejante delito. Los escombros eran exactamente eso, montones de madera quemada, resortes desnudos de colchones entre restos calcinados y empapados de camas, una cocina ennegrecida pero por lo demás intacta, a excepción de la cañería, completamente destruida, que yacía en pedazos alrededor de ella.

Apagué el cigarro en la nieve y me abrí paso hacia Dora.

—Está bien, ya podemos volver al pueblo —le dije.

Dora permanecía completamente quieta en el coche. Pero en esa inmovilidad me pareció detectar un movimiento mental intenso, una concentración extraña, interior, como un pájaro que revolotea a izquierda y derecha, siempre alerta, siempre en guardia.

A medio camino en dirección a la carretera principal tuve que esquivar una rama caída, y luego girar todo a la derecha por una curva cerrada. A unos ochenta metros, adelante, avanzaban dos personas. Las reconocí sólo cuando estuve más cerca; eran Carl Hendricks y su hija.

Se había detenido abruptamente cuando avistó el coche y sujetó a la niña por el hombro. Ella también se detuvo y se quedó a la espera mientras su padre continuaba andando con una vieja bufanda de lana enrollada alrededor de la boca y la nariz, y una gorra de hilo que le cubría las orejas; nos miraba como quien apunta con un arma.

—Buenos días, Carl —dije, deteniendo el coche junto a él.

Se llevó la bufanda bajo la barbilla y se la ajustó allí. Tenía los labios azules y temblorosos, las mejillas ensombrecidas por una barba incipiente.

—Buenos días.

—¿Adónde vas?

—Al cobertizo. —La cabeza le caía hacia delante, enorme como una piedra—. Yo y la niña estamos viviendo allí. Me conseguí una buena estufa de leña.

—Te puedo llevar.

La mirada de Hendricks se posó detrás de mí, donde estaba Dora, que miraba al frente.

—No —dijo, y me volvió a mirar a mí—. Creo que seguiremos a pie.

Nos despidió con una seña, se apartó del coche y empezó a caminar otra vez por la carretera, indicando a Molly que le siguiera.

Aceleré. Molly había empezado a caminar, pero se detuvo cuando nos acercamos. Sus ojos estaban fijos en Dora, implorando, como dos manos que la buscaran.

Crucé ante ella en un instante, pero por el retrovisor pude ver que Carl Hendricks seguía avanzando por la nieve, pesado, cabizbajo. Molly le seguía con la cabeza inclinada, dejando pequeñas huellas grises en la nieve.

Cuando me volví hacia Dora, observé sorprendido que estaba profundamente conmovida, como un niño que acaba de ver algo terrible y no sabe cómo describirlo.

—¿Te importaría detener el coche? —pidió—. Déjame bajar, por favor.

Habíamos pasado otra curva del camino. Ni Hendricks ni Molly eran visibles. Me detuve a un costado y contemplé en silencio a Dora bajar del coche y dar unos pasos por la carretera. Había hundido las manos en los bolsillos y pude ver que retorcía los dedos dentro, veloces, frenéticos, como quien intenta aferrarse a una cuerda.

Poco después disminuyeron esos movimientos desesperados. Cesaron finalmente. Respiró hondo, se volvió y regresó al coche; se sacudió la nieve antes de entrar.

—Gracias —dijo.

—¿Mareada? —pregunté, aunque sospechaba que se trataba de otra cosa.

Dora asintió enérgicamente, pero no dijo nada.

Pocos minutos después la dejé en el *Sentinel* y regresé a mi despacho. Hap Ferguson estaba en el pasillo, saboreando un bollo azucarado de la bolsa que su mujer le preparaba todas las semanas.

—¿Encontraste algo en casa de Hendricks?

—Nada —le dije.

—Me pregunto de dónde habrá sacado William esa idea...

—Creo que en el diario puede haber alguien que sospecha.

—¿Quién?

Le di la única respuesta posible.

—La mujer que le acompañó al incendio.

Nada más había que decir. Me pareció que el tema había concluido, que no cabía más conversación acerca del incendio o sobre las infundadas sospechas de mi hermano. Y, sin embargo, mientras me volvía para retirarme, observé que Hap cogía la pluma y una libreta y escribía el nombre de Dora.

Me reuní con Billy esa misma tarde en la cafetería Bluebird, pero nada le dije de Dora, del modo como la miró Hendricks ni del nerviosismo subsiguiente. No tenía ganas de hablar de ella, ni de ninguna mujer como ella, de esa clase imposible de precisar. Prefería mi mujer del burdel, que llamaba Jane o Celia o con cualquier otro nombre que se me ocurriera en el momento, que fumaba mis puros o bebía de mi whisky, y me llevaba a su cama sabiendo muy bien lo que yo esperaba dar y recibir. Era de muslos amplios y anchas caderas, y me llevaba a la bahía segura de sus brazos sin esperar que yo perdiera la cabeza ni prometer más que una noche de atenciones.

Así que fue mi hermano quien esa tarde sacó a colación a Dora. De hecho, parecía incapaz de pensar en otra cosa.

—Dora me dijo que te encontraste con Carl Hendricks esta mañana cuando la traías de vuelta.

Asentí y me introduje con el tenedor una porción de carne en la boca.

—Casi tropezamos con él.

—¿Y qué crees, Cal? ¿Lo habrá hecho él mismo?

—No he visto el menor indicio de un delito, Billy —dije, con firmeza—. Y necesito eso en mi profesión. Y, por cierto, me parece que lo mismo necesitas tú en la tuya.

Me miró como si le hubiera golpeado en la cara.

—¿Qué sucede, Cal?

Decidí ser tajante.

—Bueno, para empezar, me enviaron esta mañana, por culpa tuya, a buscar algo al azar. Tuve que ir a lo de Hendricks y hurgar aquí y allá sin tener la menor noción de qué debía buscar. Y finalmente no hallé absolutamente nada que indicara que Carl Hendricks ha quemado su propia casa. —Aparté el plato—. Y deja que te pregunte algo, Billy. ¿Dora March te metió en la cabeza que había algo extraño en el incendio?

Estaba evidentemente molesto por mi pregunta. Pero en lugar de contestarla, me dijo:

—Dora presiente cosas, Cal.

—¿Presiente cosas?

—Sí —dijo Billy—. Creo que tuvo una... experiencia que la hace...

—Un momento —le interrumpí—. Espera un momento. En primer lugar, ¿qué sabes exactamente de ella? Me refiero a detalles. Como acerca de dónde vivía antes de venir a Port Alma.

—Vivía en Nueva York —respondió Billy—. En una residencia para mujeres. Y conozco las señas, en la Ochenta y cinco y Broadway.

—¿Qué hacía en Nueva York?

—Lo que te dije, vivía allí.

No agregó nada más, y sospeché que allí acababa la información que poseía. Pero en vez de dejar así las cosas, insistí:

—¿Habla de su pasado?

—No mucho.

—¿Así que todo lo que sabes es que apareció de pronto en Port Alma?

—Sí.

—Me pregunto por qué aquí. Hay bastante distancia hasta Nueva York. Y es muy distinto.

—¿Qué me quieres decir, Cal?

—Trato de establecer algo.

—¿Qué?

—Sólo que sabes muy poco de ella.

—¿Y qué necesitaría saber?

—Mucho. Por lo menos antes de dotarla de… poderes.

Billy sonrió y se reclinó en la silla.

—Esa es la diferencia entre nosotros dos, Cal.

Reí.

—No *quieres* saber de ella. Esa es la verdadera diferencia entre nosotros dos, Billy. No quieres saber de ella. Podrías descubrir que es muy común y corriente. Quizá sólo una vendedora de Macy's que una tarde subió a un autobús que iba al norte y terminó aquí porque el dinero no le alcanzaba para más.

La expresión de mi hermano se tornó muy seria.

—Algo le sucedió, Cal.

No iba a aceptar las cosas así como así.

—Nació. Ha vivido. Lo más probable es que eso sea todo lo que le ha «sucedido».

—No —dijo Billy, categórico—. Algo le sucedió a Dora.

—Algo trágico, sin duda.

—Sí.

Era suficiente.

—¿Por qué quieres creer que algo «trágico» le sucedió a Dora? ¿Porque eso la haría diferente de otras mujeres? ¿Por qué no aceptas que nadie es verdaderamente diferente de nadie? Sólo somos personas. Comunes y corrientes. No tenemos nada de extraordinario. Nada de espléndido. Salimos de la suciedad y allí volveremos.

—Ya sé que crees eso —dijo Billy—. Y papá también. Pero yo no. —Por primera vez en la vida mi hermano Billy me miraba compasivamente—. No quiero vivir como tú, Cal. Pasar la vida como tú.

—Buscaba las palabras exactas y por fin me dijo—: Como alguien que espera que cambie el clima.

Nunca había sido tan exacto, nunca había delineado con mayor precisión lo que nos distinguía como hermanos y como hombres. Para mí, las perspectivas de la vida, y por cierto las del amor, eran de suyo limitadas. La vida humana se perdía en la locura. No había ser humano verdaderamente digno de devoción, y por lo tanto no la iba a ofrecer a nadie. Y lo que no se puede adorar, parece pertinente despreciarlo. Eran mis auténticas creencias y de ningún modo me sentía obligado a negarlas. Así que dije:

—Naciste para que te desilusiones, Billy. Naciste para que alguna mujer te rompa el corazón. Porque deseas algo imposible.

Me miraba sin pestañear.

—¿Qué deseas de una mujer, Cal?

—Lo que siempre he logrado. Algo de placer y después un buen sueño por la noche.

—¿Así que sólo importa el sexo entonces? ¿Nunca has deseado algo más?

Se estaba refiriendo, por supuesto, a las noches de sábado que yo pasaba en el burdel de Royston. Nunca le había ocultado ese aspecto de mi vida. Pero tampoco esperaba que planteara el tema de este modo, como una acusación.

—¿No deseas más que eso de una mujer? —preguntó—. ¿Algo... hermoso? ¿Algo que dure para siempre?

Me sentía atacado y devolví el guante.

—¿Papá lo deseaba, verdad? —pregunté, molesto—. Papá deseaba mucho más de nuestra madre. Algo perfecto. Que durara para siempre. Alguien con quien compartir la vida, el alma. ¿Y le hizo algún bien? ¿O a ella? Ella morirá sola. Y él también. —Sentí que el aire se endurecía en torno, que se nos venían encima las paredes de la cafetería Bluebird. Metí la mano en el bolsillo y dejé caer unas monedas en la mesa—. Salgamos de aquí.

El sol resplandecía en la nieve mientras bajábamos por la calle principal. Caminamos hasta el *Sentinel* sin cruzar palabra. Entonces, cuando estaba por entrar, mi hermano me cogió del brazo y me hizo mirarle.

—No quería decir lo que te dije en la cafetería, Cal. Que sólo te dedicas… a las putas.

—Pero así es, Billy —le dije, sin disculparme—. Exactamente a eso me dedico. Ese es mi pequeño secreto sucio. —Le clavé la vista, enfáticamente, y le clavé otro dardo—. Todos tenemos uno. Algo débil, algo sórdido. —Y di el último golpe—: Incluso esa nueva mujer tuya. Dora. Esa mujer que «presiente» cosas.

Billy me miraba en silencio. Supe que habíamos llegado al punto en que la palabra siguiente es crucial y que muchas veces vale más no pronunciarla.

Me fijé entonces en su viejo abrigo y hallé una broma que nos podía salvar.

—Bueno, una cosa es segura: no anda detrás de tu dinero.

Pareció aliviado porque hubiera encontrado una salida para las duras palabras anteriores, para establecer que a pesar de nuestras diferencias seguíamos siendo hermanos. Sonrió y me dio una palmada en el hombro.

—Te concedo eso, Cal. Dora no puede andar tras mi dinero.

Se volvió e ingresó al edificio. Le observé mientras colgaba el abrigo en el perchero junto a la puerta y después caminaba decidido a su escritorio, subiéndose las mangas. Henry Mason transcribía anuncios clasificados en el escritorio de la entrada. Wally Blankenship componía textos, con el cuerpo envuelto en un manchado delantal de cuero y la cara a medias oculta por una pantalla protectora verde. Pero me descubrí observando especialmente a Dora March. Estaba sentada ante su escritorio metálico en el rincón más distante, de espaldas a la fila de archivos de madera donde guardaban ejemplares antiguos del *Sentinel*. Tenía un periódico desplegado en el escritorio. Lo revisaba cuidadosamente. No paraba de mover un dedo atrás y adelante por la montura dorada de sus gafas. Mientras la observaba, continuó leyendo un momento y después cerró el diario y alzó la vista. Mantenía la boca apretada, pero de algún modo, en su silencio creí escuchar un grito.

9

Por eso lo hice. El aspecto del rostro de Dora y la certidumbre de mi hermano de que «algo» le había sucedido. No dudaba de que había sufrido alguna pérdida. La mayoría ha sufrido por lo menos una. Y los que no, sólo es cuestión de tiempo para que la sufran. No hay vida que avance sin un duelo. Nunca nadie ha evitado finalmente una pena. Pero temía que esa herida hubiera arrancado algo del corazón de Dora March, cavado un pozo en ella, y que mi hermano anduviera ahora peligrosamente por esos bordes en continuo desmoronamiento.

Ocurrió tres horas después, cuando Jack Stout vino a mi despacho. Llevaba pantalones anchos, como siempre, negros menos en los lugares donde la ceniza de los cigarrillos había dejado pequeñas manchas polvorientas. Se dejó caer en la silla frente a mi escritorio, se soltó la chaqueta y dejó que el vientre emergiera sobre un cinturón de cuero cuarteado.

—Marchando a Nueva York, señor Chase —dijo—. Para traer a Charlie Younger.

Extrajo un cigarrillo de un aplastado paquete y me lo ofreció.

—No, gracias.

Jack arregló el cigarrillo y lo encendió con una cerilla que raspó en sus botas.

—Lo encontraron en un lugar llamado… —Se interrumpió y sacó un trozo de papel del bolsillo, entornó los ojos—. Tombs.

—Es la cárcel de la ciudad.

—Está en una isla, me lo dijo el señor Ferguson.

—La isla Rikers. En medio de un río. El que corre por el lado este de Manhattan.

Jack arrugó las señas en el bolsillo de la camisa.

—Voy solo. Nadie me acompaña.

—No necesitas de nadie más.

Jack sonrió y sus dientes inferiores se alzaron como una desastrada pared amarillenta.

—Supongo que Charlie se conducirá pacíficamente, ¿no cree?

—Llevará de todo menos un bozal —dije—. Irá esposado de pies y manos. Y le pasarán una cadena por el bajo vientre. No necesitarás ayuda, me puedes creer. Y podrás traer a casa a Charlie Younger.

—Bueno, seguro que a Lou Powers le dará un ataque de miedo.

—El arma no estaba cargada. Charlie estaba desesperado. Eso es todo. Y nunca antes tuvo dificultades. No te causará problemas.

Jack Stout volvió a sonreír.

—Famosas palabras finales, señor Chase.

—¿Cuándo te marchas?

—Dentro de una hora. Sólo tengo que pasar por el Bluebird, por unos mariscos, y listo. —Cruzó las piernas. Una bota marrón, enorme, osciló en el aire; la suela estaba muy gastada. Se acarició la barbilla—. Espero que haga buen tiempo. ¿Le parece que me afeite? El señor Ferguson dice que debo parecer profesional.

No veía cómo Jack Stout podía parecer profesional. No habría importado mucho que se afeitara, se cortara el pelo, incluso que vistiera un traje azul a la medida. Jack llevaba las marcas de lo que era, uno de seis hermanos de una familia de basureros y traperos, de la clase de los que viven en chozas al final de carreteras sometidas a todos los vientos. Como grupo, los Stout siempre habían preferido, como si les fuera connatural, las cosas frágiles y a punto de desplomarse, lo que se podía hacer trizas o arrastrar por los bosques de pinos o cargar por senderos de piedra. Jack era el único que había vivido dentro de la ley, por lo general como trabajador, pero a veces realizando tareas para Hap o el sheriff Pritchart, trayendo presos a Port Alma desde los lugares adonde habían huido y donde se rendían sin blanca y hambrientos. Charlie Younger sólo era el último de una creciente fila de hombres que tiempos duros habían arrastrado a rudas acciones y que, descubiertos en alojamientos de ocasión entre Portland y Baltimore, eran traídos para encarar consecuencias no menos duras ni rudas. Los compadecía un momento, los juzgaba con energía y después los enviaba, perplejos, a la cárcel.

—Te ves bien —le dije.

Jack quitó con los dedos la punta encendida del cigarrillo, sopló una chispa que quedaba y se guardó el resto en el bolsillo para fumar más tarde. Era la clase de pequeñas economías que los pobres hacían en esos días, y no pude menos que admirarlo, no por el ahorro sino por la franqueza del gesto, una admisión elemental de necesidad, exenta de excusas y resentimiento.

Jack se golpeó las rodillas y se puso de pie.

—Bueno, ¿quiere que le traiga algo de la gran ciudad? Algo además de Charlie.

En ese momento volví a ver el rostro de Dora tal como había alzado la vista unas horas antes. Y se me ocurrió una idea. Uno de esos impulsos que concretamos casualmente o resistimos del mismo modo, y que después nos hacen vivir para siempre tras una opción fatal.

—En realidad me parece que *podrías* hacer algo por mí, Jack.

—¿Y qué sería?

—Hay un lugar en Nueva York. Una residencia para mujeres. Me gustaría que pasaras por ahí y averiguaras algo. —Tomé un papel y escribí unas señas y un nombre, *calle Ochenta y cinco y Broadway, Dora March*—. Averigua lo que puedas sobre esta mujer —le dije y le entregué el papel.

Jack echó un vistazo a la nota.

—Dora March.

—Trabaja en el *Sentinel*. Siempre conviene un poco de información extra —sonreí—. Te pagaré, por cierto.

La bombilla de Jack no iluminaba demasiado, pero sí lo suficiente.

—¿Está cuidando a su hermanito, verdad?

—Podrías decirlo así.

—Claro que sí, señor Chase —dijo Jack. Se guardó el papel en el bolsillo de la camisa—. Regreso dentro de cuatro o cinco días.

—Entonces arreglamos.

—Claro que sí —repitió y se marchó de mi despacho.

Poco después vi a Jack deslizándose por la nieve a medio derretir en dirección a la cafetería Bluebird, con la chaqueta roja abierta y el vientre presionando contra la fea camisa. Se había puesto la gorra, y las orejeras le colgaban sueltas a los lados de la cara como peludas piernas negras. De ningún modo era un investigador de primera, por supuesto, así que esperaba averiguar poco acerca de Dora, quizá no más que unos cuantos detalles de su vida en Nueva York. Mientras contemplaba a Jack Stout avanzar por la calle principal esa mañana, no esperaba, por cierto, que la información que me trajera a Port Alma tuviera gran importancia. Ni que fuera de ninguna gravedad. Quería indagar la superficie de la vida de Dora, no la negra profundidad que más tarde hallaría.

Y, sin embargo, quizás en cierto sentido debería haber presentido que el terreno ya estaba temblando bajo los pies de mi hermano, debería haber visto por lo menos eso mismo en el aspecto del rostro de mi padre mientras jugábamos nuestra partida semanal de ajedrez en el salón de su casa tres días más tarde.

—Hablé ayer con William —me dijo, cogiendo un peón y arrepintiéndose y moviendo en cambio un alfil—. Vino a charlar un momento, pero la cosa se tornó seria.

Mi padre se acercaba a los ochenta años, y a esa edad le gustaba considerarse sagaz, la clase de hombre al cual un hijo acudiría en busca de consejo, aunque comprendía muy bien que Billy iría sin duda donde su madre si era eso lo que quería.

—¿Y qué tenía que decirte Billy? —pregunté casi por preguntar, más ocupado de pensar mi estrategia para un jaque mate en cinco movidas más.

Se reclinó en el sillón, juntó los dedos.

—Me preguntó por los niños.

—¿Y qué quería saber sobre los niños?

—Generalidades —respondió mi padre—. Sobre tener hijos. Criarlos. —Apoyó las manos con fuerza en los brazos del sillón, una postura que creo que relacionaba con las estatuas de grandes hombres—. Parecía sumamente preocupado, Cal.

Yo seguía estudiando el tablero.

—Billy siempre ha sido muy intenso, papá.

—¿Pero por qué está pensando de repente en niños?

—Amor verdadero —respondí, con una sonrisa cínica.

—Eso nunca ha resultado fácil —dijo mi padre.

Yo esperaba que agregara alguna observación seria, que asumiera el tono mundano que solía adoptar conmigo, convencido de lo parecidos que éramos, él y yo, y de cuán diferentes de Billy y de mi madre, nosotros los que de verdad nos queríamos y nos apoyábamos en las nada halagüeñas realidades de la vida, mientras ellos andaban perpetuamente en busca de fragmentos dorados del Santo Grial. Pero permaneció en silencio un momento, y después me contó una historia que nunca había oído.

—Por de pronto, nunca fue fácil para tu madre y para mí —empezó. Sacudió la cabeza, como pensando en las dificultades por las que habían pasado—. Ni siquiera durante el noviazgo.

—¿No se supone que ése es el tiempo mejor? —pregunté, aunque en realidad estaba poco interesado, concentrado como estaba en el tablero donde tenía una torre en peligro.

—Así se supone —contestó mi padre—. Y creo que así es para la mayoría de las parejas.

—¿Y no en tu caso? —pregunté mientras me ocupaba de la posición de mi reina.

—No, no en mi caso. Tu madre nunca facilitó las cosas. —Sonrió brevemente—. Pero era una verdadera joya, Cal. No había nadie como ella. Nadie en todo el mundo. No quería perderla. ¿Y qué podía hacer? Por el modo como actuaba, no podía saber si le importaba que me marchara o me quedara con ella. Así que finalmente le dije que así no podía seguir con ella. Le dije: «Mary, creo que tenemos que terminar».

Dejé la reina en el tablero.

—Se lo dije casi con esas mismas palabras —continuó mi padre—. Mientras paseábamos por Fox Creek, no muy lejos de donde vive ahora. Le dije: «Mary, ya es tiempo de que nos separemos».

—¿Y qué dijo ella?

—Nada —respondió mi padre—. Sólo me miraba. Como si yo fuera un maniquí en una tienda. Finalmente regresamos a mi coche y la llevé a su casa. Ninguno de los dos dijo nada durante el trayecto. Cuando la dejé en casa ni siquiera me bajé para acompañarla a la puerta. Sólo le dije: «Bueno, adiós, Mary». Y ella me dijo: «Adiós, Walter», y se bajó del coche. Lo dijo casi alegre. Como si yo fuera su primo o alguien que había pasado por ahí y la había llevado a pasear. Caminó directamente a casa. No se volvió ni una sola vez a mirarme.

Un vacío terrible se apoderó de él después de eso, me dijo mi padre, un sufrimiento como ninguno que hubiera experimentado.

—Tú nunca lo has padecido, Cal —me dijo con seguridad, convencido también de que nunca me sucedería, de que ni siquiera la flecha más aguda me podría herir tan profundamente como la que de modo inesperado una vez lo traspasó—. Mary era todo. Y se había marchado.

O eso creyó. Hasta que una tarde, de regreso del *Sentinel*, todavía dolido, halló una nota bajo la puerta, doblada dentro de un sobre sin nombre ni señas.

—Creí que sería una de esas notas anónimas que recibía un par de veces cada año —me dijo mi padre—. Solía ser alguna información acerca de un político o comerciante local.

Pero era de ella.

Cuatro líneas.

Antes de que tu amor se extinga por completo,
o suene la hora en que nos separemos,
¿puedes no quebrarme antes de que me repare?
¿No quieres romper el deseo de mi corazón reticente?

—Nada hay como la soledad, Cal —dijo mi padre—, para ponerte de rodillas.

Entonces supe adónde quería llegar.

—¿Crees que Billy está así de solo, papá?

—Ya no.

Sus ojos repararon en la reina que yo había situado tan peligrosamente cerca de uno de sus alfiles.

—Ya no —repitió en voz baja—. ¿Quién es ella, Cal?

Le dije su nombre y las pocas cosas que sabía, pero no mencioné que sólo un par de días antes había comisionado a Jack Stout para que averiguara más acerca de Dora March. Pero mi padre pareció darse por satisfecho con lo que le informé. Estaba ansioso por conocer a Dora, quizá convencido a medias de que mi madre había tenido razón en que para alguien como Billy sólo podía existir un solo amor verdadero.

El día siguiente sólo recordé esporádicamente a mi hermano o a Dora. Tenía mucho trabajo que hacer; debía elegir, entre los casos que Hap me había asignado, qué juicios llevar adelante y cómo enfrentarlos.

Era casi de noche cuando dejé a un lado los papeles y salí a casa. Hacía mucho que Hap se había ido, pero quedaba gente en las calles, la mayoría cerrando sus tiendas y encaminándose a casa.

Una niebla marina había entrado una hora antes, y la luna era apenas una luz borrosa tras un banco de nubes. El cartel luminoso de la tienda Madison crujía con la brisa que llegaba de la bahía, y a lo lejos un perro aulló solitario y hueco y calló enseguida. Aparte de eso, nada salvo el sonido de mis botas en la apretada nieve.

Pasé junto a la tienda de comestibles y al hotel, saludando a los vecinos que avistaba en las ventanas iluminadas, y continué por el borde del pequeño parque del pueblo, que tenía cubiertos de nieve sus bancos de madera. A través de la bruma apenas alcanzaba a avistar los viejos embarcaderos que hay al otro lado del parque. Sólo la gran luz giratoria de la cima de la isla MacAndrews conseguía penetrar la niebla. Su haz blanco describía círculos desde el mar y rebotaba brevemente en las grandes piedras grises del muelle antes de recorrer la alargada lengua de cemento de las defensas.

Y entonces la vi, una mujer de pie en el extremo más distante del parque, tranquila al borde del rompeolas. De cara al océano, parecía, al vislumbrarla fugazmente antes de que la luz prosiguiera su círculo, estar esperando algo o a alguien que emergiera de la vasta profundidad.

Me detuve y esperé que la luz completara su lento círculo. Volví a verla. Y la oscuridad volvió a tragarla mientras la luz proseguía su camino. Esperé, observando, pero se había marchado cuando la luz completó su tercer círculo reptando a lo largo del rompeolas. El lugar que había ocupado estaba vacío, parque y muelles ya desiertos; nada se movía, ni había sonido alguno aparte del distante del mar.

Reinicié el camino a casa, acomodándome el cuello contra el viento que iba en aumento. Casi había llegado a mi coche cuando vi aparecer a la mujer desde la sombría callejuela que lleva desde la calle principal a los embarcaderos. Giró rápidamente a la derecha, como una criatura que estuviera huyendo. No me vio, y no estoy seguro de que en esa niebla habría adivinado quién era. Porque parecía tallada en esa misma densidad móvil, y su largo abrigo se confundía perfectamente con la bruma. Nada me impedía sentir que estaba formada por la misma nube humeante que la rodeaba, a excepción de la agitada lengua del pañuelo rojo que mi hermano le había regalado.

10

El teléfono sonó apenas entré a mi despacho la mañana siguiente.

Era Billy.

—Hay algo que tienes que saber —me dijo.

Estaba completamente seguro de que ese «algo» que necesitaba saber tenía relación con Dora March. Pero me equivocaba.

—Es sobre Carl Hendricks —me dijo mi hermano—. ¿Sabías que antes estuvo casado?

Me quité el abrigo y lo dejé en la silla más cercana.

—No es un crimen, ¿verdad?

—Y también tuvo otra hija. La mataron. Sucedió hace unos veinte años. Cayó del rompeolas aquí mismo, en el pueblo.

Me pasó por la mente una imagen de la noche anterior, de Dora en la densa neblina, tranquilamente de pie al borde del rompeolas, de cara al agua impenetrable que se extendía hacia la isla MacAndrews.

—Me gustaría hablarte de esto, Cal —decía Billy—. ¿Estás libre?

Advertí cierta urgencia en el tono de su voz.

—De acuerdo. Pero dame unos minutos para ordenar las cosas.

Aún no eran las nueve cuando llegó Billy. Llevaba el ajado maletín de cuero que mi padre le había dado el día que le entregó la administración del diario. Lo abrió apenas se sentó frente a mi escritorio y sacó un ejemplar arrugado y amarillento del *Sentinel*.

—Hendricks sólo tenía veintisiete años cuando sucedió eso —me dijo y me alcanzó el diario—. La niña tenía tres.

Leí el artículo; mi hermano esperaba. Era obvio que en su momento el *Sentinel* dio amplia cobertura al incidente. Mi padre seleccionó una tipografía gruesa para el titular. Todo indicaba que había hecho un trabajo concienzudo con los detalles de la historia. Supe que la primera mujer de Hendricks murió de tuberculosis en diciembre de 1917 en el hospital de Royston. Según el artículo, Hendricks se trasladó entonces a Port Alma, donde vivió en la calle Pine con su hermana menor. El día del caso, el 4 de marzo de 1917, había acudido al pueblo en busca de abastecimientos. Pensaba ir directamente a Madison, según dijo a las autoridades, pero la niña, que se llamaba Sophie, estaba «encaprichada», y la llevó a pasear al embarcadero, y después se dirigió a uno de los bancos situados frente al rompeolas y a la bahía. Llegado allí, la dejó en el suelo y ella empezó a gatear. En ese momento se presentó un forastero que le preguntó por unas señas. Hablaron muy poco, y luego el forastero siguió su camino. Entonces Hendricks cayó en la cuenta de que la niña había desaparecido.

—Anoche conversé con papá —dijo Billy cuando alcé la vista—. Recordaba muchos detalles. Me dijo que Hendricks siguió viviendo con su hermana después que murió su hija. En esa misma casa que se incendió.

—¿Y qué fue de la hermana?

—Por lo que recuerda papá, se mudó a algún lugar del oeste. Y después no se sabe nada. Sencillamente desapareció.

—En la niebla —dije, acostumbrado desde hacía mucho a la desaparición de esos testigos, a cómo se desvanecían en la bruma y consigo se llevaban toda esperanza de verdad y justicia. Devolví el diario a mi hermano—. ¿Y qué me quieres decir en realidad? —le pregunté un poco impaciente, pensando en el trabajo que me esperaba.

—Bueno, sucede que la segunda mujer de Hendricks, la madre de Molly, murió hace unos tres meses.

—Carl no tiene suerte. ¿Y qué más?

—Pasaron tres meses de la muerte de su primera esposa cuando mataron a su hija.

Las sospechas de Billy, oscuras y terribles, ahora estaban claras, pero seguían sin convencerme.

—¿Mataron? ¿Quieres decir que la asesinaron? —me reí—. ¿La palabra coincidencia no significa nada para ti?

Billy se mantuvo firme.

—¿Quieres saber más o no?

—Continúa —le dije, sin entusiasmo.

—Controlé qué tiempo hacía el día que desapareció la niñita. Estaba claro, pero muy ventoso, así que el océano probablemente golpeaba con bastante fuerza. En cualquier caso, no debía de haber mucha gente cerca del agua.

—Excepto el forastero.

—Que nunca encontraron.

Eso no me sorprendió.

—¿Pero vio alguien a Hendricks cerca del rompeolas?

—No.

—¿Y tampoco nadie vio a la niña?

—Nadie vio nada.

—Bueno, pero debió de haber alguna investigación oficial.

—No mucha —replicó Billy—. Hallé el informe policial. Carl Hendricks fue el único testigo. La policía aceptó su palabra.

—¿Y en qué nos deja eso?

—Pensando en esa niñita.

—Entiendo que no aceptas la versión de Hendricks.

—Tengo razones para dudar.

Empezaba a exasperarme.

—Aparte de algunas coincidencias, ¿cuáles son exactamente esas razones?

—Sophie tenía las piernas raquíticas —dijo mi hermano. Esperó que yo dijera algo, y agregó—: El bordillo del rompeolas tiene setenta centímetros de alto. Es imposible que pudiera encaramarse a él.

—¿Y me vas a decir que nadie tocó el tema cuando murió la niña?

—Hendricks acababa de mudarse a Port Alma unas semanas antes. Era invierno. Es probable que en el pueblo nadie haya visto a Sophie. A menos que la vieran envuelta por completo en una manta. Si es así, nadie habría advertido lo de sus piernas hasta la primavera.

—Y supongo que el cuerpo fue arrastrado por el mar.

—Nunca lo recobraron. Sí.

—¿Entonces cómo supiste que la niña tenía las piernas imposibilitadas?

No parecía muy dispuesto a contarlo.

—Dora —dijo finalmente—. Dora encontró una fotografía. En la casa. Entre los escombros.

Buscó otra vez en el maletín. Sacó una fotografía. Estaba bastante quemada, pero la imagen central era clara, una niñita de pelo crespo, sentada en una silla, vestida con sólo un traje blanco, perfecta de cintura hacia arriba, pero con piernas desproporcionadamente pequeñas, no desarrolladas, y los pies encogidos: colgaban al final de las piernas minúsculas de Sophie Hendricks como dos aletas tenues, redondas.

—El nombre está en el dorso —dijo Billy.

Di vuelta a la fotografía y leí lo que allí estaba escrito: «Sophie, 2 años y 3 meses». La dejé en mi escritorio.

—¿Así que crees que Hendricks tiró a su hija al océano?

—No lo sé, Cal. Me parece que nunca se sabrá. Pero me preocupa la otra hija. La que ahora tiene con él. Molly.

—No hay ninguna prueba de que Carl haya dañado a su hija —dije en tono firme—. Y desde luego ninguna acerca de que haya intentado quemarla viva en ese incendio.

Se produjo un momento de silencio. Hasta que Billy dijo:

—La sábana. La que dijo que había usado para sofocar el fuego. No estaba ni sucia ni quemada. Ni siquiera olía a humo.

Vi mentalmente a Dora de pie en la nieve ante los restos calcinados de la casa de Carl Hendricks, la sábana una masa mojada a sus pies.

—Mira, Billy. No voy a decir que Hendricks no pueda haber tirado su primera hija al mar. Había perdido a su mujer y se quedaba con una hija tullida. Quizá se quebró. Sucede. Y no voy a decir que no ha intentado quemar a la segunda. Pero no hay la menor prueba de ninguno de esos delitos. Nada en que apoyar una acusación. Ni siquiera de incendio premeditado. Mucho menos de homicidio en el caso de la primera niña. Ni de intento de homicidio en el segundo caso.

—No tienes que acusarlo, Cal.

—¿Qué quieres que haga entonces?

—Proteger a Molly.

—Por Dios, ¿cómo?

—Puedes ir allá. Hablar con Hendricks. Está viviendo en ese cobertizo, detrás de la casa. Con que sólo te aparezcas, le darás a entender que le estáis vigilando. Eso nos dará tiempo para buscar más.

—¿Nos?

—A Dora y a mí —dijo mi hermano, sin vacilar—. Fué Dora la que tuvo las primeras dudas.

Sospechaba que esas dudas no tenían más fundamento que la mirada que advirtió en los ojos azul claro de Molly.

—Ya sabes, Billy, no me corresponde en realidad andar husmeando en los asuntos de Hendricks sin contar con alguna prueba de que efectivamente ha hecho algo incorrecto.

—Pero valdría la pena si tuviéramos razón —replicó Billy—. Ni siquiera te queda fuera de camino, Cal. Es sábado. El cobertizo de Hendricks te queda de camino.

—¿De camino?

—Bueno, ¿irás esta noche a Royston, o no?

—Sí, iré a Royston.

—Entonces, ¿por qué no te detienes un momento donde Hendricks? Camino a Royston.

No encontré ninguna razón para negarme. Y sabía que Billy no se marcharía hasta conseguir mi acuerdo.

—De acuerdo —dije.

Billy se marchó inmediatamente, y pasé el resto de la tarde trabajando para dejar mi oficina ordenada antes del fin de semana. Había más trabajo del que esperaba, y eran más de la siete cuando finalmente me pude retirar.

Conduje por la desierta calle principal de Port Alma y después por la carretera que me llevaba a Royston todos los sábados por la tarde, con un botellín de whisky en el bolsillo y la vaga imagen de una mujer en la cabeza. Atravesé el tambaleante puente de madera que cruzaba el arroyo Fox y pasé junto a la miserable población del otro lado. Sentía la urgencia que se me iba generando, un deseo como azotes en la espalda. Estaba ansioso por llegar a Royston. Pero había dicho a mi hermano que pararía donde Hendricks, y así lo hice.

En la oscuridad sólo pude verificar que ninguna luz brillaba en el pequeño cobertizo donde vivían ahora Hendricks y su hija. No vi señal alguna de Hendricks, tampoco de Molly, así que rápidamente retrocedí al Camino del Pino y puse proa otra vez hacia Royston y hacia la mujer que allí me esperaba.

Vivía con otras cuatro mujeres en una casa donde el olor del mar se filtraba por los pasillos cuidadosamente mantenidos y a los cálidos y sorprendentemente bien acondicionados dormitorios. El área circundante era un sector venido a menos y por completo dudoso del pueblo, bañado por la luna y casi sin otra iluminación; un laberinto de callejuelas estrechas que patrullaban perros flacos y desaliñados gatos. Por la noche podía oír las carcajadas del bar de marineros contiguo, junto con las inevitables peleas que terminaban en las viejas calles de ladrillo. Más allá de las ventanas, una corriente continua de pesqueros atravesaba un brazo de agua negra, con la cubierta repleta de montones de redes grises.

Maggie Flynn me recibió en la puerta. Ahora era la única propietaria del establecimiento que su madre había mantenido por casi cincuenta años. La gran hambruna había apartado de Irlanda a Edna Flynn. Había llegado a Canadá en un barco de inmigrantes, decía Edna, y después se dirigió al sur, donde finalmente encontró trabajo como mujer de limpieza en una pensión de Royston. Lentamente, de manera casi imperceptible, la pensión se había convertido en lo que ahora era. Edna nunca se entregó formalmente a esa tarea particular, como solía decir, pero a veces tenía un «antojo» con algún joven marinero y juntos subían a la segunda planta, a uno de los dormitorios que flanqueaban un pasillo alumbrado con gas. Por la mañana unas cuantas monedas yacían inevitablemente bajo la lámpara de la mesilla de noche. Nada de estúpida tenía Edna, y muy pronto advirtió que eso significaba prostitución. Sin embargo, incluso después que pasó a ser la propietaria, indudablemente una Madame, nunca permitió que nadie, ni siquiera sus clientes o sus «niñas», utilizara ese término en relación con lo que ocurría en las habitaciones superiores de su casa de la calle Blyden.

Su hija Maggie no era tan reticente. Una vez que su madre estuvo muerta y sepultada, toda pretensión de que los hombres que trepaban por las escaleras de madera venían con intenciones «sociales» fue arrojada por la ventana con menos ceremonia que si se tratara de un cubo de cabezas de pescado. Sin embargo, Maggie parecía preferir a los «habituales» y no a los marineros transeúntes que sólo se quedaban una noche para no ser vistos nunca más. Los habituales, la mayoría hombres mayores de los pueblos vecinos, a menudo casados, comerciantes o profesionales, eran el «corazón y el alma» de sus operaciones, decía Maggie, y siempre creí que había escogido esa frase a propósito, porque comunicaba una alta estima de la permanencia y la estabilidad que anhelamos sin pausa criaturas como nosotros, fugaces, inestables, condenados por el tiempo a desaparecer.

Esa tarde llevaba un vestido brillante de color azul, que nunca le había visto. El resto, en cambio, era familiar: una mujer de grandes huesos, cuyo pelo debía de ser gris si no fuera por un tinte entre rubio y rojizo, y cuyos pechos habrían caído de manera notoria si no estuvieran sostenidos por un anticuado corsé. A pesar de todo esto, Maggie tenía un aire curiosamente silencioso y tranquilo, casi contemplativo, de ningún modo análogo al grosero y hablador de las matronas de salones que retrata el cine del Oeste.

Habían pasado diez años desde la primera vez que me presenté a la puerta de Maggie, y apenas una semana transcurría desde entonces sin que regresara a su casa de la calle Blyden. Ya era un cliente habitual.

—Hola, Cal —dijo Maggie apenas me quité el sombrero.

—Buenas tardes, señorita Maggie.

—Bienvenido a casa —me dijo y me condujo adentro.

Me senté en mi lugar de siempre en el salón, me serví un whisky y encendí un cigarro. Esperé, satisfecho, que una mujer bajara por la escalera, atravesara la habitación y me cogiera la mano con toda la inocencia de una virgen ruborizada.

Bajó pocos minutos después y me condujo arriba. A medio camino en el pasillo, pasamos ante la puerta del baño. El señor Castleman, vestido con pantalones negros de lana y camiseta blanca, estaba ante el espejo, arreglándose después de sus recientes actividades. Un par de suspensores le colgaban hasta las rodillas mientras se peinaba los pocos mechones de pelo que le quedaban. Me miró al pasar, me saludó amablemente y continuó acicalándose.

Un poco más allá, siempre en el pasillo, vi a Polly Jenks, sola en su cuarto, ajustándose lentamente las ligas. Sonrió tenuemente y quitó dos billetes que había en la mesilla de noche.

Ya en mi habitación acostumbrada, me estiré en la vieja cama y eché un vistazo al cuarto que mi señora habitual había preparado tal como yo prefería: sin velas, sin flores, sin fotografías sobre el tocadiscos.

—Polly nos deja —dijo en tono neutro.

—¿Oh, sí? ¿Y adónde se va?

—A casa, a Iowa. Dice que se está poniendo vieja para esto.

—Bueno, ha estado en esto mucho tiempo. Debe de estar muy cansada.

Me sonrió breve y sugestivamente, y después mintió:

—Yo nunca me cansaré de ti.

Se instaló detrás de un biombo transparente y empezó a desvestirse, doblando cuidadosamente cada prenda apenas se la quitaba y dejándola sobre el biombo. Ya desnuda, se puso la bata brillante de seda roja que había comprado en Portland. Hacía un par de años que la tenía, pero ya estaba deshilachada en las mangas y gastada en las solapas. Nunca supe si la usaba porque creía que le gustaba a los hombres, o porque se gustaba así e imaginaba que le daba un toque de clase.

Se soltó el pelo, y una ola marrón oscuro ondeó hasta sus hombros. Lo sacudió como jugando, como una niña, aunque las arrugas junto a los ojos y la ligera hinchazón bajo la barbilla desmentían cualquier pretensión de robar un solo segundo al reloj. Tenía un cuerpo lleno, redondeado, de la clase que, según la posición, o bien se agitaba pesadamente sobre el tuyo, o bien ofrecía amplio apoyo a tu peso. Suponía que debía de andar por los cuarenta y cinco años, aunque había supuesto lo mismo diez años antes cuando por primera vez me presenté donde Maggie Flynn. En realidad, ya no me importaba qué edad tuviera, ni que su cuerpo hubiera perdido el tono muscular, o que respirara más trabajosamente durante las relaciones y se formara una línea de sudor sobre sus cejas y a lo largo de sus labios. Yo había alcanzado esa cumbre de maestría en putas donde sólo se siente lo que se tiene entre las piernas, y todo el resto sólo es un mar de carne, suave y práctica, pero no diferente de mis manos.

—¿Y qué hay de nuevo en Port Alma? —preguntó mientras se inclinaba al borde de la cama y me empezaba a desatar los zapatos.

Mencioné lo único que se me ocurrió.

—Tuvimos un incendio.

—Por Dios —dijo, fingiendo sorpresa—. Apuesto a que todo el pueblo fue a verlo. —Dejó mi zapato derecho bajo la cama y empezó a desatarme el izquierdo.

Me quité el cigarro de los labios y apreté su punta todavía brillante en el cenicero de vidrio que había en la mesa junto a la cama.

—Mi hermano cree que fue premeditado. Que el hombre trataba de matar a su hijita.

Sus dedos cesaron de moverse un momento, pero volvieron a hacerlo.

—No hablemos de eso —dijo. Me sacó el zapato, lo puso junto al otro, subió a la cama y se apretó contra mi pecho con la boca justo encima de la mía—. Tu trabajo tiene que ser muy interesante.

—No tanto. Y pagan poco.

Sonrió y se acarició el pelo.

—Bueno, te las arreglas para tener lo suficiente para mí.

—Apenas.

Me besó, entonces recordó y se apartó.

—Oh, lo siento. Me olvidé.

—Está bien.

—Siempre me olvido de que tú no…

—Está bien —la tranquilicé.

Se irguió y dejó que se abriera y cayera la bata, trabajando ahora según el ritmo de nuestras sesiones.

—¿Y cómo me llamo esta noche? —preguntó.

Era una rutina que representábamos hacía años. Escogía un nombre para ella, generalmente del teatro antiguo o de la mitología, y le contaba la historia del caso.

—Antígona —le dije.

—Es un nombre bonito —dijo—. ¿Y cuál es su historia?

El rostro de Billy se apoderó de mi mente, más inocente que sus años, aún peleando por causas perdidas, todavía creyendo que ganaría. Sentí que toda mi ternura se volcaba en él, y supe que ningún sentimiento me tocaría nunca más hondo, una esperanza verdadera y decente de que al fin todo le iba a resultar, cualquier anhelo loco, cualquier sueño desbocado.

—Antígona amaba a su hermano —dije—. Fue todo lo que supo del amor.

11

Me marché de la calle Blyden a la hora habitual, y me despedí como siempre con un «las veo la próxima semana» al salir por la puerta.

Subí a mi coche y conduje hacia el pueblo. La calle no tenía asfalto, estaba llena de baches, como si los padres de la ciudad hubieran decidido dificultar todo lo posible que hombres como yo escaparan de los bares y burdeles donde habían pasado la noche.

Era un domingo por la mañana. Las fábricas de conservas estaban en silencio, nada se movía fuera de las gaviotas y el mar. Más allá las cabañas y las oxidadas bodegas junto al mar daban paso a las casas de los trabajadores de los muelles y de las fábricas, de madera, con patios estrechos y cubiertos de nieve, rodeados por cercos de estacas sin pintar.

Llegué al centro, aparqué junto a la cafetería Carpenter, me instalé frente a la ventana, ordené el especial de huevos, tocino, tostadas y café. La camarera, de unos cuarenta años, tenía pelo castaño estirado hacia atrás y atado en un moño. Los brazos le temblaban mientras anotaba la orden en su cuadernillo.

—¿Algo más? —preguntó.

—No.

El diario local estaba doblado en la mesa. Lo abrí, revisé un informe sobre el último proyecto de F. D. Roosevelt para salvar a la nación, otro sobre un bote que había encallado en las playas del norte, y volví a dejarlo doblado.

Ya entonces me había llegado el desayuno. Me lo comí escuchando las campanas de la iglesia que llamaban a los fieles a la misa de la mañana. Sentí que una nube se me posaba encima, y para escapar de ella bebí rápidamente el resto del café y regresé a la calle. Pero en vez de volver al coche y regresar directamente a Port Alma, decidí caminar un rato.

No sabía adónde ir. Ni me importaba. Sencillamente empecé a subir por la colina, hacia un barrio de casas que sin duda habían conocido mejores días. Incluso desde lejos alcanzaba a ver la pintura envejecida en las tablillas de madera, los bordes de los techos doblados, franjas de material impermeabilizante que se deslizaban bajo alféizares podridos. Ya en la cima de la colina, me volví para contemplar el panorama. La ciudad se extendía abajo, un laberinto de calles, más allá una bahía en forma de medialuna y jirones de espuma de mar golpeando la playa invernal.

Seguía contemplando la ciudad y la bahía cuando escuché el golpe de una puerta con mosquitero. Miré atrás y vi una mujer que salía a un portal de madera. La reconocí de inmediato. Era Rachel Bass, la prima viuda de Hap. Estaba en el mismo portal que ocupaba en la fotografía. El oxidado termómetro de hojalata seguía clavado en su lugar, ahora junto a su hombro.

Llevaba un vestido verde oscuro que le caía casi hasta las pantorrillas, pero por lo demás se veía casi tal cual en la fotografía que Hap me había dado y que ahora descansaba en algún lugar de mi poblado escritorio. Se quedó inmóvil un momento, con una escoba en la mano, y después empezó a barrer la entrada.

La puerta volvió a golpearse pocos segundos más tarde y una niña pequeña salió disparada de la casa. La niña bajó tropezando por los peldaños, saltó a un triciclo oxidado y empezó a moverse por una acera a la cual acababan de quitarle la nieve.

Estuvo jugando sola un rato. Pero después, como si algo la llamara silenciosamente, se volvió y subió saltando por la escalera, pasó junto a su madre y entró a la casa.

Esperé un momento que la niña regresara. Como no lo hizo, me acerqué al lugar donde Rachel Bass continuaba barriendo.

—Buenos días —dije.

Miró hacia mí y levantó un brazo para protegerse del sol que le daba en los ojos.

—Soy Cal Chase —agregué—. Trabajo para tu primo. En Port Alma.

Se acercó y bajó el brazo, así que pude ver que tenía ojos azul oscuro.

—¿Trabajas para Hap?

—Sí —respondí. Y sin saber cómo seguir, agregué—: Me mostró una fotografía tuya.

Sonrió.

—Me parece que Hap me está haciendo propaganda.

—Te reconocí mientras subía por la calle —le dije.

—¿Andas a pie?

—Mi coche está allá abajo.

—Bueno, ¿y qué te ha dicho Hap?

—Sé que perdiste a tu marido. Y que tienes una hija.

Me señaló la casa.

—Alquilo habitaciones. Y así le saco partido.

—Y eras profesora, me dijo Hap.

—Hace años —asintió. Se apoyaba en la escoba y seguía observándome—. ¿Y qué estás haciendo en Royston?

Sólo podía mentir, no tenía otra opción.

—Decidí dar un paseo, sabes, salir de Port Alma.

—En busca de aventuras.

—Supongo que sí.

Se produjo un momento de silencio que los dos tratamos de quebrar al mismo tiempo.

—Mira…

—Bueno, yo…

Reímos.

—Continúa —dijo Rachel, sonriendo.

—Bueno, cuando te vi, me acordé de la fotografía. Y pensé que podía saludarte. Le diré a Hap que nos encontramos por casualidad.

—Pues hazlo —me dijo, sonriendo.

—Y eso es todo, me parece —le dije y me encogí de hombros.

Ella sabía que me estaba marchando, que quizá sólo había pasado para echar un vistazo, para mirar la vidriera pero no para entrar a la tienda, nada más; sabía también que en algún sentido, y según una desconocida escala jerárquica, no había estado a la altura. Aun así, se adelantó.

—Bueno, me alegro de haberte conocido —dijo. Me ofreció la mano—. Adiós, señor Chase.

Le estreché la mano, la solté enseguida, me volví y empecé a bajar hacia el coche. Sabía que me estaba mirando, quizá hasta esperando que me volviera, acudiera a ella una vez más y audazmente la invitara a cenar o a bailar. Antaño quizá habría hecho precisamente eso, habría seguido el camino normal del cortejo, el matrimonio y la paternidad. Pero a esas alturas estaba seguro de haber avanzado demasiado tiempo por el camino malo para poder abandonarlo, seguro de que jamás escucharía el llamado del romance, o de que, si lo escuchaba, no sería bastante loco para hacerle caso. Ese mundo pertenecía a Billy, sembrado de rosas y puntuado de melodramáticos suspiros. Podía imaginar a mi madre contemplándolo con aprobación mientras se hundía más y más en el agujero de ese romance, y sólo mirándome de soslayo y susurrando su dictamen: *Sigue con tus putas, Cal. Te falta corazón para más.*

La nieve caía pesadamente cuando me marché de Royston. Continuó cayendo durante una hora, y era mucho más densa cuando estaba por llegar a Port Alma.

Mientras me acercaba al Camino del Pino volví a pensar en Molly Hendricks; la vi mentalmente tal como la última vez, una figura pequeña, curvada y congelándose mientras seguía detrás de su padre, dejando tenues huellas de pisadas en la nieve.

Me detuve frente al montón ennegrecido que una vez había sido la casa de Hendricks. De pronto la nieve dejó de caer y un rayo de sol apareció sobre la ruina. El cobertizo, más allá de los escombros, resplandecía con todos sus detalles en la luz que cegaba, su techumbre erosionada, los clavos oxidados que sostenían las maderas de los costados, dos ventanitas, tapadas con lo que parecían sábanas de lana.

A medio camino del cobertizo caí en la cuenta de que no había huellas en la nieve. Era obvio que hacía tiempo que ni Hendricks ni Molly salían afuera. Debían de estar apretujados en el cobertizo, por supuesto, pero por el tubo negro que perforaba el techo no salía humo. Por otra parte, con ese frío no parecía probable que se quedaran dentro sin hacer fuego.

Llamé a la puerta, suavemente. Nadie contestó y me asomé a una de las ventanas. Al parecer habían puesto la sábana deprisa y había un espacio libre de unos cinco centímetros sobre el alféizar. Miré hacia dentro. Pude ver, en la sombra, a Molly recostada de espalda sobre una hundida cama plegable. Tenía los ojos cerrados y la cara descolorida, salvo por una línea de sangre que iba desde el extremo de su boca hasta una mancha congelada cerca de su cabeza.

Estaban los dos dentro. Molly, con un solo agujero de bala en la nuca, y su padre sentado, erguido, en una silla de madera a menos de dos metros de distancia, con una mancha de sangre seca alrededor de la boca, que se expandía, negra, cruzándole la camisa. La bala había entrado por el velo del paladar y salido por atrás del cráneo. Tenía los ojos muy abiertos, así que parecía impresionado, quizá horrorizado, o bien por la fuerza de la explosión, o bien por el primer vistazo del mundo que le esperaba, no menos cruel e inadecuado, al otro lado.

Billy me aguardaba en la esquina, golpeando los pies en la nieve, bastante profunda, cuando aparqué junto al *Sentinel*. No estaba solo. Dora le acompañaba. No dejaron de formársele nubes de aire condensado junto a la boca incluso después que mi hermano la acomodara en el asiento trasero del auto; parecía presa de un frío mortal.

Nada dijimos mientras nos dirigíamos hacia el Camino del Pino, nada mientras conducía el coche hasta la casa de Carl Hendricks. En ese silencio, Dora parecía verdaderamente lejana e inescrutable, como una estatua que absorbe luz en lugar de reflejarla, que oscurece cualquier lugar que ocupa.

Después de descubrir los dos cuerpos, fui directamente a mi despacho y por supuesto telefoneé a Hap. Le conté mi hallazgo en el cobertizo, y después llamé al *Sentinel* y comuniqué a Billy los mismos detalles.

—Voy a volver allá —le dije—. ¿Quieres venir?

—Sí, por supuesto —me respondió.

—A Molly le cubrí la cara —le dije a Billy al bajar del coche—. Y dejé igual todo lo demás.

Dora se había bajado junto con nosotros y ahora estaba allí de pie junto al coche, con los brazos cruzados, como protegiéndose, y copos de nieve sobre los hombros y en el pelo.

—¿Quieres ver esto? —le pregunté.

—No, no quiero —contestó en tono firme, y hundió las manos en los bolsillos de su delgado abrigo—. Me quedo aquí.

Billy y yo pasamos al lado de la casa desventrada y llegamos al cobertizo.

—Espero que estés preparado para esto —le advertí al abrir la puerta.

Miró un momento a Molly Hendricks. Y se volvió hacia Carl; de pronto se estremeció.

—Dios mío —susurró.

—¿No es muy bonito, verdad? —comenté.

Volvió a mirar a Molly.

—Sólo era una niña. ¡Cómo es posible que alguien haga daño a un niño! —Me miró—. Aunque la mayoría de la gente no lo hace. Creo que eso nos mantiene vivos.

Era bastante cierto, aunque hacía mucho que yo había aceptado que ese caos letal es el resultado inevitable de nuestra desordenada naturaleza, de la cual ningún proyecto de mejoría, por más vasto o trivial que sea, podría alterar un ápice.

Billy se inclinó y tocó un rizo de Molly.

Le observaba desde la puerta y percibí la ternura que dirigía a todo, una simpatía casi primordial, algo extraído con nosotros del paraíso.

Se controló, se acercó a la estufa y la tocó.

—Hace tiempo que aquí hace frío —dijo en voz baja.

—Creo que ya estaban aquí dentro cuando pasé el sábado por la tarde. Quiero decir que muertos.

—Es probable —dijo Billy. Volvió a mirar a Molly—. Pobre —fue todo lo que dijo.

Y un momento después ya estábamos fuera, en el torbellino de nieve.

—Me parece que Carl fue del todo incapaz de encontrar una salida —dijo mi hermano.

—Tendría que haber pensado un poco más.

—La gente queda atrapada en algunas cosas, Cal —miró hacia el coche y a Dora, de pie al lado—. Ella verdaderamente temía que esto pudiera ocurrir.

Hundí la cabeza contra el frío y recordé al viejo Ed Dillard. Y ahora esto. Un pensamiento me cruzó la mente: *La muerte la sigue.*

Hap aparcó justo cuando Billy y yo llegábamos a mi auto.

—T. R. está en camino —me dijo. Miró a Billy—. Bueno, parece que tenías razón. *Había* algo extraño aquí.

Miró en dirección a Dora, la observó un momento breve, pareció reconocerla vagamente, como a una fotografía que hace mucho se ha visto en un libro. Y se apartó caminando con decisión hacia el cobertizo. A medio camino, cortó una rama de un árbol joven y sin hojas. Siguió caminando y ahora se golpeaba las piernas con la rama con cada paso que daba; provocaba una nube de nieve.

Contemplé un momento el cobertizo por última vez y me volví hacia donde estaban Dora y mi hermano. Billy hablaba en voz baja, sin duda contándole lo que había visto en el cobertizo. Aunque lo contara con desapego, seguía siendo una visión perturbadora, y yo esperaba que Dora hiciera lo que suelen hacer las mujeres en esos casos, desmayarse en brazos de mi hermano o hundir el rostro lloroso en sus anchos hombros. No hacía eso, sin embargo, sólo asentía de vez en cuando, como si escuchara noticias por completo comunes y corrientes. Pero cuando Billy se apartó de ella noté que el cuerpo de súbito se le endurecía, se le tensaba, quedaba rígido como para sujetar en su jaula lo que bullera en su interior.

12

Unos cuantos días templados, insólitos en la estación, derritieron la nieve y permitieron sepultar a Molly Hendricks seis días más tarde. Hap consideró que alguien de la oficina debía presentarse en el funeral y me encomendó la misión a mí, pues mi hermano se había comprometido en lo que Hap llamaba el «asunto Hendricks».

La ceremonia casi había terminado cuando llegué. Desde cierta distancia, vi que Billy y Dora estaban reunidos con unos pocos vecinos de Hendricks, del Camino del Pino.

El reverendo Cates realizó el funeral con su habitual solemnidad. El curso de cada vida, dijo, sigue una dirección extraña e imprevisible. Debemos trabajar para indagar el misterio, pero siempre nos va a eludir. Porque estábamos perdidos, como ovejas en un valle profundo, vagando en la oscuridad, sin guía ni dirección, llevados aquí y allá por meras circunstancias, deshechos por azar. La oscuridad era impenetrable y por eso vacilábamos y tropezábamos, caíamos en trampas y acechanzas. Nos habían traído aquí a sufrir, dijo al pequeño grupo, para ser quebrados y sometidos, heridos una y otra vez, para que pudiéramos hallar en esas heridas la fuerza y la gracia del amor.

Cuando terminó, el reverendo Cates cogió un puñado de tierra casi congelada y lo arrojó sobre el sencillo ataúd de madera que los ciudadanos de Port Alma habían conseguido comprar para su hija asesinada. Después de lo cual bajamos en fila desordenada hacia la calle principal. Solamente Billy se quedó junto a la tumba, sin duda organizando ideas para la columna que escribiría más tarde ese mismo día. Dora tuvo que bajar sola.

—Bueno, tenías razón, Dora —le dije cuando la alcancé—. Me refiero a Molly. Sobre que su padre quería matarla. Mi hermano me dijo que tenías presentimientos.

Se lo dije como una alabanza, como un reconocimiento de sus poderes intuitivos, pero me di cuenta de que no estaba acostumbrada a los cumplidos. Sin embargo insistí.

—¿Qué presentiste en Molly Hendricks? —le pregunté, en un tono de pronto algo inquisitivo—. ¿Que le iban a hacer daño?

—Que ya le habían hecho daño.

—¿Y eso se manifestaba en…?

—Desamparo. Como si alguien la estuviera sometiendo.

—¿Y por qué no lo advertí yo?

No contestó, pero pero vi la respuesta en sus ojos: *Porque a ti nunca te ha sucedido eso.*

—Te vi a ti —le dije—. Esa noche en el rompeolas. En la niebla.

Dora miraba la gran puerta de hierro forjado, negra, abajo.

—Caminas por la noche —dijo. No era una pregunta.

—A veces.

Al parecer tomó mi respuesta como confirmación de mis hábitos solitarios, de las improvisaciones que había elaborado para sostenerme en la vida. Tuve la sensación de que ella había construido una estructura similar, que había levantado muros y barreras para ocultar lo que necesitaba ocultar y dejar fuera lo que no podía soportar.

—Prefiero la noche —le dije.

—¿Por qué?

La pregunta parecía bastante inocente, pero tuve la impresión que de pronto me estaban interrogando como a un sospechoso en una novela policial, que se retuerce en el asiento mientras la bombilla desnuda brilla encima con crueldad.

—Nunca lo había pensado —contesté—. Quizá porque prefiero la soledad.

—¿Dibujas por la noche?

—¿Que si dibujo?

—Billy dice que dibujas.

Reí.

—Hace años que no dibujo. Se refiere a cuando éramos niños.

—¿Y has guardado los dibujos?

—Sí, los tengo colgados en mi estudio.

—Me gustaría verlos alguna vez.

—No vale la pena. No son buenos. No soy artista. Y aunque lo fuera, no soy...

—¿No eres qué?

Me sorprendió que la respuesta me entristeciera.

—No soy dotado especialmente para nada.

Sonrió, tranquila.

—Yo tampoco —dijo.

Continuamos bajando la colina en silencio y nos despedimos al llegar abajo. Me encaminé al coche y Dora se quedó en el mismo lugar, de pie junto a la puerta de hierro, esperando a que mi hermano se reuniera con ella. Fue quizá la última vez que sentí que no era más que lo que parecía, de pocas palabras, con cierta tensión mayor que la habitual, pero siempre dentro del rango propio de cualquier mujer que conocía, desde luego no suficiente para explicar lo que fuera que Billy creía que le había ocurrido.

No volví a pensar en ella mientras regresaba al pueblo. Fui directamente a mi oficina, con la esperanza de ponerme al día en el trabajo.

Pero al llegar me encontré con Jack Stout, que venía por el pasillo que conducía a mi despacho. Acababa de entregar a Charlie Younger donde el sheriff Pritchart.

—Buenas tardes, señor Chase.

El brillo de satisfacción perceptible en los ojos de Jack me indicaba que traía noticias de Nueva York.

—Tuve suerte en el trabajo que me encargó. Sobre esa mujer. Dora March.

Pronunció el nombre con un curioso énfasis.

Le hice pasar a mi despacho, le ofrecí un cigarro, que aceptó pero no encendió y en cambio se guardó en el bolsillo de la camisa.

—¿Qué averiguaste?

—Bueno, había vivido en la residencia —dijo Jack—. Se llama Residencia Tremont para Mujeres. —Sacó un trozo de papel del bolsillo, sucio, pringoso—. Una anciana administra el lugar. De más de sesenta, diría. Se llama señora Posy Cameron. —Alzó la vista—. Con ella hablé.

—¿Se acordaba de Dora?

—Bueno, algo.

—¿Algo?

—Se acordaba que había vivido allí. —Volvió a mirar la nota—. Pero no mucho de ella.

Me mantuve en silencio. Sabía que había más.

—Pero me dio algo —dijo Jack—. Algo que la mujer dejó en su habitación. La señora Cameron lo guardó pensando que la señorita March le enviaría su nueva dirección. Pero nunca lo hizo. —Otra vez buscó en el bolsillo de su chaqueta y sacó una revista enrollada y sujeta por una goma elástica—. Así que me lo dio —dijo y me lo alcanzó por encima del escritorio—. Me dijo que se lo entregara a la señorita March, pero creo que se lo debo dar a usted primero.

Quité la goma elástica y dejé que la revista se desenrollara. Se llamaba *Asombrosas historias verdaderas* y parecía una publicación religiosa, con titulares que sugerían relatos de curas milagrosas, rescates inesperados, oraciones respondidas, reaparición de muertos.

—Estuve hojeándola camino a casa y encontré una historia que puede interesarle.

El tono de Jack se había oscurecido un tanto, como si eso no fuera una revista sino una criatura con que hubiera tropezado en un bosque espeso, ni serpiente ni escorpión, pero en cualquier caso pequeña y letal, algo que nunca hubiera visto antes.

—Página treinta y uno —dijo.

Empecé a pasar las páginas. Extrañas imágenes se mostraban aquí y allá, un niño con tres brazos, un perro montado en un chivo, una boa apretando una canoa.

—Es la historia de una niñita —dijo Jack— abandonada en el campo.

La encontré y empecé a leerla. Una niña que corría desnuda en el campo, de piel marrón y correosa, con la planta de los pies tan dura como suela de zapato, pero agraciada, como mostraba la única imagen en colores de la revista, con una larga cabellera rubia.

—En la segunda página está el golpe —comentó Jack.

Volví la página y hallé lo que indicaba.

—Dora March —dije.

Jack sonreía.

—Así la llamaron ellos. Los médicos.

Asentí y continué leyendo, siguiendo el relato tal como lo presentaba la revista. Eran médicos ingleses los que finalmente la recogieron, la llevaron a Londres desde los Pirineos españoles, donde por primera vez se la había visto. La llamaron Dora, por *de oro*, por el color de su pelo, y marzo, que los ingleses convirtieron en March, por el mes en que la vieron por primera vez. En una última imagen, «Dora March» jugaba desnuda en el rincón de una habitación, completamente lavada y limpia, con las piernas alzadas contra el pecho y el pelo, que le llegaba a la cintura, brillando en una dura luz blanca.

—Se parece a ella, ¿verdad? —dijo Jack.

—¿A quién?

—A esa mujer del *Sentinel*. ¿Cree que puede tratarse de ella, señor Chase?

—No llegaste hasta el final del artículo, ¿verdad, Jack?

—No, señor.

—A esta niñita la encontraron en Europa. En 1889.

Jack me clavó la vista, desconcertado.

—Murió hace veinte años.

Jack sonrió.

—Bueno, entonces no puede ser Dora —razonó.

—No, no puede ser —repliqué.

—¿Y sólo le parece una coincidencia? ¿Que tengan el mismo nombre?

Saqué un billete de cinco dólares de mi cartera y se lo di.

—Si no te importa, preferiría que esto quedara entre nosotros.

Extrajo el cigarro del bolsillo, lo envolvió con el billete y volvió a guardarse el conjunto.

—Por supuesto, señor Chase —dijo y me guiñó un ojo—. Para asuntos como éstos soy una tumba.

Pasé la tarde pensando cómo diría a mi hermano lo que había averiguado de Dora. No era una historia tan extraña como Jack Stout había imaginado, pero era sin duda curiosa. Había razones, por cierto, para creer que había tomado su nombre de una revista. Y debía de haber una razón para que hiciera tal cosa, una identidad auténtica que deseaba ocultar. Y Billy no la podría conocer verdaderamente hasta que no supiera la razón de ese ocultamiento.

Cuando aparqué esa tarde frente a su casa, todavía seguía pensando cómo le revelaría todo eso. Ya estaba oscuro, y desde la calle podía mirar directamente el comedor, verle moverse, ver que estaba disponiendo unas flores en la mesa. Dos velas temblaban en un candelabro de cristal, el mismo que mi madre le había regalado unos años antes insistiéndole que sólo debería usarlo en «ocasiones románticas». Y por eso no tenía dudas de lo que estaba preparando. Mi hermano se aprontaba para recibir a Dora y ajustaba los detalles.

Me bajé del coche y avancé por la senda que conducía a su puerta, con las *Asombrosas historias verdaderas* en el bolsillo del abrigo. Estaba decidido a revelar, importara lo que importara, exactamente lo que había encontrado Jack Stout. Entonces, surgiendo de la oscuridad, escuché la voz de mi padre tan claramente como si estuviera a mi lado, repitiendo las palabras que me había dicho pocos días antes en el salón de su casa: *Nada hay como la soledad para ponerte de rodillas.*

En ese momento intuí que Billy había llegado finalmente al punto en que quería terminar de una vez con su anhelo romántico, arriesgar el corazón y jugarse a fondo.

¿Quién era yo para detenerlo?

Así que volví al coche, me situé al volante, miré por última vez la casa de mi hermano, esperando verle todavía ocupado con sus preparativos. Estaba en el comedor tal como antes. Pero ya no estaba solo. Dora se encontraba a su lado, ayudándole a poner la mesa, charlando tranquilamente con él. De súbito Billy salió de la habitación y la dejó sola, con un cuenco vacío en la mano, una figura esbelta vestida sencillamente de blanco. En esa posición parecía apenas más que un aliento, de ningún modo fuerte y por completo inadecuada para Maine. Tuve la seguridad de que se marchitaría en esta tierra dura, azotada por los vientos y el mar.

Pero floreció.

TERCERA PARTE

13

La florescencia de Dora empezó como el menor de los capullos que enseguida se abrieron sin pausa, así que en la primavera del treinta y seis apenas podía imaginar que alguna vez me hubiera parecido insustancial, alguien desdeñable sin más consecuencias, una mujer que podía llegar y marcharse sin dejar huella perdurable.

Durante el invierno anterior la vi en escasas ocasiones, por lo general acompañada por mi hermano. Sabía que continuaba trabajando en el *Sentinel*, siempre en su escritorio, según Billy una correctora muy capaz, pero que no se interesaba en componer historias. De vez en cuando la alcanzaba a avistar entre la multitud que iba de compras los fines de semana a Madison, pero siempre me aparté rápidamente; no sentía ninguna necesidad de charlar con ella. Una vez Billy insinuó que «saliéramos» juntos. No me negué, pero dije a Billy que seguramente sería una molestia, pues no tenía ninguna mujer que invitar a un paseo como el que me proponía.

Así pues, a fines de abril me volví a encontrar solo con ella, por primera vez desde que bajamos la colina desde la tumba congelada de Molly Hendricks. Entonces ella ya había alquilado una cabaña en las afueras de la ciudad. Billy me pidió que fuera allí a recogerla esa tarde. Más temprano, ese mismo día, mi hermano había viajado a la capital del estado para cubrir un nuevo plan de asistencia social que los seguidores de F. D. Roosevelt habían presentado al Parlamento. Y, típico de mi hermano, se dejó capturar por la discusión, sin duda propuso algún proyecto propio, terminó más tarde de lo previsto y se le descompuso el coche en el viaje de regreso. Su viejo Ford apenas llegó a una estación de servicio y allí terminó de morir. Me había llamado para decirme que llegaría tarde a la cena habitual de los miércoles con nuestro padre.

—Te vamos a esperar —le dije—. A papá no le va a importar beberse otro trago antes de cenar. —Me reí—. Y dudo que un tercero le cause mucha alarma.

—Sí, lo sé —dijo Billy—. Pero pensaba llevar a Dora.

Entonces ya sabía que Billy había llevado a Dora de visita donde el Gran Ejemplo. Mi madre la había recibido con suma calidez, me dijo, y había dado a entender claramente que consideraba a Dora tan admirable como el mismo Billy pensaba. Incluso le aconsejó audacia en su trato con ella. La podía ver, mentalmente, haciendo exactamente eso, impulsando a Billy a una persecución desenfrenada y romántica, segura de que él sabría manejar cualquier complicación que enfrentara.

No era tan claro lo que mi padre podría pensar de Dora. En los últimos años se había dedicado a «invernar» en Virginia en febrero y marzo. No hacía mucho que había regresado a Port Alma, así que aún no le habían presentado a Dora. Pero no bien tuviera lugar ese encuentro, sospechaba que su opinión y sus consejos a Billy serían considerablemente más prudentes que los de mi madre. Matizaría el entusiasmo con advertencias, señalaría que la vida es un largo camino sembrado de pozos y trampas, y que el amor es algo que conviene dominar y controlar para poder negociarlo. Podía escuchar su voz alzarse con sabiduría en el salón: *La razón sigue siendo nuestra única guía, Billy, sin que importe lo que diga tu madre.*

—Dora estará en su casa —me dijo Billy—. ¿Te importaría llevarla donde papá?

No tenía ganas de hacerlo, por supuesto. Durante los meses llenos de nieve que siguieron al regreso de Jack Stout de Nueva York, me había mantenido voluntariamente lejos de Dora. No conseguía imaginar por qué no se encendía pronto una luz en la cabeza de mi hermano, una luz que le enseñara y evitara lo que debía ser, pensaba yo, toda una secuencia de pequeñas y grandes decepciones. Y entonces vendría la confrontación y la correspondiente divergencia de caminos.

Pero ahora había llegado la primavera y nada semejante había sucedido. El hechizo de Dora pesaba todavía en mi hermano.

Llegué a su casa exactamente a las seis de la tarde. Estaba en una callejuela estrecha en las afueras del pueblo, distante y algo recoleta, rodeada de bosques; sólo había algunas cabañas aisladas en el mismo sendero descuidado, la mayoría dispersa por una ensenada rocosa, inhóspita, que apenas merecía el nombre de playa.

Nunca me había fijado en la casita de Dora, pero al llegar me impresionó lo pequeña que era, algo más que un cobertizo arreglado.

Llamé a la puerta y ésta se entreabrió ligeramente; un par de ojos verdes me contemplaron por la rendija.

—Cal —dijo, y abrió más la puerta.

—Billy se ha retrasado —le dije—. Me envió a buscarte.

—Pasa —me dijo.

Por diversas razones había estado en las casas de la gente más rica de Port Alma, de sus pocos médicos, abogados y propietarios de bancos, flotas pesqueras y fábricas de conservas. Por razones igualmente diversas, aunque por lo general muy diferentes, también había visto la vida de nuestros pobres eternos del Estado, los terribles cuchitriles aferrados a laderas de los cerros, hogares que a menudo parecían extrañamente improvisados, hechos de hojalata y madera desechada y traída de aserraderos vecinos y de astilleros. Eran poco más que chozas, difícilmente distinguibles de los montones de leña apilados a su lado. Había visto mucha pobreza, pero nunca había estado en una vivienda tan desnuda como la de Dora. Hasta los más pobres de los pobres hacen algo para aligerar la fealdad, cuelgan alguna fotografía familiar en la pared o sitúan una botella de color en la ventana para que juegue con la luz. Pero Dora no había hecho nada. No había ni cuadros ni fotografías en las paredes ni en la mesa; ni siquiera un florero con una espiga de invierno. Los muebles consistían en dos sillas con respaldo de cuero y una mesa de madera. Era un lugar tan desprovisto hasta de la menor comodidad que me invadió una especie de temor macabro al sentirme ante una vida que podía soportar tanta desolación.

Sin embargo, Dora parecía por completo indiferente a lo que la rodeaba. De hecho se la veía cómoda, así que tuve la sensación de que ya antes había vivido con ese despojamiento, como la niña salvaje cuyo nombre había adoptado, acostumbrada a una vida reducida drásticamente a lo más indispensable.

—¿Quieres una taza de té, Cal? Creo que me queda un poco.

—De acuerdo —dije.

Se marchó a la cocina de la parte trasera de la casa y me dejó solo en el cuarto. Divisaba desde ahí una cocina de hierro, negra, un pequeño fregadero y una bomba de agua manual. Había varios utensilios dispuestos ordenadamente sobre una toalla blanca junto a la bomba; uno de ellos era el largo cuchillo que más tarde mi hermano se quitaría del pecho herido.

—¿Azúcar? —preguntó Dora, desde la cocina.

—No.

La puerta del dormitorio estaba entreabierta y dentro vi una cama sin colchones, sólo la estructura y tablas de madera. Había una gran silla al lado, cubierta de cojines tapados con una sábana.

Seguía observando el dormitorio cuando volvió Dora con dos tazas de té. Advirtió que estaba mirando su habitación, sin duda cayó en la cuenta de lo extraña que podía parecer, triste como una mazmorra, la especie de lugar donde se lleva a la gente para torturarla y obtener confesiones.

—Duermo en la silla —me dijo—. Me pasó la taza de té y fue hasta la puerta del dormitorio y la cerró—. Tengo dificultades para tumbarme.

—¿Y hace mucho que tienes ese problema?

—Desde niña —respondió.

No agregó nada más, pero de inmediato imaginé una herida terrible, la «cosa que le había sucedido», sobre la cual Billy había especulado de manera algo siniestra y que le parecía parte de su aire romántico.

—¿Fue en Nueva York? —pregunté.

Me miró como si yo hubiera abierto una brecha en una pared que ella no creía tan vulnerable.

—Billy me dijo que habías vivido en Nueva York —expliqué.

—Pero no de niña. Sólo recientemente.

—Yo también he vivido en Nueva York. Cuando estaba en la escuela de Derecho. —Iba tentando cautelosamente la oscuridad—. ¿Y dónde te criaste?

—En California.

—Nunca he estado allí.

—No me han presentado a tu padre —dijo, y bebió té.

Era un intento evidente de cambiar de tema. Sabía que había llegado hasta donde podía, que la puerta de su pasado estaba ahora tan cerrada como la de su dormitorio.

—Bueno, desde que lo abandonó mi madre, se ha vuelto algo pretencioso —le dije—. Pero me parece que has visitado varias veces a mi madre. Con Billy, quiero decir.

—Sí.

—Ahora va casi todos los días.

—¿Y tú no?

—No —le dije—. La visitaría con más frecuencia, pero no creo que siempre resulte una visita muy deseada.

—¿Y por qué crees eso?

Sonreí, tratando de aligerar las cosas.

—Bueno, a veces, cuando entro a su cuarto, parece que la golpeara un rayo. Papá es el único que siempre se alegra de verme. Lee mucho y conversamos sobre lo que está leyendo. Para mí fue una especie de tutor cuando era niño. Mi madre se ocupó de Billy. —De pronto sentí un dolor extraño porque mi familia hubiera estado dividida de manera tan tajante, como un cuerpo abierto y las heridas intactas. Y volví a retroceder en busca de un tema menos perturbador—. Pero dime, ¿estás contenta de haber venido a Port Alma?

—Me gusta estar aquí. Está lejos de todo.

—¿Piensas quedarte?

—No —dijo con firmeza—. Sólo estoy de paso.

Sólo de paso.

Algo, en la certidumbre de su tono, me dijo que eso era verdad, que por razones que probablemente nunca conocería, Dora era un paria de la vida. Algo se me removió dentro, algo pequeño y breve, un ligero temblor, un sentimiento por todos los que eran como Dora, inexplicablemente empujados de lugar en lugar, sin raíces, solitarios, como con látigos invisibles perpetuamente a sus espaldas.

—Siento oír eso —le dije—. Que sólo estás de paso.

Nos miramos a los ojos un instante. Enseguida miró hacia la ventana.

—Está entrando la niebla —murmuró.

—Sí, así es —dije. Bebí un último sorbo de té y dejé la taza—. Mejor que salgamos ahora que todavía podemos ver la carretera.

Atravesamos el pueblo y avanzamos por la carretera costera, con la masa de árboles a un costado y al otro el mar furioso. El camino se internaba tierra adentro un par de kilómetros más allá del pueblo, recorría una serie de colinas rocosas, y terminaba a la entrada de la casa de mi padre.

Ya estaba en la puerta de la casa cuando subíamos, vestido formalmente con su traje oscuro y corbata de pajarita, señal evidente de la importancia que atribuía a la velada.

—Ah, tú debes de ser Dora —dijo con entusiasmo—. Adelante, pasen.

Ella entró al vestíbulo y se detuvo un momento ante el retrato de uno de mis antepasados, de severo aspecto encuadrado por un pesado marco de madera, un hombre de cabellera plateada y rasgos firmes y perfecto atuendo, abrigo negro y cuello blanco almidonado.

—Obadiah Grier —le dijo mi padre, complacido por su interés—. El abuelo de William. Como si acabara de condenar a una bruja, ¿verdad? —Se rió—. Pero en realidad era un anciano muy agradable. Solía colocar a William sobre las rodillas y hacerlo saltar. Y también a Cal. —Me puso la mano en el hombro—. Pero Cal nunca disfrutaba con esas cosas, ¿verdad, Cal?

Esperó que yo dijera algo, que me enzarzara con él en uno de nuestros juegos habituales. Como no dije nada, se volvió hacia Dora.

—¿Me permite el abrigo, señorita March?

Se lo entregó y él me lo pasó a mí.

—Cuélgalo en el armario junto a la entrada, Cal —me dijo, y siguió a Dora hacia el salón.

Sujeto en mis manos, el abrigo de Dora parecía aún más ligero, diseñado para un clima donde las estaciones cambiaban de manera mucho menos radical que en el norte. En el interior del abrigo había una sencilla etiqueta: «Segunda mano. Lobo City».

Lobo, pensé, recordando el origen de su nombre; también está en castellano. Lobo.

Mi hermano llegó una hora más tarde. Entró casi corriendo por la puerta principal, alegre y lleno de energía como siempre. Acudió directamente al fuego y se calentó las manos, nos saludó y finalmente se quedó mirando cariñosamente a Dora.

—Veo que Cal te trajo sin problemas.

—Sí —dijo Dora, con una sonrisa que surgió inesperada y brillante desde la red oscura de su cara.

Los ojos de Billy se desplazaron hacia mí y pude apreciar el afecto que me tenía. Sabía que era el amor del virtuoso por el pródigo, pero también que en ese momento su mayor deseo era que yo encontrara lo que él ahora creía, con absoluta certeza, haber encontrado.

Pero no se habló de eso esa tarde. Charlamos sobre lo que había hecho ese día, acerca del actual debate legislativo, de lo que podría resultar. Hasta conversamos un momento sobre el tiempo, de lo poco que faltaba para el verano y de lo rápido que pasaría.

Cuando el reloj iba a dar las ocho, nos sentamos a la gran mesa de madera roja que mi padre había preparado con una formalidad casi pretenciosa, con todo en su lugar, con pequeños tenedores de plata y copas de cristal para el vino.

Mi padre se instaló en su lugar habitual a la cabecera de la mesa. La silla del otro extremo quedó vacía, como por respeto a mi madre. Billy y Dora se sentaron juntos, Dora frente a mí y mi hermano frente a la silla vacía a mi izquierda, la que habría ocupado mi mujer o mi amante.

Dora se sentó muy erguida, con las manos en el regazo, como una niña en la mesa de la escuela. Sentía que sus ojos se desviaban hacia mí y enseguida se apartaban.

—Bien, ¿todavía mi padre no te ha contado la historia de la familia? —le preguntó Billy, sonriendo, feliz.

Dora negó con la cabeza.

—Bueno, los Grier son un grupo muy simpático —dijo.

—Pero los Chase son un clan criminal —agregué.

Dora me miró.

—¿Te interesa el crimen?

—En realidad, no —dije.

—Pero cierta clase de crimen sí que te interesaría —dijo Billy.

—¿Y qué clase de crimen sería? —le pregunté.

—Uno que fuera filosófico en algún sentido, abstracto.

—No lo creo —dije, negando con la cabeza.

—¿Y qué clase de caso te puede interesar, Cal? —preguntó mi padre.

Antes de que pudiera contestar, mi hermano propuso una respuesta por su cuenta.

—Un caso de asesinato. Un caso horrible de asesinato.

—No, no un caso de asesinato —les dije—. La mayoría de los asesinatos son muy ordinarios. Las motivaciones suelen ser predecibles. —Me encogí de hombros—. Nada que los convierta en un caso importante.

—¿Y qué convierte en importante un caso? —preguntó Billy—. Qué piensas tú, quiero decir.

—En realidad nunca lo he pensado. Pero supongo que tendría que implicar algo de importancia, alguna idea o... —Me interrumpí, incapaz de dar con el punto exacto—. Algún principio que me... —Otra vez me interrumpí, aunque seguía buscando la respuesta adecuada.

Y entonces, inesperadamente, Dora la encontró.

—Que te hiciera sacrificar algo —dijo.

Nunca lo había pensado así, nunca había sentido, excepto de manera muy incipiente, que estuviera llamado a nada mayor que la humilde oficina que mantenía. Y empero era verdad. Ella lo había visto, había advertido que, a pesar de todo mi desapego profesional, anhelaba algo valioso y noble, algo por lo cual arriesgar todo.

—Tienes razón —le dije.

Billy me miró, asombrado.

—¿Verdad? Nunca supe que sintieras eso. —Se volvió hacia Dora—. Creo que conoces a Cal mejor que yo.

Dora me seguía mirando a los ojos.

—Sí, creo que sí —dijo.

No agregó nada más y pronto la conversación cambió de tema. Y, sin embargo, me sentí extrañamente vulnerable y expuesto el resto de la velada, como un animalillo arrancado al subsuelo y en el cual ya se hunden las garras del predador.

Después de cenar nos reunimos alrededor del fuego. Dora y Billy se sentaron juntos en el sofá de brocado que mi padre había comprado unos años antes. Tenía estructura de caoba y tapiz de terciopelo rojo. Mi padre se sentía libre para darse esos gustos lujosos, compraba plata y cristalería, muebles caros y grandes alfombras orientales, todo lo cual le daba la sensación de ser, por fin, un gran señor. En beneficio de Dora, se explayó acerca de casi todo lo que había en la habitación, desde el tintineante candelabro hasta el viejo reloj del abuelo que resonaba en un rincón.

No podía imaginar una exposición más tediosa, pero Dora mostró un interés peculiarmente intenso durante toda ella y hasta en los detalles más triviales de la conversación de mi padre, en cómo estaban hechas algunas cosas o de dónde provenían. Incluso sus viajes, limitados como eran, le interesaron; su reciente estancia en Virginia le pareció tan maravillosa como los viajes de Simbad.

Dora habló casi exclusivamente de libros. Presentaba los personajes de ficción como si fueran reales, los tenderos y costureras de Balzac, las abigarradas muchedumbres de Dickens. Pero casi nada tenía que decir de la serie de individuos que cualquier persona de su edad debía haber conocido en la vida real.

La velada llegó a su fin poco antes de las once de la noche. Mi padre tomó a Dora de la mano en la puerta.

—Fue un placer, querida —le dijo, y le besó la mano ceremoniosamente—. Espero que vuelvas.

—Gracias —dijo ella, sonriéndole—. Lo mismo digo.

Y se volvió y bajó por el sendero junto a Billy. Vi que mi hermano la tomaba del brazo poco antes de llegar a los escalones del final.

—Una chica encantadora —murmuró mi padre mientras los observábamos marcharse, dos figuras que atravesaban la densa niebla en dirección al coche de mi hermano, que los esperaba como un montón de chatarra herrumbrosa—. Sumamente encantadora, ¿no te parece? Y bonita.

Apagué en el suelo lo que me quedaba del cigarro.

—Sí, bonita y encantadora.

—Billy está muy entusiasmado con ella.

—Todo parece confirmarlo.

Mi padre sonreía.

—Su madre debe de estar satisfecha. Siempre esperó que apareciera una mujer así.

—Y ahora, por fin, ha aparecido —dije, y me encogí de hombros.

—Es una ilusión, por supuesto —dijo mi padre—. Pero no deja de ser agradable. —Un extraño anhelo parecía embargarle—. Y quién sabe, Cal. Quizá Dora sea la mujer que ha nacido para amar a Billy toda la vida.

Una posibilidad diferente me atravesó la mente como el destello de un cuchillo.

—O para romperle el corazón —dije.

14

Contemplé a Dora desde lejos durante las semanas que siguieron. Cada vez que visitaba el *Sentinel*, la encontraba trabajando en su escritorio. Nunca me saludó con más que un gesto rápido. En otras ocasiones, cuando me la topaba en alguna tienda del pueblo, sólo me decía «hola, Cal» y continuaba con sus compras. A veces la vi paseando sola por el rompeolas, con la mirada en la bahía, en la isla Mac-Andrews, en los restos calcinados de la mansión Phelps en la cima y las ennegrecidas chimeneas que apuntaban como cañones contra la amplitud del cielo. Maquinando la próxima movida, pensaba yo.

Billy vivía el entusiasmo total del romanticismo. Y tanto que una cálida tarde de sábado, a comienzos de mayo, mientras jugábamos croquet en el césped de mi casa, hasta aventuró la esperanza de que también yo hallara una felicidad como la suya.

—Felicidad —dije, y le pegué mal a una bola de madera—. ¿Así que te sientes feliz?

—Sí —dijo Billy.

—¿Eres feliz con Dora?

—Soy feliz *gracias a* Dora.

—¿Y ya sabes mucho más de ella, supongo?

Billy iba de una bola a otra y terminó arrodillándose, estudiando el ángulo de su próximo golpe.

—Suficiente.

—¿Suficiente para qué? —pregunté sin prestar mucha atención.

Billy se irguió, sacudiendo la hierba de sus pantalones. En lugar de contestarme, me dijo:

—Estaba pensando pasar por la casa de mamá esta tarde. Ir a pasear un poco por Fox Creek. ¿Te gustaría venir? Conmigo y con Dora.

De pronto sentí una especie de advertencia en esa propuesta, como una rama que se quiebra detrás de uno en la oscuridad, pero no dije nada.

Billy golpeó con fuerza. La bola salió despedida y pasó bajo un arco de metal. Mi hermano cacareó de gusto.

—Quiero que Dora conozca la casa. Que sepa un poco cómo era mamá antes del ataque. Cómo vibraba de vida.

—Bueno, pero por Dios no le cuentes lo que sucedió.

—¿A qué te refieres?

—A cómo estaba cuando la encontré.

—¿Por qué no?

—Porque estaba tan... parecía tan...

—Parecía humana, Cal. —Advirtió que me perturbaba toda referencia a la horrible situación en que había encontrado a nuestra madre, y se encogió de hombros—. En todo caso, Dora y yo pensamos ir esta tarde. Creí que te gustaría acompañarnos. No nos quedaríamos mucho tiempo. Ya sé que necesitas... Es sábado y ya sé qué tienes que hacer en Royston.

Se refería a que sólo me quedaría un rato en Fox Creek antes de marcharme a la reunión semanal con mi prostituta.

—De verdad me gustaría que vinieras, Cal —agregó enfáticamente—. Ya no nos vemos tanto como antes. Y, además, me gustaría que conocieras mejor a Dora. Ven con nosotros, Cal.

No había modo de rechazar el brillo de su sonrisa ni la inocencia de su ofrecimiento. Volvía a ser, por un momento, un niño que me pedía que lo ayudara a llevar su balsa improvisada al arroyo Fox. Accedí.

Llegué a Fox Creek unos minutos antes de la hora de la cita. La casita donde mi madre había decidido pasar sus últimos años anidaba en un bosquecillo de coníferas. La imaginé sentada en el portal, tarareando algún fragmento de Mozart, con un libro de poesía en el regazo. El Gran Ejemplo en la plenitud de su soledad. Pensé en cuán a menudo había intentado complacerla, brillar de algún modo ante sus ojos, quizá demostrarle que lo que me faltaba de pasión lo suplía con razón, que ella y Billy sólo podían sobrevivir y florecer en un mundo al que hombres como mi padre y como yo, de cabeza fría y realistas, habíamos dado seguridad para soñadores como ellos. Y, sin embargo, a pesar de todos mis esfuerzos, sabía que nunca había obtenido ninguna porción de la mirada llena de dulzura que tan generosamente volcaba en mi hermano, ni que ella había sentido conmigo el profundo deleite que con él sentía.

Cuando llegaron Billy y Dora probablemente algún aspecto de esa oscura verdad se me reflejaba en el semblante, aunque ya mi hermano estaba tan enamorado que no permitía que nada opacara su entusiasmo. Lo noté en la ligereza de sus pasos mientras se acercaba. Billy creía haber hallado algo asombroso en Dora, esa escasísima forma de amor que florece más hermosamente mientras se marchita la belleza, que soporta cualquier impacto y cualquier pena, el vino joven del romance que envejece en la riqueza del rojo; un amor, en fin, como el vino.

—Un día maravilloso, ¿verdad, Cal?

Vestía pantalones de lino y una camisa blanca de cuello abierto. En la cabeza llevaba un arrugado sombrero de fieltro. Era un personaje espléndido, casi radiante.

—Sí —dije, y la mirada se me desplazó, pensativa, a Dora.

Estaba junto a él, con un vestido de mangas largas un poco más amplias en los hombros. Como todo su atuendo, parecía seleccionado para conseguir el máximo de cobertura.

—Hola, Cal.

Miraba alrededor, formándose una idea general del área. Seguía con los ojos una fila de azafranes púrpura que acababa de brotar en la ribera del arroyo.

—Qué lugar más encantador.

—Lo mantenemos como memorial de mi madre —le dijo Billy a Dora, señalando la casita—. Todas sus cosas están todavía allí.

—La mayoría —dije, refiriéndome a que Billy continuamente estaba retirando algo, una servilleta o un florero—. Supongo que ya sabes que mi hermano la llama El Gran Ejemplo.

—Y así es —dijo Billy con toda seriedad.

Y nos condujo por el césped, subió la escalera de madera y abrió la puerta de la casa donde yo había encontrado a mi madre indefensa y caída. La visión me asaltaba ya en el umbral mismo, así que de pronto retrocedí y volví al portal. Dejé que mi hermano y Dora exploraran la casita.

Desde mi lugar, junto a la puerta, contemplé a los dos, que se desplazaban lentamente. Billy levantaba de vez en cuando alguna curiosidad de las que mi madre había acumulado. Observé que Dora pasaba un dedo por el borde del pequeño escritorio que había junto a la ventana. Parecía estar recogiendo algo, quizá los pensamientos y recuerdos de mi madre, como si esas cosas dejaran una película de polvo sobre los objetos que van quedando atrás.

Pasaban los minutos y Billy se volvía más y más expansivo, hilaba anécdotas del Gran Ejemplo, por completo ajeno a que yo seguía allí fuera todavía conmovido por el recuerdo de mi madre de espaldas, de esas manchas amarillas, del olor, de la suciedad, de la horrible indignidad de todo aquello. Pasó a otro cuarto, dejó atrás a Dora el tiempo justo para que ella mirara hacia mí y alcanzara a vislumbrar la furia en mis ojos. Con un solo movimiento, fluido y sin interrupción como una brisa, se deslizó hasta mí, me tocó en el brazo y susurró:

—¿Qué te sucede, Cal?

—¿Por qué no consigo quitarme de la cabeza su aspecto cuando la encontré?

—Porque la amas.

—Y también Billy, pero... —me interrumpí, todavía incapaz de enunciar la verdad.

Dora esperaba.

Y la verdad llegó.

—Pero ella también le amaba —dije—. A veces hasta pienso que le enseñó a amar. Ya sabes, de todo corazón.

—¿Y qué te enseñó a ti?

—Lo contrario, supongo —sonreí apenas.

—¿Y qué es eso?

—Cómo vivir sin amar.

Esperaba que Dora se compadeciera, que formulara quizás un argumento en contra. Pero en lugar de una observación trivial de buena crianza, las palabras le salieron de la boca como trozos de hielo:

—Hay lecciones peores que vivir sin amor.

—¿Crees eso?

Iba a contestarme, pero en ese momento llegó Billy al portal y la tomó de la mano.

—Vamos al puente —pidió.

Poco había que caminar hasta el puente; desde allí se podía ver claramente, atrás, la casa de mi madre. Algunos bulbos que ella había plantado aquí y allá empezaban a abrirse camino hacia el aire de la primavera y salpicaban de rojo y oro el sendero.

—Aquí mi padre le propuso matrimonio a mi madre —le dijo Billy a Dora mientras la llevaba al centro del puente, una cosa vieja, inestable, insegura, que temblaba ligeramente mientras caminaban. Cuando llegaron al centro, soltó la mano de Dora, se inclinó por la baranda de madera y contempló el agua veloz de abajo.

—Una vez hice una balsa. Traté de navegar hasta el otro lado. —Alzó la vista y me sonrió—. ¿Te acuerdas, Cal?

—Me acuerdo que le salvaste la vida a una niña —dije, recordando el brillo y la gloria de su esfuerzo—. ¿Se lo has contado a Dora?

—No —dijo Dora—, no me lo ha contado.

—Lo hicimos juntos —dijo Billy, sonriendo—. Cal y yo.

—Pero tú te lanzaste al agua tras ella —le recordé.

Me miró afectuosamente.

—Pero tú te lanzaste detrás de mí.

Y volvió a coger de la mano a Dora y la arrastró fuera del puente y por el borde del agua.

—Todavía reflexiono a veces en qué pensaría mamá —dijo Billy cuando llegamos al lugar donde ella había pasado horas leyendo en silencio recostada en una pequeña manta roja.

—En el pasado —dije.

Me miró inquisitivamente.

—¿Y por qué no en el futuro?

—En esos días ya no tenía un futuro.

—Por supuesto que sí —replicó Billy—. Había dejado a papá. Y había escogido vivir su propia vida. Tenía completamente abierto el futuro.

—No existe el futuro abierto —dije, en tono sombrío.

Billy negó con la cabeza y rió.

—Eres una fuerza oscura, Cal. De verdad. ¿No te parece, Dora?

Ella miraba el agua.

—Sí.

Nos sentamos junto al agua, Billy y Dora muy juntos, y yo aparte, con la espalda apoyada en un árbol.

Verlos tan cerca uno del otro, ver el brazo de mi hermano en la cintura de Dora, me llenaba de una extraña inquietud, un nerviosismo que acabó por alejarme de ellos y me levanté a fumar, aislado, ahora ansioso por marcharme a Royston al dulce olvido de una cama de burdel.

—Quiero traer algo de la casa —dijo Billy de pronto. Se puso de pie al mismo tiempo—. Me reúno con vosotros en el coche.

Y saltó en dirección a la casa, dejándonos a Dora y a mí junto al agua. Cogí una piedrecilla y la arrojé al arroyo. Cuando volví a mirar hacia la casa, Billy venía con un pequeño jarro azul.

—Pasa el tiempo sacando cosas —dije—. Trozos de ella.

Dora me miraba atenta, intencionadamente.

—Ten cuidado, Cal —dijo.

—¿De qué?

—De necesitar demasiado el amor.

Me reí.

—Me parece que mi hermano tiene ese problema.

No me quitaba la vista de los ojos.

—No —dijo—. Eres tú el que lo tiene.

Nadie me había hablado nunca con tal intimidad perturbadora, y esa tarde, durante todo el viaje a Royston, reviví ese momento, esos ojos inmóviles y fijos de Dora, el modo como dijo «Eres tú el que lo tiene», con tanta certidumbre que era yo, y no mi hermano, quien estaba necesitado peligrosamente de amor.

Todavía rumiaba lo que me había dicho cuando llegué a la calle

Blyden poco después de las seis. Había caído la noche y las luces de la ciudad relucían en el agua. Escuchaba el piano en el bar contiguo y el zumbido constante de la gente en su interior.

Maggie Flynn estaba sentada en el portal y se abanicaba lánguidamente en el cálido aire de la noche. Se había alzado el vestido y sus grandes rodillas redondas brillaban como pálidos mundos mientras se balanceaba atrás y adelante en la vieja mecedora de madera.

—Estaba a punto de renunciar a ti, Cal —dijo.

Normalmente habría subido enseguida, pero una pesadez indecible me apresó en la escalera. Me quité el sombrero, me abaniqué la cara y encendí un cigarro.

—Ya subiré.

—¿Quieres un trago? —preguntó Maggie.

—Todavía no.

Lancé una columna de humo al aire de la noche.

Maggie me escrutaba.

—¿Desde cuándo estás viniendo, Cal?

Volví a aspirar el cigarro.

—Hace unos doce o trece años, supongo.

—Es mucho tiempo. ¿Sigues soltero?

—Sí.

Sonrió y asintió.

—Eras apenas un muchacho cuando apareciste por primera vez.

—Tenía veintiuno.

Rió.

—Un niño, para mí. —La risa se fue apagando—. Pero esta noche pareces un poco desconcertado.

—Sólo cansado.

—Quizá te estás cansando de nosotras.

—¿Por qué dices eso?

—Sucede —dijo, y se alzó de hombros—. Un hombre empieza a necesitar más.

—No necesito más.

La mirada de Maggie era penetrante.

—No estés tan seguro. Te golpea como un martillo.

Sentí una extraña alarma, me puse de pie enseguida, apagué el cigarro en la calle y entré. Mi mujer habitual me recibió en la sala, me sirvió un trago y después me escoltó por la escalera. En el pasillo cruzamos frente al cuarto de Polly Jenks, ahora vacío.

—Polly se marchó finalmente —dijo ella—. El miércoles.

—¿Y a quién ve ahora el señor Castleman?

—A mí —respondió, airosa.

Adopté mi posición habitual en su habitación, de espaldas en la cama mientras ella se desvestía detrás del biombo.

—¿Quieres otro trago? —me preguntó apenas salió.

—No.

—Hoy llegaste tarde —murmuró mientras se acurrucaba en la cama y empezaba a desatarme los zapatos.

—He tenido mucho trabajo.

—¿Algo importante?

—En realidad no.

—¿Así que no hay novedades en Port Alma?

La respuesta salió de mis labios antes de que pudiera detenerla.

—Mi hermano está enamorado.

—Eso está muy bien —dijo, alegremente, y me quitó con cuidado el segundo zapato, lo dejó junto al otro, y después se desplazó por la cama y se sentó a mi lado.

—¿Y te gusta la mujer de la que se enamoró tu hermano?

—Es interesante.

Se inclinó, con los labios hacia los míos, pero cuidando de no besarme. El aliento le olía ligeramente a merengue.

—Bueno, ya basta con *ella* —dijo. Se puso de pie, dejó que la bata cayera, se la quitó y se sentó, desnuda, encima de mí—. Estás aquí para estar conmigo. —Me desabrochó el cinturón, lo sacó suavemente de mis pantalones y lo retorció sensualmente entre sus dedos cortos—. A pasarlo bien. —Me cogió las manos y las posó en sus pechos. A horcajadas sobre mí, mirándome, se sentía por completo confiada en sus habilidades, una Eva que había aprendido las lecciones en el jardín antiguo, que había comprendido a la serpiente, que había sabido exactamente cómo responder a su mandato. Me rozaba el pecho con las uñas, fingiendo encontrarme deseable. Y entonces se inclinó hacia delante y me susurró al oído—:

—¿Quién soy?

Pero mi mente ya estaba divagando.

—¿Qué?

—Mi nombre. ¿Con quién quieres estar esta noche?

Nunca surgió de mis labios, pero me relampagueó en la cabeza tan veloz y espontáneamente que debió de resonar como una campana de incendio en la noche.

Dora.

15

Pensamos en nuestra destrucción como algo que se nos viene encima abruptamente, una ráfaga súbita de viento y de fuego. Pero he llegado a creer que nuestra caída en realidad se desliza bajo tierra, asoma de un lugar a otro por el pequeño refugio que hemos construido, hasta que finalmente se nos introduce por la única tabla podrida que olvidamos reemplazar, por la rendija que no sellamos, por ese lugar en la oscuridad por donde puede filtrarse.

Y, no obstante, a pesar de todo eso, la pude haber evitado. Apenas entré en casa de Dora ese atardecer lluvioso y susurré su nombre, y luego avisté a mi hermano en la sombra al otro extremo de la habitación, en ese momento reconocí lo único que pude haber hecho para evitar la catástrofe que instantáneamente me abrumó. Pude haberme mantenido lejos de Dora. Pude haber controlado el impulso que crecía sin pausa y haberme decidido a no estar nunca solo con ella. Hasta me pude haber enorgullecido, desapasionadamente, por ese control de mí mismo. En un principio intenté hacer exactamente eso. Me hundí en los pequeños casos que Hap amontonaba en mi escritorio, como si hubieran sido de la mayor importancia. Dejé de pasar cerca del *Sentinel*. Si la hubiera visto acercarse, habría cruzado al otro lado de la calle. En casa, a salvo, a solas, me hundía en mis libros y ocasionalmente en una botella.

Pero pasaban los días y Dora empezaba a molestarme. Inclinado sobre unos documentos en mi despacho, alzaba la vista, seguro de que estaba en el cuarto, y me desilusionaba, incluso me enfurecía, al advertir que no estaba.

Así que una cálida tarde de junio, mientras descansaba en el portal de mi casa y terminaba un segundo brandy, la llamé por su nombre mientras pasaba frente a la casa camino sin duda de la suya una vez terminada la jornada en el *Sentinel*. Por primera vez en todo un mes su nombre iba más allá de mis labios.

—Dora.

Se detuvo bruscamente, tensa, como si una mano la hubiera sujetado por detrás, por los hombros.

—Soy Cal —dije, levantándome de la silla y agitando ligeramente el vaso—. Aquí. En el portal. No quería asustarte. Pero te vi pasando por aquí. —Y de súbito una idea, una que desde entonces me parece que surgió de la tierra, alzada desde allí por algún golpe—. Pensé que te gustaría ver mis dibujos. Esos de los que Billy te ha hablado.

Vaciló un instante, como calibrando mis intenciones. Y accedió y subió por la escalera.

—Iba a mi casa —dijo cuando llegó.

—Me lo imaginaba —dije—. ¿Billy está en su despacho todavía?

—No, ha ido a Royston a comprar papel.

Una brisa nocturna, marina, jugaba con un mechón de su cabello. Me atreví a ponerlo en su lugar.

—¿Así que estás sola esta tarde?

—Sí.

Sonreí.

—Una vez me preguntaste si me gustaba la soledad. ¿Y a ti te gusta?

Me miró como desde lejos.

—Estoy acostumbrada a la soledad.

—Debes de haber vivido sola mucho tiempo entonces.

—Lo suficiente para no temerla.

—Por años, supongo.

—Sí, años —contestó, como desafiándome a preguntar más.

Pero retrocedí a un tema anterior.

—Bueno, deja que te muestre esos dibujos.

Entramos a casa, atravesamos el pasillo hasta mi despacho. Era la habitación donde pasaba la mayor parte de mi tiempo, y con el paso de los años la había transformado en una especie de santuario.

Había gruesas cortinas en las ventanas y una gran alfombra oriental cubría el suelo de madera. Estaba decorada a mi gusto, que propendía un poco a los muebles pesados y a los colores sombríos. A Billy siempre le había parecido incómoda y bromeaba diciendo que le recordaba una funeraria.

—Qué lugar más tranquilo —dijo Dora al entrar.

—Billy lo llama mi tumba.

Me miró.

—Creo que se parece más a una madriguera.

—Bueno, soy el único que se refugia aquí, eso te lo puedo asegurar.

Los dibujos colgaban en varios lugares, algunos bien iluminados, otros en la sombra. Había alguna naturaleza muerta, pero la mayoría eran muros de piedra y cercos de madera, rígidos campos que retrataban la seguridad de los límites.

Mientras yo observaba, Dora pasaba de un dibujo al siguiente, siempre tomándose su tiempo para detenerse, mirar, ponderar. Parecía admirablemente tranquila, en paz, circulando por el cuarto, como si inevitablemente se sintiera más segura y menos expuesta en mundos creados por otros, particularmente en los imaginarios, donde nada real podía incomodarla ni cogerla por sorpresa.

—No es un material muy excitante, ya lo sé —dije cuando acabó de contemplar el último dibujo, un muro de piedra que discurría a campo abierto.

Sonrió y dio otra vuelta completa por la habitación, esta vez mirando los libros más que los dibujos.

—Me gusta cómo miras los libros, Dora —dije, y me acerqué a ella por detrás.

—Me dan un lugar adonde ir. —Sacó un volumen de la estantería y lo abrió—. Conozco éste.

Miré el título. *Pensamientos*, de Pascal.

—Dice que la gente es infeliz porque prefiere la cacería a la captura —dijo Dora.

—¿Y crees que tiene razón?

—No en todos los casos.

—¿Y en tu caso?

—No me sirve de nada —contestó, tajante.

—Entonces Billy te debe resultar muy novedoso.

—¿Por qué lo dices?

—Porque lo único que ha querido hallar y capturar ha sido su único amor verdadero.

Bajó la vista hacia el libro.

—William es noble —fue todo lo que dijo.

El personaje de mi hermano me pareció en ese momento vagamente difícil y pesado. Decidí cambiar de tema.

—Ahora conozco tu secreto.

Me clavó la vista.

—Eres católica —le dije, sonriendo—. Sólo los católicos leen a Pascal. Como mi madre, antes de dejar la Iglesia. Y unos cuantos vejestorios como yo.

Cerró el libro y lo volvió a su lugar.

—Gracias por invitarme, Cal.

—Si hay algo que te gustaría leer…

—No.

Sonreí.

—Y, por supuesto, los dibujos están en venta.

Se reía.

—¿Incluso éste?

Señalaba un dibujo pequeño, más bien elemental, de una joven de pelo negro, largo, vestida de blanco, una figura fantasmal, vaporosa, casi translúcida, algo que la menor brisa destrozaría.

—Es distinto a tus otros dibujos.

—Debería serlo —dije—. No lo hice yo.

—¿Y quién lo hizo?

—Billy.

—¿Quién es ella? —preguntó Dora.

—Nadie —dije—. Es imaginaria.

Dora me miró inquisitivamente.

—Billy la imaginó como… ¿Cómo decirlo? Como su dama en apuros, supongo.

Volvió a reír, una risa rápida, consciente, que a pesar de su ligera brevedad, parecía alzarla como el viento.

—¿No te gusta, verdad?

—No, la tengo colgada sólo porque me la regaló Billy.

—¿Por qué no te gusta, Cal?

—Porque la mujer es irreal. Una ilusión.

Dora sonrió en silencio.

—Pascal lo habría entendido.

—Ciertamente.

No dijo nada más, pero se apartó y caminó hacia la puerta.

—¿No quieres un trago? —pregunté, deprisa—. Tal vez té, o café. —Alcé mi vaso, casi vacío—. ¿Algo más fuerte?

—No. Mejor que regrese a casa.

—Está bien. Buenas noches entonces —le dije cuando ya estábamos fuera.

—Buenas noches.

Me quedé contemplándola mientras bajaba hacia la calle. Parecía curiosamente segura mientras avanzaba en la oscuridad, y recordé que muy pocos meses antes, en casa de mi hermano, había decidido que era demasiado frágil para Maine. Ahora parecía tallada en piedra nativa. Y tanto que no podía imaginar cómo conseguiría penetrarla mi hermano, y mucho menos conquistarla.

Y, sin embargo, en esos mismos momentos él ya había esbozado un plan.

Lo conocí dos semanas después, sentado con Henry Mason, empleado de Billy en el *Sentinel*, en la barbería de Ollie. Era tarde, sólo media hora antes del cierre, y una sombra azul se desplazaba más allá del cartel giratorio de la barbería.

—Supongo que ya has oído hablar de los últimos arreglos —dijo Henry, a quien le costaba un poco respirar y cuya voz, como siempre, surgía a través de un silbido tembloroso.

—¿Qué arreglos?

—En el diario.

A Henry le faltaba poco para los setenta, era un hombre frágil, enfermizo, de semblante consumido, al parecer a punto de colapso físico. Hacía años que su mujer le había dejado y desde entonces era el único sostén y encargado de una hija retardada, Lois, que, ya cerca de los cuarenta años, solía escapar de su casa y obligar a Henry a buscarla por todas partes. «¿Qué será de ella cuando yo me vaya?», más de una vez le había escuchado preguntarle a mi hermano en tono quejumbroso. «¿Quién se ocupará entonces de Lois?»

—El arreglo con Dora March —dijo Henry, que enseguida tosió y se cubrió la mano con el puño.

—¿Qué sucede con ella?

—Bueno, ya sabes cómo es William.

—¿Qué me quieres decir, Henry?

—Que ya sabes que no se interesa mucho en controlar el diario. —Se aclaró la garganta, se acomodó, apretó sus huesudos dedos en los brazos acolchados de la silla—. Me refiero al manejo diario, el día a día.

—¿Y qué relación tiene eso con Dora? —le pregunté justo cuando Lloyd Drummond, el otro barbero de Ollie, empezaba a aplicarme una gruesa capa de jabón en la cara.

—Ahora anota los cheques —contestó Henry—. Los anota en los libros de contabilidad. William nunca dejó que nadie lo hiciera.

Apareció Ollie, desplegó un gran lienzo blanco y envolvió a Henry.

—Dice que la quiere comprometer más con el negocio —dijo Henry, ansiosamente—. Creo que quiere demostrarle la confianza que le tiene.

—La confianza —dije, casi para mí mismo.

Lloyd abrió la navaja. Su hoja, larga y plana, brilló a la luz.

—Antes siempre trabajó de copista —agregó Henry—. Pero ahora... —Se interrumpió—. Bueno, William puede hacer lo que quiera en el diario.

—Por supuesto que sí.

Ollie cogió un par de tijeras y un cepillo del estante bajo el espejo, inclinó la cabeza de Henry y empezó a recortarle pelo en la nuca.

—Quiero decir que si quiere entregar las cosas a una extraña, entonces, bueno...

—No es exactamente una extraña, Henry.

—No —dijo Henry en voz baja, apartando un poco la vista—. No exactamente.

—¿Y qué te molesta de este nuevo arreglo? —pregunté.

La pregunta abrió las puertas de par en par.

—No lo puedo evitar, Cal. Sabes cuánto estimo a William. Es casi un hijo para mí. Pero es la clase de persona que necesita que alguien la cuide. Tú ya lo sabes.

Esperó algún tipo de confirmación. Como no dije nada, continuó:

—En cualquier caso, todos hacemos lo mejor que podemos. Todos, en el diario. Le vigilamos. Por su propio bien. Y entonces... de pronto... esa mujer... —Suspiró profundamente—. Pero lo que haga no es asunto mío. Lo que deje que haga Dora, quiero decir. Pero ya sabes cómo es ella, Cal. Me preocupa. Le está dando acceso al dinero.

—¿Qué quieres decir con eso de que ya sé cómo es ella?

Ponderó la pregunta.

—El modo que tiene de reaccionar. Es extraña. Inestable.

—¿Qué estás insinuando, Henry?

Se me estaba acabando la paciencia. Henry miraba a cualquier parte.

—El otro día, por ejemplo. Estábamos ordenando ejemplares viejos. Llevándolos abajo.

Ollie pasó entre nosotros dos. Henry continuó después.

—Así que conversábamos acerca de esos viejos ejemplares. Las viejas historias. Wally y yo. Cuál era la mejor historia que cubrió el diario. Esa clase de cosas. Y surgió el tema de la mansión Phelps.

—¿Te refieres a lo que sucedió allí?

—Precisamente —asintió Henry, resoplando ligeramente—. Hace veinte años. Los asesinatos.

Los asesinatos.

Lo había escuchado toda la vida, cómo habían asesinado a Simon Phelps y a su mujer y llevado a Abigail, su hija, al cobertizo del encargado, para masacrarla allí, y después habían incendiado la gran casa. Casi podía recordar el nombre del hombre que lo había hecho. Era un nombre que se había susurrado como una advertencia a los niños de Port Alma durante más de veinte años y finalmente se había convertido en una copla para asustarlos:

Sé bueno o te va a coger.
Te cortará la garganta
y huirá a las sombras.
Malhechor. Auckland Finn.

—Wally detalló las cosas —continuó Henry—. Especialmente acerca de la pequeña Abigail. Lo que le hicieron. Cómo Finn la llevó al cobertizo, la sostuvo en el suelo y la tajó. —Henry estaba tenso—. Entonces nos fijamos en Dora. Había estado sentada allí todo el tiempo. En su escritorio, como siempre. Nadie se había fijado en ella… Estaba pálida como una sábana, Cal. Pálida como una sábana. Nos miramos unos a otros. Wally y yo. No sabíamos qué hacer. Era tan extraño su aspecto. Tan… inestable. Parecía que no podría moverse más, como si estuviera absolutamente abrumada. Como si ella estuviera viviendo eso. Como si no estuviera en la misma habitación con todos nosotros, sino en ese cobertizo. —Henry tenía los ojos inmóviles, asombrado y triste—. Y con Abigail.

—¿Mi hermano vio todo eso?

—No. Estaba en su despacho.

—¿Y Dora no dijo nada?

—No —respondió Henry—. Sólo se recuperó al cabo de bastante rato. Luego se levantó y se apartó. Se alejó cuanto pudo de todos nosotros. —Henry me miraba intensamente—. Pero te podías dar cuenta de que seguía aterrorizada.

Durante toda la tarde traté de apartar esa visión de mi mente, a Dora presa del terror. Recordé nuestra conversación mientras bajábamos la colina de regreso de la tumba de Molly Hendricks.

¿Qué presentiste en Molly Hendricks? ¿Que le iban a hacer daño?

Que ya le habían hecho daño.

Y ese daño era… ¿Cómo era?

Desamparo. Como si alguien la estuviera sujetando en el suelo.

¿Y por qué no vi eso yo?

Y repetí mentalmente la respuesta que había brillado en sus ojos: *Porque nunca te ha sucedido a ti.*

Hacia la medianoche, ya no pude contenerme. Cerré el libro que había tratado infructuosamente de leer durante cuatro horas y caminé el breve espacio entre mi casa y las oficinas del diario.

Felix Miller estaba terminando sus labores nocturnas de limpieza cuando llegué.

—Ya es más de medianoche, señor Chase —protestó Felix al abrir la puerta.

—Ya lo sé. Pero necesito buscar algo, Felix. En ejemplares antiguos. Es para un caso que estoy estudiando.

—Bajaron al sótano todos los ejemplares viejos. —Felix retrocedió y al mismo tiempo abrió la puerta—. Le mostraré dónde están.

Me condujo a la escalera del sótano, abrió la puerta y encendió la luz.

—No hace falta que te quedes aquí cuando termines tu trabajo —le aseguré mientras bajaba—. Puedo salir solo.

No me costó mucho encontrar los ejemplares que quería y empezar a revisar la misma historia triste del asesinato de una familia. Había sucedido el 12 de noviembre de 1915 y la cobertura, en primera página del *Sentinel*, había empezado el día siguiente. Mi padre había seleccionado una tipografía especial, no sólo negra y gruesa, sino que semejante a la que se ve en las viejas tumbas del cementerio del pueblo:

Fuego y carnicería en la mansión Phelps.

Y había agregado otros aditamentos. Una gran fotografía de la mansión Phelps, austera, enorme, situada majestuosamente en la cima de la isla MacAndrews. A su alrededor puso fotografías individuales de las víctimas, casi como una maldición, con los rostros mirando desde marcos ovalados, como camafeos, dispuestos de un modo no muy logrado, como si colgaran de crespones negros. Mi padre había compuesto una sola frase sombría, que situó bajo las fotografías: *Tres muertos en brutal matanza.*

La fotografía de Simon Marcus Phelps, de treinta y cinco años, mostraba un hombre delgado, casi esquelético, con la estructura ósea del cráneo tan prominente que su rostro parecía dispuesto encima como un lienzo. Tenía el pelo oscuro peinado con gomina y austeramente separado hacia ambos costados. Los ojos, detrás de gafas de montura metálica, eran tan pequeños y redondos que le daban un aspecto frágil y poco saludable.

Vestida con sus mejores galas, con grandes ojos brillantes, Madeline Inez Phelps parecía tan robusta como enfermizo su marido. Mantenía erguida la cabeza y la barbilla ligeramente alzada, como las matronas inglesas que posaban en la sala de lectura de sus casas de campo, pero las comisuras de su boca se alzaban en una sonrisa juvenil y quizás algo coqueta. Tenía la cabellera arreglada en una masa típicamente eduardiana, llena de rizos y hondonadas, pero aun así Madeline Phelps parecía extraordinariamente vibrante, llena de la vida que estaba a punto de perder.

Lo que más me llamó la atención fue la fotografía de Abigail Dorothy Phelps. Tenía ocho años, vestía formalmente una blusa blanca, llevaba al cuello una delicada cinta, y su pelo era tan claro que incluso en esa fotografía en blanco y negro parecía reverberar. No estaba sonriendo, así que parecía un poco seria, una expresión que por esos días solían enseñar a los niños de los ricos. Y, no obstante, a pesar del atuendo formal y el rostro serio, Abigail Phelps manifestaba esa vivacidad inocente por la cual, según el texto del artículo de mi padre, *«era bien conocida y muy querida por los residentes de la isla MacAndrews, así como por sus queridos padres, también asesinados».*

El salvajismo de los asesinatos había sido aterrador, y aunque conocía esas muertes desde niño, nunca había averiguado los detalles de lo ocurrido el 12 de noviembre de 1915 en la isla MacAndrews.

Ese día Simon Phelps había regresado a Port Alma después de una semana de viaje de negocios en Nueva York. Había tomado el tren nocturno a Portland. Varios testigos le recordaban en el coche salón departiendo con otros hombres hasta casi medianoche, cuando finalmente se retiró al coche dormitorio. Había llegado a Portland poco después de las seis de la mañana y conducido su coche hacia el sur a través de una lluvia persistente y vientos casi de tormenta, así que sólo llegó a Port Alma avanzada la tarde. Dos testigos lo vieron bajar del coche y abrirse paso hasta el embarcadero. El viento y la lluvia le azotaban el abrigo y el cabello. En el muelle encontró vacía su embarcación, el *Little Abigail*, y entonces se encaminó a la asediada oficina del capitán de puerto, Samuel Clark, y preguntó por el joven encargado que había contratado hacía poco tiempo. El artículo de mi padre citaba las palabras exactas de Phelps: *«¿Ha visto a un joven en mi barco? Tiene pelo largo, rojo. Se llama Auckland Finn».*

Auckland Finn, según se supo, había pasado casi toda la tarde esperando en la taberna Seaman. Se había sentado en un rincón, dijeron los testigos, bebiendo una cerveza negra tras otra mientras la tormenta crecía y rugía fuera. Todos coincidían en que Finn estaba completamente ebrio cuando Simon Phelps empujó las puertas de la taberna buscándole. Según varios testigos, Phelps increpó violentamente a Finn por su ebriedad. Finn respondió con no menos violencia aunque mucho mayor grosería, un intercambio que mi padre describía sencillamente como *«cruzaron palabras»*. El altercado no duró más de unos minutos y después Simon Phelps se marchó a su barco. Ignoró las advertencias del capitán de puerto y zarpó en plena tormenta, dejando a Finn, furioso y solo, en la taberna Seaman.

Simon Phelps había llegado casi una hora más tarde a su gran casa de la isla MacAndrews. Parecía *«furibundo y perturbado»*, según Louise Payne, la cocinera de la casa y la única sirviente que quedaba allí, pues habían enviado donde su familia a todos los demás, debido a la tormenta inminente.

Según Louise, Simon Phelps habló durante la cena de esa tarde sobre su viaje de negocios y el tortuoso camino de Portland a Port Alma. Y de pronto se había dirigido a su esposa y dicho: *«Por cierto, tendremos que buscar otro encargado. Despedí esta tarde a Auckland Finn».*

Louise se marchó de la mansión aproximadamente a las ocho de la tarde. Entonces la tormenta era mucho más violenta todavía, estremeciendo ventanas y golpeando puertas. El viento aullaba y era tan fuerte que sonaba como *«un hato de cerdos que chillan»*.

Y dijo más. Mi padre la cita *in extenso*:

Después de cenar, la señora Phelps me preguntó si quería quedarme en la casa. Pero dije que no, que tenía una familia que me esperaba. Así que me arreglé y preparé adecuadamente y me encaminé a la calle. Eran cerca de las ocho. Y oscuro como si ya fuera medianoche, por supuesto.

Oscuro, por supuesto, pero no bastante para impedir que Louise viera una figura subir vacilante por el mismo sendero que llevaba desde la playa hasta la cima de la isla.

Era Finn. Nuestro encargado. Subió tambaleándose por la escalera y me vio al llegar arriba, junto a la puerta. Durante un segundo sólo me miró a los ojos, frío, más fresco que una lechuga. Entonces gruñó algo y me empujó a un lado. Su aliento olía a licor.

Y Louise había continuado su camino a casa y nunca volvió a ver a Auckland Finn.

Jamás se logró determinar el momento exacto de los crímenes, sólo que ocurrieron en algún instante entre las ocho de la tarde, cuando Louise Payne se encontró con Auckland Finn en el portal que daba hacia el acantilado, y poco antes de la mañana siguiente, cuando un pescador del lugar avistó la mansión en llamas.

Los restos carbonizados de Simon y de Madeline Phelps fueron extraídos de las ruinas ardientes esa misma tarde. Sin embargo, no encontraron a Abigail. Se supuso que Finn había secuestrado a la niña y que se la había llevado consigo. Pero las suposiciones terminaron cuando poco antes de la noche hallaron su cuerpo en el cobertizo del encargado. La habían amarrado boca abajo sobre una mesa de trabajo, le habían subido la blusa hasta los hombros, y tenía la espalda desollada y abierta.

A esas alturas, el único misterio pendiente era dónde estaba Auckland Finn. Parte del misterio se resolvió la mañana siguiente al incendio. Había robado de la marina una goleta de ocho metros, la *Laura Booth*. Cuatro testigos habían visto sus velas azul oscuro ondeando al aire del amanecer mientras se alejaba de la isla MacAndrews; las llamas de la mansión Phelps ya eran visibles en la cima de la isla. Un testigo había visto a un hombre en el trinquete. Tenía el pelo rojo, y posteriormente le identificaron: Auckland Finn.

Durante los tres meses siguientes, las autoridades de toda la costa este buscaron a la *Laura Booth*, por todas partes, desde los islotes rocosos de Maine hasta el laberinto exuberante de los cayos de Florida. Mi padre informó acuciosamente de docenas de «sospechosos» avistamientos, uno en Cape Cod, otro en Chesapeake, e incluso uno en los variables estuarios del río James. Vieron a la goleta tan lejos como en Bermudas o tan al interior como en Cape Fear, un barco fantasma deslizándose siempre adentro y afuera de la bruma de los pantanos, la *Laura Booth* y sus velas azules, timoneada por un personaje cuyo pelo rojo ya le caía hasta los hombros.

El año siguiente, la *Laura Booth* ya era un barco de siniestra reputación, que se añadía rutinariamente a toda narración macabra del mar, desde barcos ataúdes hasta el destino de *El buque fantasma*. Habría pasado definitivamente a la leyenda si no la hubieran encontrado flotando a la deriva, en 1918, en la bahía de San Francisco.

Pero apenas se parecía entonces a sí misma. Habían desaparecido las velas azules, reemplazadas por unas blancas sin más características especiales. Y habían vuelto a pintar el barco y cambiado su nombre por el completamente ordinario de *Wanderer*.

¿Pero dónde estaba Auckland Finn?

Nadie sabía, informaba mi padre a sus lectores, aunque todo el mundo sospechaba que había saltado al pequeño bote salvavidas para cuatro personas que alguna vez estuvo atado al costado de la goleta, y remado hacia algún lugar de la agreste costa del norte de California.

Era muy tarde cuando devolví las antiguas ediciones del *Sentinel* a sus muebles de madera. Había leído todo lo disponible acerca de los asesinatos de los Phelps, pero seguía sin comprender por qué Dora había reaccionado con tanta violencia ante nuestro cuento local de asesinato y fuga. Tampoco parecía haber ningún medio para que lo averiguara.

Cuando, un poco más tarde, me marché del *Sentinel*, pensaba ir directamente a casa. Y en ese momento, de manera por completo inesperada, me embargó una urgencia poderosa, una necesidad, extraña, de estar cerca de Dora, de sentir su presencia física, como si quisiera asegurarme, de un modo por cierto demente, que era real, verdadera. Así que me volví, casi sin quererlo, como una figura de caja de música, y me encaminé a su cabaña.

Cuando llegué, vi que brillaba una luz amarilla en la ventana del dormitorio de Dora. No vi nada más hasta que se deslizó súbitamente tras la ventana, con el cuerpo envuelto en una bata oscura, roja. Desde mi escondite entre los árboles la vi inclinarse para soplar y apagar la vela que había en la mesa junto a su silla. En ese instante la bata se deslizó de sus hombros y alcancé a verle la espalda y las profundas cicatrices que la atravesaban. Y escuché su voz en el silencio, *Porque nunca te ha sucedido a ti.* Unas palabras que me debieron llegar como advertencia, pero que formaron en cambio un canto de sirenas.

16

Un canto que aún me resonaba en la mente cuando seis meses más tarde me dirigía a casa de mi padre. El viejo ya era una figura espectral, perdido en la pena y en la embriaguez.

Estaba sentado en el salón, la misma habitación cerrada donde habíamos puesto el ataúd de mi hermano, con el aroma de las flores funerales todavía débilmente en el aire junto con el olor del whisky. Las cortinas estaban corridas desde la muerte de Billy. Me parecía que las sombras en que se sentaba hora tras hora ya le habían poseído, que había optado por sepultarse con ellas, tan muerto como su hijo asesinado.

—¿Tuviste suerte, Cal? —preguntó, cansado.

—No mucha.

—¿Con quién hablaste?

Le nombré la gente con que había hablado desde que empecé a buscar a Dora.

—¿Forbes? —preguntó mi padre—. No será de gran ayuda.

—Nadie va a serlo.

Bebió un sorbo de whisky.

—Los dioses nos usan para divertirse, Cal.

Parecía temer que cualquier especulación menos mística podría superarle, obligarle a marchar a alguna tierra baldía donde hasta las referencias clásicas y bíblicas que por tanto tiempo le habían sostenido no resultarían más que paja que dispersa el viento.

Prefería entonces concentrarse en los detalles de la muerte de Billy, que revisaba de continuo.

—Tiene que haber habido un montón de sangre —dijo.

—Sí.

—Apuñalado en el corazón. Eso explicaría tanta sangre.

En realidad habían apuñalado a Billy en el pecho; la hoja pasó suavemente entre dos costillas y después atravesó el tejido blando del pulmón izquierdo. Él mismo se había arrancado el cuchillo y después lo tiró en el suelo cubierto de pétalos.

—Terrible —murmuró mi padre.

Vi a mi hermano de espaldas, con los ojos abiertos, resplandecientes, con una mano alzada hacia mí, mientras la sangre se amontonaba debajo y todo él parecía flotar en un arroyo espeso y rojo.

—Terrible —repitió mi padre. Apretó los dedos en el vaso—. Tenía los ojos abiertos —dijo, llevándose el vaso a los labios.

—Sí, los tenía abiertos.

Bajó la cabeza un instante y la volvió a levantar.

—William era muy nervioso.

En el funeral de Billy había permanecido de pie, estoicamente, con su traje negro y los ojos fijos en la tumba de granito como si lo importante fuera realmente la exactitud de las fechas allí grabadas, la fría precisión con que informaban del tan breve circuito de la vida de mi hermano.

—Como su madre —dijo, y se quedó sopesando sus palabras antes de agregar—: Emotivo. Y Dora le llevó las emociones al colmo, a la cabeza. Estaba tan enamorado.

—No la conocía.

Sus ojos se desviaron hacia mí, sorprendido por la firmeza de mi última observación.

—¿Y tú la conocías, Cal?

Y en un instante la tenía enfrente, mirándome, ardiente, como esa última noche, *No puedo, Cal, no puedo.*

—Nadie la conocía, papá.

Me observó un momento, con los ojos inmóviles. Y dijo entonces:

—Vino T. R.

—Pensé que vendría.

—Me dijo que discutió contigo esta tarde. Tenía que hacerte unas preguntas, dijo. No le gustaron las respuestas que le diste.

—Tendrán que gustarle.

Mi padre se inclinó, vacilante.

—Está preocupado por ti, Cal. Por lo que estás haciendo. Rastreándola. A mí también me preocupa. Mira el aspecto que tienes. No quiero perder a otro hijo.

—Iré tras ella —dije.

—¿Y cómo vas a hacerlo, Cal? —No parecía sorprendido, sólo dudaba de mis recursos—. No tienes ninguna pista. No hay modo de encontrarla.

—Primero iré a Nueva York —le dije—. Donde vivía antes de venir aquí.

—¿Y qué vas a hacer?

—Hallar algo, supongo. Algún dato.

—¿Y si no encuentras nada?

—Entonces iré al oeste.

—Al oeste —repitió mi padre en voz baja—. Por ese libro que hallaste.

—Es la única pista que tengo.

Me tranquilizó que mi padre no me siguiera preguntando por mis planes. Pero me pidió un favor.

—Si la encuentras, Cal, no le hagas daño. William no habría querido que le hicieras daño. —Bebió otro sorbo, con la intención de que el calor del whisky le condujera al olvido—. La amaba. Recuerda eso. La amaba de corazón. Habría esperado que tú hicieras lo más adecuado.

Me formé una visión mental de mi hermano mientras me miraba en los últimos momentos y escuché su pregunta de una sola palabra: *¿Cal?*

Mi padre bajó la cabeza, buscando una referencia que se le escapaba.

—Era como Mefistófeles —dijo cuando alzó la cabeza otra vez—. No siempre en el infierno, pero siempre del infierno. Una impostora de nacimiento. Una ladrona. Una mentirosa. —Me miró a los ojos—. Podías oler el azufre en su pelo.

«Y en el mío», pensé.

—Lo sedujo —murmuró mi padre, amargamente—. Lo hizo

enamorarse. Y entonces le robó. Y le apuñaló el corazón. —Algo le brilló en la mente antes de caer en el estupor—. T. R. cree que no lo hizo sola.

—¿Te dijo eso?

—Cree que tuvo un cómplice.

Yo estaba incómodo, ansioso ya de marcharme.

—Cree que había otro hombre en la vida de Dora —insistió mi padre—. Además de William.

—Sólo había un hombre en la vida de Dora —le dije.

—T. R. cree que William debió de sospechar algo. De ese otro.

La pregunta de mi hermano me golpeaba: *¿Eres tú?*

Mi padre movió la cabeza, agotado, abandonando la idea de que habría una solución, de que se enteraría del origen de la muerte de su hijo, de la oscura combinación de la que había surgido.

—¿Cuándo te marchas? —preguntó.

—Mañana por la mañana.

No objetó mi partida.

—Te echaré de menos, Cal —fue todo lo que dijo.

El camino era corto hasta la casa de mi madre, la despedida que faltaba antes de marcharme.

Emma se sorprendió cuando me vio llegar a la puerta.

—¿Está durmiendo mi madre? —pregunté.

Emma me hizo pasar.

—Ya no duerme como antes. Quizá la puedes aliviar.

El único que la puede aliviar, pensé, ya está muerto.

Estaba apoyada en la espalda, con una bata blanca, con el pelo como una cortina plateada contra la luz de la lámpara. Sus ojos azules me cayeron encima apenas entré al cuarto.

Le tomé la mano.

—Estaré fuera por un tiempo —le dije.

Me miraba sin expresión.

—No mucho, espero —agregué.

Permanecía completamente inmóvil, como si la pena la aplastara lentamente hacia la muerte.

—Casi ha dejado de hablar —me dijo Emma—. Pasa el tiempo mirando por la ventana. Como si buscara algo.

A su hijo muerto, pensé. La sustancia de su esperanza y de su alegría.

—¿Y adónde irá, señor Chase? —preguntó Emma.

—No estoy seguro —dije.

Brillaron los ojos de mi madre.

—¿Cal?

Me incliné hacia ella.

—Volveré pronto —prometí. Luchaba por inclinarse hacia delante, pero le faltaban las fuerzas y volvió a apoyarse atrás. Se le movían los labios, pero no salía sonido alguno. Cerró los ojos poco después. Pero pasaron unos segundos y parpadeó y los volvió a abrir.

—William —susurró, mirándome a los ojos—, William te amaba, Cal.

Vi los ojos de mi hermano mientras me miraba en los últimos instantes.

—Lo sé —dije.

—Te amaba… Cal —repitió mi madre.

Le tomé la mano.

—Y tú lo amabas —agregó mi madre.

Sentí que algo se movía en mi interior, muy adentro, como dedos alrededor del mango de un cuchillo.

—Tú lo habrías salvado si hubieras podido —dijo mi madre—. Pero yo… —Se inclinó hacia delante, con los ojos brillantes—. Yo…

—Trata de dormir —le dije en voz baja.

Aspiró aire trabajosamente y no se resistió mientras la apoyaba otra vez en su almohada.

Unos minutos más tarde la dejé encerrada en su silencio, fui directamente a casa, empaqué todo en una sola maleta, decidido a marcharme de Port Alma tan rápido como pudiera. Pero descubrí que no podía irme sin hacer otra visita. Así pues, durante un rato, caminé por las habitaciones vacías de la casa de Dora, cuidando de no mirar la mancha que había en el lugar donde había yacido el cuerpo de mi hermano. En el dormitorio, la silla todavía estaba junto a la ventana, el cojín apoyado en el respaldo de madera, la huella del cuerpo de

Dora todavía impresa en él, una forma fantasmal que no daba indicios de adónde podría haber huido.

Cuando tuve bastante, caminé a mi coche y regresé a casa. Anduve por mi despacho unos minutos, a veces deteniéndome a mirar uno de mis dibujos, a seguir el esbozo de un muro a través de un campo helado. Me serví entonces un último trago y lo engullí sin experimentar placer alguno. Sólo sentía el tumulto de las últimas semanas, nada podía concebir aparte de mi búsqueda de Dora. Por un instante sentí que me hundía hasta un centro ínfimo y doloroso de furia y pena. Vi el cuerpo de mi hermano, salpicado de sangre. Y a Dora, pálida y seria, con los ojos fijos en mí, con la misma violencia de nuestro último encuentro y con palabras no menos virulentas: *No podemos hacer esto.*

Con las primeras luces fui hasta el coche y tiré la maleta en el asiento de atrás. Mientras me alejaba de casa, me pareció adecuado que viajara ligero de equipaje, despojado de todo, con sólo alguna ropa y un poco de dinero, el libro que Dora había olvidado, y con el único propósito que me quedaba, una orden que se repetía sin pausa en mi cabeza: *Encuéntrala.*

Había cesado de nevar y un cielo azul, limpio, me rodeaba mientras salía de Port Alma, viendo el rompeolas donde Billy y yo habíamos pasado tantas horas, el malecón de piedra por donde corríamos de niños, él siempre adelante, siempre más alegre, me parecía ahora, siempre en el límite. Lo vi en sus últimos momentos, despatarrado en el suelo de madera, con los ojos más y más apagados mientras me miraba interrogante, y esa pregunta que llegó con un aliento débil: *¿Cal?*

Mi respuesta sólo me resonó en la mente.

Porque hay algo que no sabes.

CUARTA PARTE

17

En Nueva York encontré un hotel muy cerca de Broadway. Era pequeño, de ambiente íntimo, con la recepción adornada con estatuas de yeso de personajes griegos y alumbrada por una modesta lámpara de araña. Era el tipo de lugar donde sin duda había citas secretas, y pudo haber un momento en que me imaginara citándome allí con Dora para decidir qué hacer, cómo hacerlo, cómo hallar un modo que no terminara en asesinato.

—¿Señor?

Alcé la vista, advertí que otra vez me había dejado llevar por reflexiones sombrías.

—¿Qué? —respondí.

El hombre tras el escritorio me miraba receloso, como si fuera yo el que huía y dejaba huellas de sangre en la alfombra azul pálido.

—El comedor está a la derecha —dijo—. ¿Cenará con nosotros esta noche?

Estaba cansado y hambriento, pero me volvió a golpear el látigo: *Encuéntrala.*

—No —le dije, cogí la llave que me alcanzaba y me dirigí directamente al cuarto.

La habitación era muy sobria, con sólo una cama y un pequeño escritorio; había una ajada alfombra en el suelo. Cerré la puerta y fui a la ventana. Miré abajo, hacia la calle. Nieve sucia cubría las cunetas, ennegrecida por hollín y escape de automóviles; la gente caminaba apretando bolsos, paquetes, el cuello de sus abrigos; el viento soplaba continuamente a sus espaldas. Busqué el de Dora en cada rostro.

La Residencia Tremont para mujeres estaba a una calle de distancia. Era un feo edificio de ladrillos, de cinco pisos de altura, con un vestíbulo espacioso amueblado con dos sofás y unas cuantas mesas y sillas. Aquí y allá había potes con plantas, y lámparas para leer junto a cada silla. Parecía una sala de estar estudiantil como las de mis tiempos de universitario.

El hombre que se me acercó era bajo y grueso, con orejas de coliflor de ex boxeador y un cuerpo que se me venía encima pesadamente, como una bala de cañón. Se presentó como Ralph Waters y, aunque sonreía amistosamente, su mirada, dura, permanecía alerta. Era el guardián de las mujeres contra las oscuras obsesiones de hombres disolutos.

—¿Qué puedo hacer por usted?

Le dije mi nombre, de dónde venía, y que quería conocer a la mujer que dirigía Tremont.

—Creo que se llama Cameron —agregué.

—La señora Posy Cameron —dijo respetuosamente Waters, como si su estatus de mujer casada fuera un título real—. Ella querrá saber de qué se trata.

—Le puede decir que se trata de una mujer que vivió aquí.

Arqueó una ceja.

—¿Y ella sería…?

—Dora March.

El nombre impresionó sus ojos, pero Waters nada dijo de lo que le había centelleado en la cabeza. Me indicó un banco de madera.

—Siéntese —dijo casi como un policía hablaría a un delincuente. Quizá mi aspecto había cambiado mucho desde la muerte de mi hermano y la huida de Dora y ahora había adquirido aires criminales.

Observé desde el banco cómo Waters se encaminaba a la parte trasera del edificio. Golpeó a una puerta cerrada y enseguida entró.

Mientras esperaba, las residentes de Tremont iban y venían. La mayoría tenía poco más de veinte años. Me miraban furtivamente al pasar, como temerosas, así que me sentí como un lobo, sombrío y predatorio, una criatura que ellas debían evitar a cualquier precio.

Posy Cameron acudió pocos minutos después. Tenía más de sesenta años, supuse, una mujer pequeña pero imponente, que se vestía con evidente énfasis en la modestia. Incluso a la distancia daba la impresión de autoridad inflexible, lo cual, junto con la mirada imperiosa que dirigía a las jóvenes que la saludaban mientras avanzaba por la habitación, me recordó a Maggie Flynn, el tipo de mujer hacia las cuales las jóvenes sienten una dosis igual de confianza filial y de temor.

Me levanté antes de que llegara a mi lado.

—¿Señor Chase? —preguntó.

—Sí.

Pareció vislumbrar la grave tarea que me había impuesto.

—Quizá deberíamos hablar en privado —dijo, y me condujo a un despacho pequeño y despejado, con las paredes cubiertas de ordenadas estanterías y vitrinas. En su escritorio sólo había una libreta para anotaciones, un teléfono, y algunos lápices cuidadosamente alineados a un costado. Una fotografía del presidente Roosevelt colgaba en un gran marco de madera, en la pared de atrás, y su alegre sonrisa contrastaba decididamente con el triste estado de las cosas.

—Siéntese, por favor —dijo la señora Cameron que se instaló en la sencilla silla de madera de su escritorio—. ¿Se trata de Dora March?

—Sí.

—Usted no es la primera persona que trata de averiguar acerca de Dora March —me dijo la señora Cameron—. Hace unos meses vino otro hombre. También era de Maine, si mal no recuerdo. Dijo que trabajaba para el fiscal del distrito.

—Yo también —le dije, y la mentira me salía de la boca con tanta facilidad como la verdad.

—¿Y qué hace?

—Busco a Dora March.

—¿Le ha sucedido algo a Dora?

—No sólo a Dora.

—Bueno, el otro hombre sólo preguntó por Dora —dijo la señora Cameron—. No mencionó a nadie más. Ni ningún otro problema. Ahora me parece que la información que le di no fue suficiente.

—En ese momento lo era.

—¿Pero ahora necesita más?

Vi retroceder, tambalearse, a mi hermano, con los ojos muy abiertos, incrédulos, sin duda asombrado en sus últimos instantes de que su amor pudiera terminar así.

—Porque hubo un asesinato —dije.

—¿Un asesinato? —preguntó la señora Cameron, sin poderlo creer—. ¿Y piensa que Dora tiene alguna relación con eso?

—Fue la última persona que vio con vida a la víctima.

Mantuve un tono neutral, no di el menor indicio de lo que esas palabras me provocaban.

—Mataron a un hombre —dije. Volvió a mí en todo su esplendor, primero como un niño que juega en el césped, después como un joven que canta duetos con su madre, y finalmente tal como le había visto las últimas horas, entusiasmado con su certidumbre romántica, un hombre de pureza diamantina, un corazón hinchado por el enamoramiento—. Él la amaba —añadí en voz baja.

—¿Amaba a Dora? —preguntó la señora Cameron.

Los vi juntos en el viejo puente de madera que cruzaba el arroyo Fox.

—Sí —dije.

La señora Cameron movió la cabeza, como asintiendo.

—Ya veo.

Me estudiaba como quien está a la espera que el agua de un estanque se aclare para avistar algo de su oscuro fondo.

—¿Y qué le hace pensar que Dora está relacionada con la muerte de ese hombre?

—Huyó del pueblo —contesté con lo que me quedaba de mi voz oficial—. Por eso la estoy buscando.

La señora Cameron me seguía observando, recelosa, quizá sospechando el motivo que tanto luchaba por ocultar. Saqué una libreta, con la esperanza de que me concedería un aspecto desapasionado y mostraría que sólo era un hombre que hace su trabajo, que apenas si tiene alguna conexión con el asunto.

—Usted le explicó al señor Stout, el otro hombre, que Dora March sólo estuvo aquí alrededor de un mes —dije.

—Sí.

—¿Sabe de dónde vino?

—No.

—¿Se hizo amiga de alguien en la residencia?

—No que yo sepa. Vivía bastante aislada.

—¿Nunca la vio con alguien?

—No —dijo la señora Cameron—. Siempre parecía como distante, señor Chase. Tuve la sensación de que no quería estrechar relaciones con nadie. Que prefería estar sola.

Vi a Dora levantarse del suelo húmedo, sacudirse la arena del vestido y tenderme entonces la mano.

—No creo que quisiera estar sola —dije antes de poder controlarme.

La señora Cameron me miraba como si de súbito hubiera confirmado una ligera sospecha.

—¿Así que conocía usted a Dora?

Me sonó mi propia voz en la cabeza: *No te vayas, Dora. No todavía. Por favor.*

—Sí, la conocía.

Los ojos de la señora Cameron eran dos luces pequeñas, indagadoras.

—Un poco —dije, y bajé la vista hacia la libreta, lejos de la penetrante mirada de Posy Cameron—. ¿Y sabe por qué se marchó de Nueva York tan repentinamente?

—No —contestó la señora Cameron—. No me dijo nada. Pero tuve la impresión de que la perturbaba la ciudad. La muchedumbre. El ruido.

Mi pregunta: *¿Qué quieres, Dora?*

—Pensé que parecía venir de un lugar muy diferente —continuó la señora Cameron—. Con más espacio. Que deseaba...

Su respuesta: *Paz.*

—Un medio más tranquilo —dijo la señora Cameron—. En cualquier caso, Nueva York no era lugar para ella.

—¿Nunca mencionó a su familia?

—No.

—¿Supo si consiguió alguna vez un trabajo?

La señora Cameron negó con la cabeza.

—Pagó el alquiler a tiempo. Es lo único que sé.

—¿Y no sabe de dónde venía ese dinero?

—No.

—¿Y nunca supo nada de ella después que se marchó?

—Ni una palabra.

Sólo me quedaba un lugar adonde ir.

—Olvidó un libro. Creo que lo había tenido mucho tiempo. Tenía una etiqueta dentro. Dice que el libro proviene de la biblioteca de un hombre que se llama Lorenzo Clay. ¿La oyó mencionar ese nombre alguna vez?

—No.

—Carmel, California. ¿Nunca dijo que haya vivido allí?

La señora Cameron volvió a negar con la cabeza.

—¿De qué era el libro?

—Un libro de poesía —respondí.

La señora Cameron pareció sorprenderse.

—Poesía. No me habría imaginado que Dora se interesara por la poesía. —Advertía algo en mis ojos, algo más hondo incluso que el cansancio y la pena, quizás algún resplandor de la pasión que había conocido. Me di cuenta de que estaba atando cabos, conectando los filamentos dispersos de mi propia historia, pensando que ahora sabía por qué estaba buscando a Dora March—. Usted, por cierto, conoce a Dora mucho mejor que yo.

Sentí los labios de Dora en los míos, presionando con fuerza y enseguida retirándose, como alguien alarmado por su propia necesidad.

—¿Dora es uno de los sospechosos, si no le he entendido mal? —preguntó la señora Cameron.

—Es el único sospechoso.

—¿Porque «huyó del pueblo», como usted dijo?

La vi corriendo bajo la lluvia, con la maleta marrón colgando pesadamente de la mano, el abrigo desplegado mientras se movía rápidamente entre los árboles y después por la carretera hacia el poste que señalaba la parada del autobús de Portland.

—Sí —contesté.

—¿Pero está seguro de que verdaderamente estaba huyendo? Quizás estaba…

—Hubo alguien que la vio.

El coche de Henry Mason se puso a su lado, con la puerta abierta. Escuché la voz sibilante de Henry: *¿Adónde vas, Dora?* Por un momento me sentí yo mismo al volante del coche de Henry, y mi pregunta fue muy distinta a la suya: *¿De qué estás huyendo, Dora?*

—Por supuesto que una mujer puede escapar de muchas cosas —dijo la señora Cameron—. Las mujeres, aquí, en Tremont, suelen venir huyendo de algo. De la pobreza, de malas familias. —Me miró intencionadamente—. Incluso del amor.

Incluso del amor, pensé, y sentí entonces a Dora despegarse de mi abrazo, dirigirse a la puerta, abrirla y salir a la oscuridad. ¿Adónde iría una mujer, me pregunté, si estuviera huyendo de eso?

18

Fue un largo viaje hasta California, plagado de tiempo fatal y carreteras mal mantenidas, una historia de desperfectos y retrasos, con el coche traqueteando más ruidosamente con cada kilómetro que recorría, y la pintura una vez brillante ya cubierta por capas de polvo y suciedad.

A medida que pasaban los días, empecé a romper la monotonía recogiendo a gente que hacía autostop. Viajaban harapientos y no llevaban casi nada aparte de su propia historia, crónicas de pérdida y despojo, el amor o el odio que habían dejado atrás. Hablaban de incendios, de inundaciones, de sequías, de fábricas cerradas y granjas confiscadas. Esposas e hijos aparecían brevemente en esos relatos y muy pronto se disipaban en el rencor, la traición, la muerte temprana. Mientras hablaban, se sacudían el polvo del sombrero, se quitaban el fango de los zapatos, se limpiaban las uñas con un cortaplumas. Llevaban cerillas para encender el fuego, sartenes para calentar comida, y estiletes para defenderse de hombres aún más desesperados que ellos mismos. Nunca pedían dinero ni compasión ni relatar su historia más allá de lo que yo quisiera escucharla. Al terminar el viaje se bajaban del coche, saludaban y me deseaban suerte. «Espero no haberle molestado», solían decir.

Nunca me molestaron. Porque cada uno, a su modo, había contado una historia diferente. Y, sin embargo, con el tiempo emergió un tema único: la gente se deshace por cosas grandes y pequeñas, por grandes pasiones y por las necesidades más mezquinas, por sucesos tan vastos como la guerra y tan insignificantes como una nota mal emitida. En mi propia versión, como pude advertirlo, la gran cosa era Dora y su oscuro atractivo, y la pequeña solamente un engranaje que falló.

En un principio, nadie cayó en la cuenta. Había un ligero borrón en la «n» y en la «m» cuando el diario salía de imprenta. Un pequeño engranaje se había roto en el mecanismo que hace girar el cilindro de la tinta, y eso desaceleraba el giro lo suficiente para que se manchara el texto y esto pudiera ser advertido por el ojo humano. Después de observar el daño, Billy decidió que la máquina se estaba cayendo en pedazos y que sencillamente había que pasarla a retiro. Pero Henry Mason le informó que no tenían bastante dinero para comprar una nueva, así que reemplazar el engranaje roto fue la única opción de mi hermano.

Billy se marchó a Portland en la mañana del 3 de agosto y pasó la mayor parte del día buscando el engranaje preciso. Lo encontró al atardecer y decidió regresar a Port Alma enseguida. A medio camino le sorprendió la lluvia y el coche empezó a patinar, después a girar en redondo; describió varios círculos hasta que finalmente cayó a una zanja a medio llenar con agua fangosa.

Encontraron a Billy de bruces sobre el volante, sangrando e inconsciente, y le llevaron al hospital más próximo.

Contesté el teléfono poco después de las nueve de la noche.

—¿Calvin Chase?

—Sí.

—Habla el doctor Goodwin. Le llamo desde el Hospital General de Portland. ¿Usted es hermano de William Chase, verdad?

—¿Qué ha ocurrido?

—Su hermano tuvo un accidente de automóvil —me dijo el doctor Goodwin—. Está…

—¿Muerto? —pregunté, antes de pensar.

—No —dijo el doctor Goodwin—. Pero está malherido.

—¿Está consciente?

—Sí, pero ahora duerme.

—Apenas despierte, dígale que voy para allá.

—Una cosa —dijo rápidamente el doctor Goodwin—. Ha repetido varias veces un nombre. ¿Su esposa?

—Mi hermano es soltero.

—Dora —dijo el doctor Goodwin—. Ése es el nombre.

—Dígale que llevaré conmigo a Dora.

Diez minutos después estaba en su casa, golpeando a la puerta, y casi de inmediato escuchando el crujido del suelo de madera mientras ella caminaba. Abrió la puerta y se quedó allí, con el pelo suelto hasta los hombros y el cuerpo oculto bajo un largo camisón blanco.

—Cal —dijo.

—Siento molestarte, pero…

—¿Qué ocurre?

—Billy tuvo un accidente —le dije—. Es bastante serio, dice el médico.

—¿Dónde está?

—En Portland. En el hospital de ahí. Ha preguntado por ti.

—Pasa. Ahora me visto.

Se fue al dormitorio, abrió la puerta y entró. En ese instante vi una sola vela encendida en la estrecha mesa frente a su cama. Había una pequeña figura de porcelana a la derecha de la vela, una niñita sobre una piedra gris, desnuda, con las piernas levantadas hasta el pecho, y la espalda oscurecida por una cortina de largo pelo rubio.

Unos segundos más tarde, apareció Dora con su largo vestido verde.

—Estoy lista —dijo.

Fui a la puerta y la abrí.

—¿Viene tu padre? —preguntó mientras avanzaba.

—No, todavía no se lo he dicho.

Me miró inquisitivamente.

—Antes quiero saber cómo está Billy —expliqué.

Ya no podría decir si eso era la verdad o si muy dentro de la cámara oscura se había afirmado otra idea, la de estar a solas con Dora esa noche, la de sentir que entre ambos no había otra cosa que el aire cargado de energía.

◆ ◆ ◆

Atravesamos Port Alma y proseguimos por la carretera de la costa, con el mar nocturno a la derecha. El rostro de Dora, contra esa intensa oscuridad, se veía pálido e inmóvil, como un camafeo de marfil. Trataba de no mirarla, intentaba suprimir el tumulto que surgía en mí cada vez que la veía. Incluso me esforcé por mantener el silencio, pues cada vez que escuchaba su voz me sentía caer más profundo en el pozo. Nunca había conocido algo semejante, y no me gustaba en absoluto. Sólo deseaba recobrar mi propio ritmo, apartar todo pensamiento de Dora March, volver a mis libros y a mi brandy y a mi prostituta, dejar que mi hermano la conquistara si podía, y después sonreír dichoso al arrojarles arroz el día de su boda.

Y sin embargo, cuando hablé, percibí un propósito siniestro en lo que dije.

—Le había advertido sobre ese viejo trasto. Especialmente sobre los frenos. Pero sencillamente no me escuchaba. —Mis ojos se desplazaron hacia Dora—. ¿Sabes cómo es? Como un niño pequeño.

Aunque mis palabras apuntaban a la negligencia de mi hermano, al modo como se había puesto en peligro sólo por dejar estar las cosas, me di cuenta que las había lanzado como flechas para desmontar a un caballero rival y dejarlo despatarrado en el fango ante los ojos de su dama.

Dora nada dijo y volví a la carga.

—Es muy descuidado. Siempre se ha creído invulnerable. Pero de niño siempre lograba terminar herido. Mi madre siempre estaba vendándole un dedo o poniéndole el brazo en cabestrillo. Me parece que eso le gustaba, que su madre le protegiera.

La mirada tranquila de Dora continuaba fija en la carretera, así que adopté otra postura, la del hermano fiel.

—Pero siempre salía adelante —agregué—. Y esta vez también lo va a lograr.

—Sí —dijo con decisión, como si lo pudiera conseguir con sólo la voluntad.

Una hora más tarde el doctor Goodwin nos escoltaba a la habitación de Billy.

Yacía en una angosta cama metálica, con la cabeza cubierta de vendajes y la sangre empapando las gasas, con los ojos negros e hinchados y un cuerpo de pronto pequeño, frágil, quebrado, extremadamente *físico* en el sentido de estar compuesto sólo de carne capaz de rasguños, torceduras, destrozos, daños. Vi que también su alma, tanto como su cuerpo, estaba desnuda y expuesta, condenada a mil impactos y terrores. Y a pesar de todo ello no me precipité hacia él, no le tomé de la mano, no le hice saber que estaba a su lado.

Dora hizo todo eso.

—William —dijo en voz baja y se precipitó a su cama y le apretó la mano.

Se estremeció ligeramente y alcancé a percibir un movimiento sutil bajo sus párpados cerrados; parecía buscarla como un niño en un cuarto oscuro.

—Soy Dora —le dijo, serenamente, no como si le llamara para que despertara, sino sólo para hacerle saber que estaba allí.

Sus dedos se curvaron en torno de los de Dora. Ella se inclinó y lo besó en la frente.

Permanecimos horas en su habitación, y sólo nos retiramos cuando volvió el doctor Goodwin junto con dos enfermeras.

—Necesito examinarle —nos dijo el médico—. Al final del pasillo hay una sala de espera.

Era un lugar más bien feo, con sillas de madera y el suelo a cuadros. Había ceniceros en varios puntos. Una sola ventana daba al aparcamiento del hospital cuyo negro asfalto lamía la lluvia.

—Se puede quedar conmigo cuando salga del hospital —dije—. En la habitación del segundo piso.

—Tiene suerte de tenerte a ti, Cal.

Negué con la cabeza.

—No. Tiene suerte de tenerte a *ti*.

De inmediato advertí que sin quererlo había revelado un destello de mis verdaderos sentimientos, que la había tocado casi físicamente.

Ella parecía sentir que de mí surgía un calor oscuro.

—Haré lo que pueda por él —fue todo lo que dijo.

—Estoy seguro de que lo harás —dije, y entonces detallé todo lo que también yo estaba dispuesto a sacrificar por mi hermano, todo organizado para demostrar la profundidad de mi devoción por él.

—Con el paso de los años me he acostumbrado a ocuparme de Billy —dije, y aproveché para citar una de las referencias bíblicas de mi padre—. Soy el guardián de mi hermano.

Era un papel que había desempeñado por tanto tiempo y cuidado tan devotamente, un sentimiento que había expresado con tal sinceridad convincente, que incluso meses después, mientras las luces de Carmel, California, titilaban en la distancia sobre los cerros oscuros, todavía casi creía que había sido verdadero.

No me fue difícil dar con Lorenzo Clay, pues resultó ser uno de los hombres más ricos de Carmel. Vivía en una gran casa sobre una playa rocosa, y el terreno estaba cercado por una alta pared blanca coronada por tejas rojas y protegido por una imponente puerta de hierro forjado.

La puerta de la entrada se abrió y un hombre moreno vestido de impecable traje oscuro acudió al portal.

—¿Sí?

—Me llamo Calvin Chase —dije—. Necesito ver a Lorenzo Clay.

—¿El señor Clay le espera?

Hablaba con un ligero acento.

—No.

—Bueno, entonces me temo que tendrá que…

—Estoy investigando un asesinato.

El rostro del hombre se tensó.

—¿Un asesinato?

—En Maine, hace dos meses.

—¿Y qué relación tiene eso con el señor Clay?

Le pasé el libro.

—La última persona que vio viva a la víctima tenía este libro. Como puede ver, pertenecía al señor Clay.

Contempló el libro, incluso hojeó las páginas mientras pensaba qué hacer. Finalmente alzó la vista y dijo:

—Espere un momento.

Volvió a la casa y cerró cuidadosamente la puerta. Mientras esperaba, eché un vistazo al amplio terreno de la finca de Lorenzo Clay, y escuché la voz de Dora repitiendo una vez más lo que decía necesitar más: *Paz*. Vi mi mano coger las suyas, alzarla de pie, vi nuestros ojos, en ese instante, unos en los otros en una colusión terrible, toda esperanza de una paz futura arrojada al viento.

Se abrió la puerta y el hombre volvió al portal.

—El señor Clay tendrá mucho gusto de recibirle —me informó.

Abrió el portal con una gran llave de bronce y me condujo por el sendero hasta una breve escalera y a la casa. Tenía un espacioso vestíbulo cuyo suelo de mármol estaba cubierto parcialmente por una gran alfombra oriental. Si Dora verdaderamente había vivido aquí, no conseguía imaginar el ajuste que había hecho, el camino que la había llevado desde esa riqueza y lujo hasta la espartana cabaña en el bosque.

—El señor Clay está en su despacho —me dijo el hombre, mientras virábamos a la izquierda y enfrentábamos un largo pasillo. Al final del mismo abrió una puerta, se apartó a la derecha y me indicó que pasara.

—El señor Calvin Chase —dijo formalmente, luego retrocedió y me dejó a solas con Lorenzo Clay.

Estaba sentado detrás de un enorme escritorio de encina lleno de libros y papeles. El respaldo tapizado de brocado de su silla se alzaba varios centímetros sobre su cabeza. No pude deducir su estatura, sólo que era muy obeso, con cuello y brazos gruesos. Estaba completamente calvo y prácticamente carecía de cejas. Parecía haber sido sumergido por completo en ácido y que todos sus rasgos se hubieran fundido en una masa pastosa. Tenía ojos ínfimos, color avellana y perfectamente redondos, como monedas impresas en la pasta.

—Espero que perdonará el desorden. Hoy no esperaba visitas —me señaló una silla—. Siéntese, por favor.

Hice lo que me pedía y de paso eché un vistazo a la habitación mientras me acomodaba en una de las dos sillas que había frente al escritorio de Clay. No había muebles con curiosidades; tampoco esculturas. Sólo unos pequeños cuadros al óleo colgaban de las paredes. El resto del espacio estaba ocupado por imponentes estantes con libros. Por un momento imaginé a Dora sacando libros de los estantes, tocándolos como había tocado el mío. Como si fueran unas cosas pequeñas y vivas, mínimas y ronroneantes.

—¿Le gustaría beber algo? —preguntó Clay.

—No. Gracias.

Sostenía en la mano el libro que había traído de Maine.

—Tiene razón en lo que dijo a Frederick. Este libro sin duda me pertenecío. Y ha viajado bastante para devolverlo.

—No vine por eso.

Parecía ponderar el tono tajante de mi voz muerta, sin inflexiones.

—Así me dijeron —dijo tranquilamente. Dejó el volumen en el escritorio y lo deslizó hacia mí—. Frederick me ha dicho que está relacionado con un asesinato.

—Sí.

—¿Y cuándo ocurrió ese asesinato?

—En noviembre. Exactamente el veintisiete.

—¿Y ha venido hasta acá desde Maine?

Asentí, y avisté mi propio perfil reflejado en el vidrio de la ventana, a mi izquierda, una figura estragada, enflaquecida hasta los huesos.

—Es un largo viaje —dijo Clay—. La víctima debió de ser muy importante.

—La víctima era mi hermano.

Por primera vez, esos ojos ínfimos y redondos parecieron capaces de algo distinto a la sospecha.

—Lo siento —dijo. Tomó el libro—. ¿Y este libro está conectado de algún modo con el asesinato de su hermano?

—Está conectado con la mujer que lo tenía…

Me interrumpí, la vi mentalmente, nos vi a los dos solos en su casa, con los ojos brillantes al resplandor del fuego.

—Mi hermano estaba enamorado de ella.

Sentí mis manos sostener su rostro, acercarlo al mío, tan cerca que cuando hablé mi aliento le movió el cabello: *No dejaré que nada me detenga.*

—Usaba el nombre de Dora March.

Recordé su leve firma en los libros de contabilidad, positiva prueba de su latrocinio y de lo poco que me había importado, de la facilidad con que había ignorado el punto, pues el amor, más que otra cosa, es un proceso de borrar todo. Una pesadez terrible me embargaba, el peso abrumador de lo que yo mismo había hecho.

—Todo era una mentira —dije.

—¿Una mentira?

—Su nombre. Todo.

—¿Cómo lo sabe?

—Ella tenía una revista.

Y esas páginas chillonas se agitaron en mi mente, una niña salvaje acurrucada en un rincón, las delgadas piernas morenas alzadas hasta el pecho, el pelo rubio que caía hasta el suelo.

—En ella había un artículo. Sobre una niña. La niña se llamaba Dora March.

—¿Tomó su nombre de un artículo de revista? —preguntó Clay, evidentemente intrigado.

—Sí, así fue.

—¿Tiene una fotografía de esa mujer?

—No.

—¿Qué aspecto tenía?

—Creo que tenía poco menos de treinta años —dije—. Era difícil saber qué edad tenía exactamente.

—¿Por qué?

Vi su rostro, que me encaraba en silencio, que sondeaba mis negras profundidades, y en un instante temible caí en la cuenta de lo lejos que había llegado para tenerla.

—Parecía mayor que su aspecto —dije a Lorenzo Clay—. Más experimentada.

—¿En qué sentido?

La palabra me brotó antes de que pudiera detenerla.

—En el dolor.

Los ojos de Clay se suavizaron por segunda vez.

—Ya veo.

Me sentía desvanecer, transformarme en polvo, así que actué rápidamente para recuperarme y volver otra vez a la vida como quien aspira ansiosamente el aire.

—Cuando llegó a Port Alma tenía el pelo corto —dije—. Ahora está más largo. Rubio.

La pobreza franciscana de mis conocimientos acerca de Dora casi me derrumbaron, pero continué.

—Tenía ojos verdes. Y usaba gafas para leer.

—No es mucho para empezar, ¿verdad, señor Chase?

—No —admití—. Pero es lo único que tengo.

—¿Es sospechosa en este asesinato?

Una serie de imágenes me atravesó la mente, una mujer corriendo bajo la lluvia, un coche que se detiene a su lado, una pregunta que no podía contestar: *¿Adónde vas, Dora?*

—Escapó —dije—. Es todo lo que sé.

Clay echó un vistazo al libro.

—Supongo que usted cree que yo podría estar relacionado con esa mujer. —Parecía divertirle la idea—. Bueno, eso sería verdaderamente una experiencia nueva. Que me consideraran un criminal.

—A la mayoría no le gusta eso —dije, cortante.

Todo el humor desapareció de ese pesado rostro.

—No, supongo que no.

Alcé el libro, lo mantuve en el aire entre los dos.

—¿Tiene alguna idea de cómo pudo obtener esto Dora March?

—Bueno, suelo regalar libros —dijo Clay—. Por lo general a hospitales, asilos, cárceles. En el caso de este libro en particular, sólo le puedo decir que no salió de mi biblioteca de aquí, de Carmel.

—Dice Carmel.

—Así es —dijo Clay—. Pero si usted mira atentamente, verá una pequeña D en la esquina izquierda.

Miré el lugar que me indicaba.

—La D significa que proviene del viejo rancho Dayton —dijo Clay—. Vendí ese rancho hace varios años. Y al mismo tiempo me liberé del contenido de la casa. Lo más probable es que los libros fueran donados por mi gente a cualquier institución pública o privada que encontraran en la zona aledaña.

—¿Y dónde está eso?

—Lejos, en el desierto —dijo Clay.

Los labios de Dora me susurraron al oído, *A veces, cuando el viento sopla sobre el desierto, el desierto suena como el mar.*

—¿Dónde está el desierto? —pregunté.

—Cerca de un pueblo llamado Twelve Palms. Unos ciento sesenta kilómetros al este de Los Ángeles. ¿Conoce esa zona de California?

—No.

—Es muy hermosa a su modo —dijo Clay—. Gocé con el rancho que tuve allí. Pero mi mujer nunca se sintió cómoda. Sencillamente no conseguía quitárselo de la cabeza. Lo que había sucedido allí, quiero decir. —Se inclinó ligeramente—. Mataron a una familia completa. Un vagabundo y su amiga. Y después trataron de incendiar la casa. —Sonrió—. Lo habrían conseguido. Pero cometieron un grave error. Dejaron una testigo. Una niña pequeña. —El aire alrededor parecía oscurecerse de pronto—. Mi mujer insistía en que seguía viendo a la niña arriba, junto a la escalera. Porque allí la dejaron. Moribunda. Toda tajada.

—¿Tajada?

—En la espalda. Llena de cortes.

Me inundó como una ola. Una imagen tan loca como cualquiera que mi hermano hubiera tenido alguna vez. Vi a Dora de pie en la oscuridad; la luz de la lastimosa casa en llamas de Carl Hendricks le brillaba en los ojos; y entonces caía de sus hombros la bata roja y dejaba al descubierto un campo de cicatrices.

—¿Qué edad tenía esa niña? —pregunté.

—Unos ocho años.

—¿Recuerda su nombre?

—Creo que Shay. Catherine Shay.

—¿Y sabe dónde está ahora?

—No —respondió el señor Chase—. Puede estar en cualquier parte. Eso fue hace veinte años, señor Chase. ¿Por qué se interesa en Catherine Shay?

Me controlé cuanto pude y dije solamente:

—La mujer que estoy buscando tiene la espalda con tremendas cicatrices.

Clay movió la cabeza, pensativo.

—Y como parece que llegó desde algún lugar próximo al rancho Dayton, cree usted que podría tratarse de Catherine.

—No es muy probable, lo sé, pero…

—¿Pero es todo lo que le queda para continuar?

—Sí.

—Bueno, si cree que hay alguna posibilidad, debería hablar con el sheriff Vernon, en Twelve Palms —dijo Clay—. Le podría dar más detalles. Hasta es posible que sepa dónde está Catherine. Puede decirle que habló conmigo. Vernon hará lo que pueda.

—Gracias, señor Clay —dije, y me levanté para marcharme.

Clay me acompañó a la puerta y me tendió la mano.

—Espero que encuentre a la mujer que está buscando, cualquiera que sea —dijo Clay—. Admiro los extremos a que ha llegado buscándola, viajando tanto. —Sus últimas palabras me atravesaron como un cuchillo—: Usted debe de haber amado mucho a su hermano.

19

Usted debe de haber amado mucho a su hermano.

Lo llevamos del hospital a casa tres semanas después del accidente. Entonces ya había recuperado algo de fuerzas, pero todavía necesitaba mucha ayuda. Se había roto las dos piernas, y, aunque podía desplazarse con un par de muletas, el golpe le había dañado el sentido del equilibrio, así que se mantenía de pie, pero de manera muy inestable.

Sin embargo, había sido inflexible sobre volver a su propia casa y no trasladarse a la mía o a la de mi padre. Los dos habíamos estado dispuestos a recibirlo. En un principio insistimos incluso en que se quedara con uno de nosotros, pero el rechazo de Billy se había tornado más tajante con cada insistencia.

A esas alturas todos notábamos cuánto había cambiado. El cambio era evidente casi desde que recobró la conciencia, pero había aumentado con el tiempo. Le costaba leer y concentrarse y parecía confundido, como si una música oscura le resonara continuamente en el cerebro.

Pero aún peor era la sensación de sospecha que parecía rodearle y que borraba la paz que una vez había conocido, el gozo que obtenía hasta en las cosas más pequeñas, y finalmente esa sensación de confianza que con tanta generosidad había desplegado en el pasado. Parecía que todo eso había terminado mientras el coche giraba y giraba, dejando no obstante a Billy en un girar y girar perpetuo.

Por eso no me sorprendió que una tarde, pocos días antes de la fecha fijada para su regreso a Port Alma, de pronto decidiera que quería abandonar el hospital inmediatamente.

—Quiero ir a casa, Cal —insistía—. No me gusta que me retengan aquí.

—No me parece muy buena idea —le dije—. Apenas puedes levantarte de la cama, y mucho menos…

—Alguien me puede ayudar.

—Te puedo ayudar, pero creo que…

—No —dijo en el tono cortante que utilizaba cada vez con mayor frecuencia desde que estaba en el hospital—. Quiero ir a casa.

—Muy bien —dije—. Te puedes quedar conmigo hasta…

—¿Y por qué voy a quedarme contigo?

—Así podré…

—¿Vigilarme? ¿Por qué te importa tanto eso, Cal?

—Vigilarte no me interesa en absoluto. Sólo trato de pensar qué sería lo mejor.

—¿Lo mejor para mí?

—Por supuesto.

—Quiero ir a casa. Eso es lo mejor para mí. A mi propia casa. No a un lugar extraño.

—Mi casa no es tan extraña.

—No —dijo, y sacudió la cabeza con fuerza, exageradamente.

Por un momento parecía mi madre, no menos decidido a seguir su propio camino, a vivir donde quisiera, como quisiera, no menos confiado en que conocía sus posibilidades y podía trazar el mapa de su propio recorrido. Sabía que tendría tanto éxito en convencerle como había tenido con mi madre.

—De acuerdo —le dije—. Si eso es lo que quieres.

De modo que, una semana más tarde, mi padre y yo le arreglamos, salimos a una lluvia ligera y le llevamos en automóvil de regreso a su casa de Port Alma. De camino, miraba distraídamente la ruta, y sólo cambió de expresión en la curva donde había perdido el control de su coche hacía casi un mes.

—Allí —dijo, mientras avanzábamos—. Allí fue.

No quedaban huellas en el lugar donde se había salido de la pista. La lluvia hacía mucho que las había borrado, pero Billy, mentalmente, parecía revivir el accidente. El cuerpo se le puso rígido cuando nos aproximamos a la curva.

—Se rompió —dijo después que terminamos de virar.

—¿Qué se rompió? —pregunté.

—Esa parte que guía el coche.

—¿El cable del volante?

—Exactamente.

—¿Cómo lo sabes?

—El policía me lo dijo. El que llegó al lugar. —Me miraba atentamente—. Dijo que era extraño. Cómo se rompió. Porque sí.

Mi padre y yo nos miramos.

—Algunas cosas suceden así sin más, Billy —le dije.

Mi padre se inclinó hacia delante.

—Billy, necesitas descansar, relajarte —le dijo y le palmeó suavemente en los hombros—. Relajarte y dejar que la cabeza se te tranquilice.

El rostro de Billy continuó tenso, no dijo más acerca del accidente. Pero preguntó:

—¿Por qué no vino Dora contigo?

—Está preparando la casa —le dijo mi padre.

—¿Por qué? ¿Le ocurrió algo a la casa?

Miré por el retrovisor y vi la cara inquieta de mi padre.

—No —le dije a Billy—. Pero has estado mucho tiempo fuera.

—Estaba llena de polvo —dijo mi padre—. Necesitaba una limpieza.

Billy mantenía los ojos fijos en la carretera, y sus rasgos estaban tensos, concentrados, como si estuviera decidiendo un asunto espinoso.

—¿Está bien mamá?

—Está bien.

—Necesito visitarla.

—Por supuesto —dije—. Tan pronto te sientas mejor.

Dora estaba de pie a la entrada de la casa cuando llegamos, con una mano apretando la otra, como una mujer a la espera. Parecía cómoda en ese papel, como si se hubiera preparado mucho tiempo para servir. Billy la saludó desde lejos, pero no advertí placer alguno en sus ojos.

—Afírmate —le dije, mientras le instalaba las muletas bajo los brazos.

Aferró las asas. No despegó los ojos de Dora mientras ella acudía hacia nosotros. Llevaba el pelo rubio suelto hasta los hombros, una visión que me impresionó con tanta fuerza que por un instante perdí el control.

—Es hermosa —dije.

Los ojos de Billy giraron veloces hacia mí y un estado de alerta pareció encendérsele en la mente. Me sentí como una sombra más allá de la línea de fuego, otra criatura que acechaba su territorio.

—Tienes suerte —añadí rápidamente, y sonreí con la mayor amplitud que me fue posible—. Mucha suerte.

Billy volvió la mirada hacia Dora, ahora con una expresión curiosamente alterada.

Dora percibió el cambio de forma instantánea. Avanzó con más lentitud, dio tiempo a mi hermano para que se adaptara. Sentía claramente que mi hermano, antes que nada, necesitaba recuperar la confianza.

—Hola, William —dijo apenas estuvo a su lado.

Él movió la cabeza, mirándola con una intensidad casi violenta, como si intentara penetrar la naturaleza de su disfraz, ver dónde terminaba el rostro verdadero y dónde empezaba la ilusión.

—Tu habitación está lista —agregó ella. Y después, con mucha suavidad—: Bienvenido a casa.

Permaneció varias horas con Billy, mientras mi padre y yo, abajo, nos ocupábamos de ordenar algunas cosas y después nos retirábamos al pequeño salón.

—Bien, qué bueno tenerle en casa —dijo mi padre, que se acomodaba en la vieja mecedora de madera que mi hermano había retirado de la cabaña de mi madre en Fox Creek.

Me agaché a encender el fuego.

—Hablé con el doctor Goodwin antes de venirnos —dije, mientras las astillas empezaban a crepitar y arder, llenando la habitación con una luz difusa, color naranja. Las observé un momento y después di la espalda a las llamas—. No sabe qué se puede esperar de Billy.

—¿Se puede quedar así?

—Sí. O puede mejorar de la noche a la mañana. No hay modo de saberlo.

Mi padre se acariciaba los ojos suavemente.

—De toda la gente, tenía que ser precisamente William.

—Puede que se recupere muy pronto —agregué, tratando ahora de ver el lado positivo de lo que me había dicho el doctor Goodwin—. No hay un daño importante. Me refiero a su capacidad intelectual.

—No estoy preocupado por eso —dijo mi padre.

—No. —Tomé el atizador de hierro y revolví innecesariamente el fuego—. Tendremos que esperar y ver qué sucede. —Volví a dejar el atizador en su lugar y me senté—. Quiere volver al trabajo apenas sea posible.

—¿Apenas sea posible? ¿Qué significa eso?

—De verdad no lo sé. Supongo que Billy tendrá que decidirlo.

Mi padre me miró solemnemente.

—No tiene que apresurar las cosas, Cal —dijo—. La gente del *Sentinel* espera al William que recuerdan, el que... No está a punto. Nosotros lo sabemos.

—¿Pero qué podemos hacer?

Mi padre sopesó la pregunta. Sin responderla, se puso de pie.

—Voy a pensarlo con la almohada, Cal. Ahora estoy cansado.

Le acompañé a la puerta y salí con él al pequeño portal de madera. La lluvia había cesado, ya no había nubes y una luna brillante resplandecía entre las hojas.

—Se va a mejorar, papá —dije—. Y estará muy bien, me puedes creer.

Sacudía la cabeza.

—¿Por qué sucede siempre a los que aman la vida, Cal? Tu madre. Ahora William. ¿Por qué les toca siempre a los que aman la vida? ¿A los que desean tanto de ella y tanto le entregan?

—No les toca más que a los demás, papá, sólo que parece así.

Asintió, lentamente.

—Así parece, sí. Porque son los que nos faltan.

◆ ◆ ◆

Me senté junto al fuego de Billy y dejé vagar la vista. A pesar de mi prolongada familiaridad con el desorden general en que vivía mi hermano, aún me asombraba la densidad del amontonamiento de cosas, la manera como había convertido una habitación espaciosa en una atiborrada, apilando libros y papeles por todas partes. Había dado órdenes de que nada se moviera durante su ausencia, y el tono con que dijo eso fue la primera señal de que algo se había marchado de su carácter, la amabilidad que parecía tan inseparable de él. Por supuesto que le obedecimos, y sólo ordenamos tanto como pudimos, sin alterar el caos de un modo perceptible.

Era un desorden que a menudo me había molestado en el pasado, pero que ahora contemplaba casi con verdadera nostalgia. Porque parecía parte de un hermano que ahora estaba sin duda alterado y cuyo futuro ya no podía predecir.

Al cabo de un rato tomé un libro y empecé a leer, aunque una hora más tarde, cuando sentí que Dora bajaba por la escalera, a nadie podría haber contado un solo detalle de lo que había leído.

Se detuvo a la entrada de la habitación. El fuego moribundo se reflejaba en las lentes de sus gafas.

—William quiere que me quede un poco más —me dijo—. Quiere que le lea.

Gesticulé hacia el amontonamiento, hacia las pilas de libros, revistas y periódicos.

—Bueno, tienes bastante donde elegir.

—Me nombró un libro en particular —dijo Dora.

—¿Y no te dio una clave para hallarlo en este desorden? —pregunté, sorprendido por la acritud de mi tono.

—Está en mi casa —dijo Dora—. Lo llevó el día antes del accidente. —Se volvió, iba a marcharse—. Regreso en unos minutos.

—Deja que te lo traiga yo —dije—. Me sentiré útil. Además, necesito caminar un poco.

—Está bien —dijo Dora—. Está en la repisa.

Era la primera semana de septiembre, había frío otoñal en el aire, y me encontré temiendo la llegada del invierno, cosa que nunca había experimentado. En el pasado siempre estaba a la espera de ese frío crudo, del modo como mete a la gente en casa y deja las calles vacías, disponibles para mí. Pero mientras caminaba esa noche hacia la casa de Dora, descubrí que ya no deseaba ese frío inminente. Incluso empecé a considerar que lo había estimado por el aislamiento que me imponía, un muro de invierno además de todos mis otros muros.

La casa de Dora estaba completamente a oscuras a excepción del farol que había dejado encendido junto al cuarto principal. La puerta estaba sin llave, como casi todas las puertas en esos tiempos, y enseguida vi en el lugar indicado por Dora el libro que había pedido mi hermano, sobre la repisa. Lo tomé en la mano y descubrí que era uno de los favoritos de su niñez, *Diez años de marinero*, esa clase de relato juvenil, de aventuras y romántico que siempre había preferido. Era una edición nueva, y por el crujido del lomo cuando lo abrí supe que Dora aún no había empezado a leerlo.

Su propio libro estaba en la silla junto a la chimenea, una antología de poesía que había dejado abierta en Matthew Arnold. Allí, subrayados con tinta negra, estaban los más famosos versos de Arnold, los más desolados, como siempre me han parecido, de toda la historia de la poesía, la aceptación final, terrible, hecha en la costa de Dover Beach, de que en todo el ancho mundo no había ni fe ni esperanza ni certidumbre ni término del dolor, de que contra esa marea negra sólo podía oponerse la decisión de fidelidad de dos personas una con otra.

De súbito, como una bofetada, sentí que se derrumbaba la estructura completa de mi resistencia a Dora. Era la emoción más penetrante que jamás había experimentado, tan poderosa y estremecedora que supe que había surgido de la parte más profunda, más necesitada y explosiva de mí mismo, un lugar donde había entrado Dora March y donde habitaría para siempre. Y pensé: «Esto es, entonces. Esto es estar enamorado».

Seguía rugiendo cuando regresé a casa de Billy, una tormenta que se me retorcía en la mente y dejaba todo en terrible desorden a su paso.

Le oí conversando tranquilamente mientras subía por la escalera. Se quedó en silencio cuando entré al cuarto, mirando de una manera curiosa, como si sospechara que había estado un tiempo detrás de la puerta escuchando en secreto mientras conversaba con Dora.

—Traje el libro que querías —le dije.

—¿Libro? ¿Qué libro?

Lo dejé a los pies de la cama.

—*Diez años de marinero.*

Asintió, pero no dijo nada, así que miré pensativamente a Dora.

Estaba sentada junto a la cama, su pelo una ola de oro, sus ojos suaves pero curiosamente penetrantes tras los cristales de sus gafas. Por un instante no pude apartar la vista. Cuando lo hice, vi que Billy me estaba observando atentamente, parpadeando un poco, como alguien que intenta enfocar una imagen vagamente perturbadora. Me obligué a adoptar un tono ligero.

—Te volviste loco con ese libro la primera vez que lo leíste —le recordé.

Continuaba mirándome interrogativamente.

—Quisiste ir al mar de inmediato —le dije en broma—. Entonces tenías, ¿cuánto? ¿Diez años?

No movía los ojos. Me sentía clavado como un insecto por esa oscura concentración, algo pequeño, que se retorcía.

—Bueno, os dejo para que podáis leer. —Volví a mirar a Dora y sentí de nuevo el tumulto, lo controlé y sólo dije—: Buenas noches, Dora.

—Buenas noches, Cal.

Cuando llegué abajo, ya Billy había vuelto a conversar. Pasé una hora más sentado ante su escritorio, entre sus cosas. Sentía su voz arriba, hablando suavemente a Dora. La intimidad de todo eso actuaba como una carga que aumentaba continuamente en mi sangre.

Era casi medianoche cuando ella volvió a bajar. Sentí sus pasos y acudí rápidamente al pasillo.

Estaba junto a la puerta, a punto de abrirla.

—Sabes tratarle —le dije.

—Está muy vulnerable.

—Lo sé. A veces creo que si tropieza se va a hacer trizas.

Cogió el abrigo del perchero junto a la puerta.

—Trata de ordenar las cosas otra vez, de entenderlas.

—Cosas como yo.

Estaba ahora muy cerca, podía oler su pelo, su piel, todo menos sentir su aliento en el rostro.

—Sé que tiene que ser duro para ti —dijo—. Pero así es William.

—Eres muy buena con él, Dora. Espero que sepa lo afortunado que es.

Parecía captar el fuego que había en mis ojos. Pero decidió ignorarlo.

—Quiere visitar a su madre —me dijo, mientras se ponía el pañuelo.

—No creo que quiera que le acompañe.

Sentía su mirada como si fuera su mano en mi cara.

—Ya volverá a ti, Cal.

Negué con la cabeza.

—Nunca volverá a ser como antes, Dora.

Se acomodaba el pañuelo en el cuello.

—Sí, será como antes. Tiene que encontrar un camino para recuperar la vida. Todo el mundo lo hace. Después de una tragedia.

Se volvió hacia la puerta, estaba por abrirla, pero se interrumpió cuando hablé.

—Una vez me dijo que a ti te ocurrió algo trágico.

Me miró a los ojos.

—¿Algo trágico?

—Que sufriste algo terrible...

—¿Por qué pensaría eso?

—Quizá sólo lo deseaba —contesté—. El sufrimiento concede un aire de misterio.

Me miró como si no comprendiera.

—¿Qué podría ser menos misterioso que el sufrimiento, Cal?

Era la pregunta más triste que había oído. Y, por una vez, no tenía una respuesta.

—Me imagino que hallar la felicidad es el verdadero misterio —dije—. Hallar el amor.

Abrió la puerta y salió.

La seguí hasta la escalera.

—Espero que lo encuentres, Dora —le dije—. El amor.

La oscuridad le ocultaba el rostro, era imposible discernirlo. Sus últimas palabras me dejaron en una incertidumbre terrible.

Ya lo tengo.

20

Twelve Palms era un pueblo pequeño, sofocante, apenas algo más que una calle, rodeado por una expansión ilimitada de cactus y plantas rodadoras. En la distancia se avistaba una cadena de montañas, oscuras y serradas, suspendidas en una ola continua de calor.

Había una sola tienda para todo y un hotel pequeño, ambos de madera, una barbería con el cartel oxidado, y al extremo del pueblo un corral ruinoso junto a un granero abandonado. Automóviles viejos, cubiertos de fino polvo blanco, yacían dispersos en la calle principal, juguetes en un pueblo de arena.

Hacia el final de la calle había una edificación de adobe en un terreno que habría estado por completo desnudo si no fuera por fragmentos de hierba seca y una palmera polvorienta. Una verja contra tormentas resplandecía a la dura luz del sol, sin duda levantada porque el edificio contenía, según el ajado cartel que se balanceaba lánguidamente de dos oxidadas cadenas, tanto el despacho del sheriff como la cárcel del lugar.

El sheriff estaba hundido en una silla metálica frente al edificio. Era un hombre bajo, robusto, de pelo negro liso y algo tenue y una piel tan quemada y correosa que parecía que le hubieran colgado al sol.

—Soy Calvin Chase —dije.

Se quitó el sombrero, lo dejó sobre sus rodillas.

—Charlie Vernon.

Sus ojos pasaron revista a mi aspecto de espantapájaros y a mis ojos hundidos.

—Si busca trabajo, aquí no hay. No hay nada por aquí cerca.

—Tengo trabajo —repliqué.

—¿No es de ésos de Oklahoma entonces?

—Soy de Maine.

—¿Maine? Supongo que tiene una buena razón para llegar tan lejos.

—En efecto.

Volvió a ponerse el gran sombrero al estilo vaquero en la cabeza y se lo acomodó con un dedo.

—Y bien, señor Chase, ¿qué puedo hacer por usted?

—Estoy buscando a una mujer.

Vernon sonrió.

—Algo que todos hacemos.

—Creo que ella debe de saber algo sobre la muerte de mi hermano.

Se acabó la sonrisa.

—¿Cómo murió su hermano?

—Asesinado.

El rostro de Vernon permaneció impasible.

—¿En Maine?

Asentí.

—¿Y usted cree que la mujer anda por aquí?

—No sé dónde está. Pero creo que puede haber salido de esta zona.

—¿Y eso por qué?

—Tenía un libro que vino de aquí. Del rancho Dayton.

Aguzó los ojos.

—¿El rancho de Fred Dayton?

—Cuando era de Lorenzo Clay.

—¿Conoce a Lorenzo Clay?

—Hablé con él. Me dijo que usted me podría ayudar.

Vernon pareció de súbito mejor dispuesto, aunque ligeramente. No era del tipo de los que se inclinan ante la riqueza o el poder, pero bastante perspicaz para saber quién los poseía y quién no.

—¿Cómo se llamaba esa mujer?

—No sé. El nombre que usaba proviene de una revista.

—Si no hay un nombre, no veo cómo le voy a ayudar.

—¿Qué me puede contar de Catherine Shay?

A Vernon le brilló algo en los ojos.

—¿Qué relación tiene Catherine Shay con todo esto?

—La mujer que estoy buscando dijo que venía de California —le expliqué—. Y tenía cicatrices en la espalda.

A Vernon se le abrieron más los ojos.

—¿Me está diciendo que cree que esa mujer puede *ser* Catherine Shay?

—Me gustaría estar seguro de que no es.

—Bueno, le puedo decir algo, señor Chase. Si esa mujer es Catherine Shay, no hay esperanza de que la encuentre.

—¿Por qué no?

—Porque Catherine se ha pasado la vida asegurándose de que nadie sepa dónde está.

Vi a Dora como tan a menudo parecía, moviéndose rápidamente en la oscuridad, huyendo continuamente.

—¿Por qué?

—Por Adrian Cash —respondió Vernon—. El hombre que la tajó. Se ha pasado la vida ocultándose de él. Así que si supiera dónde está Catherine Shay, no se lo diría. —Trataba de recuperar sus maneras anteriores, más lánguidas, y su voz sonaba ahora tan lenta y continua como el vaivén de una puerta de *saloon*—. En todo caso, ¿qué sabe exactamente de Catherine Shay?

—Sólo lo que me dijo Lorenzo Clay.

—¿Y eso fue?

—Que estaba en el rancho Dayton la noche que mataron a la familia. Y que la agredieron.

—Esa palabra no alcanza a describir lo que hicieron a Catherine Shay —dijo el sheriff—. Por eso ha estado huyendo veinte años. Por eso ha cambiado de nombre una docena de veces y vagado de costa a costa.

Esperé, sin decir nada, confiado en que continuaría hablando.

—Catherine escuchó todo. Estaba en la casa mientras mataban a los otros. Oculta en una pequeña habitación en el pasillo de la cocina. Estaba por regresar a la cocina cuando todo comenzó.

Vi a una niñita entrar a un pasillo sin luces, detenerse y luego retroceder.

—Escuchó a esa niña decir: «Tengo hambre, ¿no tienen un poco de comida?» Era Irene Dement. La niña con quien vivía Cash. Y un momento después estalló el infierno. Personas atadas. Personas asesinadas. Catherine escuchó todo.

Y abruptamente cesó, los gemidos acabaron.

—Una vez que todos murieron, Cash e Irene empezaron a robar. Revisaron armarios, cajones, ese tipo de cosas. Cogieron las cosas con que los capturaron un mes después. Los aros de perlas de Myra. Los guantes de cuero de Fred. Catherine escuchó también toda esa conmoción, por supuesto.

Me sentí con ella en esa habitación oscura, yo también un niño, acurrucado en la misma oscuridad ineludible, encerrado en el mismo terror mudo.

—Juntaron todo lo que pudieron en un par de sacos y se largaron. Catherine no los vio marchar. Pero escuchó cerrarse con violencia el mosquitero de la puerta, los oyó hablar mientras se alejaban de la casa. Cash estaba molestando a Irene, diciéndole que era una perra bruta, cosas de esa especie. Y después nada.

La voz de una niñita susurró en el silencio, *Se han marchado*.

—Esperó un rato y después salió del cuarto —dijo Vernon.

La vi levantarse, acudir a la puerta, abrirla con suavidad, observar el pasillo oscuro.

Mi voz era la de un niño, *No vayas*.

Me miraba con esos ojos verdes, ahora curiosamente tranquilos, *Se han marchado*.

Ya estaba yo en la puerta, observándola moverse lentamente por el pasillo hacia un punto de luz que venía desde la distante cocina. Susurré frenéticamente: *Regresa. Por favor, regresa*. Se volvió hacia mí y su largo pelo rubio brillaba en la luz, *No puedo*.

—Caminó directamente a esa cocina —dijo Vernon—. Vio lo que habían hecho con ellos.

Fred Dayton, amordazado, atado a una silla, con la cabeza hacia atrás, los ojos abiertos, la garganta cortada. Myra Dayton, amordazada, con las manos a la espalda, amarrada a la puerta, el cuerpo quebrado hacia delante a la altura de la cintura y el largo pelo negro colgando hacia el suelo y un charco de sangre a sus pies. Sally Dayton, amordazada, atada de bruces sobre la mesa de la cocina, con la garganta cortada y la espalda destrozada a cuchilladas.

—Se aterrorizó, por supuesto, y entonces, en lugar de salir por la puerta de la cocina que tenía enfrente, Catherine se volvió y corrió tan rápidamente como pudo hacia la puerta principal de la casa.

La vi pasar, una niña huyendo a todo correr, el pelo rubio flameando locamente. Mi advertencia de niño resonó suavemente en la oscuridad: *¡Escóndete!*

—Consiguió llegar a la puerta principal —decía Vernon—. Hasta la llegó a abrir un poco. Y entonces los vio regresar.

Yo también los veía. Adrian Cash, a grandes pasos, e Irene Dement trotando como perro a su lado.

—Catherine no supo por qué habían regresado a la casa hasta que estuvieron bastante cerca y pudo distinguir lo que decía Cash: *Cuatro platos en la mesa. Hay alguien más en esa casa. Alguien más. Vivo.*

»Comprendió que venían a por ella —dijo Vernon—. Por el cuarto plato.

Así que corrió, primero al baño, después al estudio, y finalmente otra vez por el salón, corriendo ahora frenéticamente en la oscuridad, chocando con las sillas y las mesas hasta que llegó a la escalera, se precipitó por ella hacia arriba y se acurrucó, una bola desesperada, explorando con la vista la oscuridad que la rodeaba hasta que se abrió la puerta principal y vio un rayo de luz amarilla que barría las habitaciones de la planta baja.

—La encontraron arriba, junto a la escalera —dijo Vernon—. Allí sucedió todo. La dieron por muerta cuando terminaron. Incendiaron la casa. Pero Catherine, de algún modo, se repuso, se las arregló para salir de la casa y arrastrarse hasta el desierto. Permaneció allí, observando a los vecinos que combatían el fuego hasta que llegó Tom Shay, gritando. Entonces escuchamos un grito breve, débil, y allí estaba a unos ochenta metros, desnuda de cintura para arriba, cubierta de sangre. Dijo «papá». Y eso fue todo.

Sin embargo, más tarde dijo mucho más.

—Catherine era una niña brillante —continuó Vernon—. Muy hábil. Tenía algo de artista, le gustaba dibujar. Hizo una detallada descripción de Cash e Irene. —Una sonrisa de triunfo le iluminó el rostro—. Por eso los pudo detener la patrulla fronteriza. Por la descripción que hizo Catherine.

El juicio empezó antes de un mes y terminó en menos de tres semanas.

La vi levantarse, dar la espalda al jurado, dejar caer la blusa.

—Tendría que haber visto a Cash cuando hizo eso —dijo Vernon—. Se levantó de un salto y la apuntó con el dedo. Le gritó: «Eres mía». —Suspiró, cansado—. Entiendo que siga huyendo de él. —Me miraba pensativo, como decidiendo si debía contarme más—. Catherine nunca pudo superar eso. Es lo que trato que usted comprenda. Ha tenido una vida muy dura. Viajando de lugar en lugar. Siempre asustada. —La última revelación pareció entristecerle, dolerle—. Y ha tenido algún problema con la ley. Ha robado dinero de vez en cuando.

Vi el nombre de Dora en los libros de contabilidad del *Sentinel,* las pequeñas sumas que había robado.

Vernon se encogió de hombros.

—En cada oportunidad, Tom iba a buscarla y se la llevaba de regreso. Pero siempre acaba por marcharse. No logra quitarse a Cash de la cabeza. Siempre está huyendo de él.

—¿Por qué? —pregunté—. Capturaron a Cash, ¿o no?

—Sí, lo cogieron —dijo Vernon—. Pero no lo mataron. Lo sentenciaron a cadena perpetua. Eso enloqueció a Catherine. Que estuviera vivo, que le hubiera gritado de esa manera. Era sólo una niña entonces, recuerde. —Se le retorcía la boca en una mueca de furor—. Hedda Locke es la culpable. —Advirtió que ese nombre nada significaba para mí—. La abogada de Cash. Esa mujer sedujo completamente al jurado. Le dijo que el pobre Adrian había tenido una vida terrible. —La furia de Vernon crecía por momentos—. Consiguió que trasladaran el juicio a Lobo City. Hasta intentó verse más vieja, para que el jurado no pensara que sólo era una joven recién egresada de la Escuela de Derecho. Usaba vestidos largos, oscuros. Ese tipo de cosas. Incluso unas gafas de montura dorada.

21

Dora se quitó las gafas al entrar a la habitación.

—William está mejor —dijo.

Había pasado casi un mes desde que lo trajimos a casa, y durante ese lapso intenté recordarme a mí mismo, una y otra vez, que el sentimiento que tenía por Dora nunca debía manifestarse ni debía actuar yo en consecuencia, que no tenía otra opción que mantenerlo en secreto.

—Está más fuerte, es cierto —dije.

Se sentó en una silla, cerca.

—Cree que podrá volver al trabajo dentro de un par de semanas.

—Quizá —dije, sin demasiado entusiasmo, tratando de ocultar el tumulto que su mera presencia me provocaba, que cada aspecto suyo, sus ojos, su voz, encendía un fuego diferente.

Permanecí un rato en silencio y al cabo dije:

—¿Y si no puede? ¿Y si no puede volver nunca al trabajo? ¿Y si esos recelos que tiene nunca terminarán?

Le relaté un incidente del día anterior. Mi hermano había escuchado a mi padre moviéndose en la planta baja, y había pedido de inmediato que yo bajara a averiguar qué estaba haciendo.

—Parecía creer que mi padre estaba revisando sus cosas por alguna razón —le dije—. Que estaba buscando algo. Pero papá sólo estaba ordenando un poco las cosas en su estudio.

—¿Le dijiste eso a William?

—Sí.

—¿Te creyó?

—No sé si me creyó o no. Por eso creo que le será muy difícil volver a trabajar en esas condiciones. ¿Cómo podrá hacerlo si no confía ni en su propio padre? Por no hablar de mí.

—Desconfía de sí mismo, Cal —dijo Dora.

—Quizá sea así, pero el hecho es que no puede regresar al *Sentinel* hasta que esté mejor. —Me toqué el costado de la cabeza—. De aquí.

—Eso va a ocurrir —dijo Dora, confiada.

—¿Y si no ocurre? ¿Qué harás tú?

Me miró interrogativamente.

—Quiero decir, ¿crees que te puedes hacer cargo del periódico? Su respuesta fue cortante y segura:

—No.

—¿Por qué no? —Esbocé una sonrisa—. Hablemos claro. Billy en realidad nunca fue un buen administrador. Estoy seguro de que serías mejor que él en eso. —Agité la mano hacia el caos del cuarto que había insistido que no tocáramos—. Sostengo mi tesis. —La miré atentamente—. El hecho es que Billy es todavía un niño cuando se trata de tener las cosas en orden. Incluido el *Sentinel*.

Dora no dijo nada, pero se puso de pie y empezó a juntar sus cosas.

—Volveré mañana por la mañana.

No podía soportar verla marcharse, había llegado a temer cada momento en que no estaba a la vista.

—¿Te importaría que te acompañe a casa? —pregunté.

No pareció alarmarse con la perspectiva ni tener la menor noción de mis sentimientos hacia ella, de cuán febriles eran ni del estado de hervor en que estaban.

—De acuerdo —fue todo lo que dijo.

Caminamos por el sendero. Iba muy cerca a mi lado, casi nos tocábamos.

—Por cierto, ¿nunca te has comprado otro abrigo? —pregunté.

Negó con la cabeza.

—Necesitarás uno. El invierno está al llegar.

—Me basta con el que tengo.

—Quizá te consiga uno —le dije, probando—. Has sido muy buena con Billy. Me gustaría…

Sonrió.

—Eres muy amable, Cal, pero no voy a necesitar otro abrigo.

Continuamos caminando, cruzamos la calle principal de Port Alma, sus pocas luces parpadeaban distantes atrás, y giramos por la callejuela que conducía a la casa de Dora. Había luna llena y bastaba para iluminarnos el camino.

Mientras caminábamos empecé a ver y escuchar cualquier visión y sonido de manera extrañamente potenciada; tenía todos los sentidos de súbito aguzados, el viento nocturno me parecía más delicado, y más tierno el susurrante movimiento de nuestros cuerpos; todo el mundo parecía inconmensurablemente suave y frágil, como suspendido a la espera de mi próxima movida.

Sentí que mi mano buscaba la de Dora, y luego vacilaba y se retiraba. Era una clase de temor que nunca había experimentado, y parecía a un tiempo angustioso e infinitamente excitante.

A medida que nos acercábamos a su casa, escuchaba el mar que sonaba suavemente en la distancia.

—Es un sonido hermoso —dije—. El mar. Especialmente por la noche.

—Sí.

—¿Te ayuda a dormir?

Sacudió la cabeza.

—No.

Me aproximé a lo prohibido.

—¿Y qué te ayuda?

—El desierto —contestó—. A veces, cuando el viento sopla, el desierto suena como el mar. Pacíficamente.

—¿Has vivido en el desierto?

—Cuando era niña.

Me miró. El pelo le brillaba a la luz de la luna. Lo único que podía hacer era no tocarlo.

—Tienes que haber sido una niña muy bonita, Dora.

Algo se tensó en sus ojos, pero no dijo nada. En cambio, volvió la cabeza hacia las estrellas.

Sé que el paso de los años seguramente modificará el dolor que sentía cuando estaba con ella, que suavizará sus aristas más duras, y sin embargo, en ese momento, con ella en la oscuridad, sin decir nada de lo que verdaderamente sentía, no podía imaginar que ese dolor terminaría alguna vez, que alguna vez podría haber un tiempo en que no lo sentiría.

Todo eso surgía en mí, pero una vez más me las arreglé para contenerlo y no dar indicios del agua en que me estaba ahogando.

—Bueno, buenas noches entonces —le dije.

No se volvió para marcharse. Se quedó tal cual, siguió mirando el cielo nocturno. Y pensé, *No quiere entrar a la casa. Quiere estar conmigo. Aquí. En esta oscuridad.*

—De niño tenía un telescopio —le dije—. Me aprendí todas las constelaciones. Pero ya he olvidado la mayoría. Excepto la de Diana.

Se rió. Una risa suave, viajera, que parecía elevarla hacia algo que antes sólo había vislumbrado.

—¿Qué es tan gracioso?

—Adiviné que ésa tenía que ser la que recordaras.

—¿Y por qué?

—Porque es la cazadora —dijo Dora—. Te tiene que resultar atractiva.

—¿Y por qué tiene que atraerme particularmente una cazadora?

—Te gusta el olor del peligro.

—De ningún modo. Me gusta la seguridad.

Inclinó la cabeza, casi con coquetería, un gesto que nunca le había visto.

—No me lo creo —dijo.

—Te lo puedo demostrar.

—Adelante, entonces —dijo, desafiándome en broma.

Solté la verdad como una flecha directamente a su corazón.

—Voy de putas.

El rostro se le oscureció.

—Es la única clase de relación «romántica» que he tenido —agregué—. ¿Y qué puede ser más seguro? No hay riesgo. Ninguno. Ni peligro de nada.

Sonrió con gran delicadeza y, para mi sorpresa, me cogió del brazo y me empujó hacia la casa. Las hojas caían delante de nosotros en pequeños círculos.

—Siempre te voy a recordar, Cal —dijo.

En su voz había una decisión indudable, así que me di cuenta que definitivamente se marchaba, que ella siempre había sabido que se marcharía, que quizá supo siempre la fecha desde el día mismo que llegó a Port Alma. Que por eso no necesitaba un abrigo nuevo. Porque para el invierno ya se habría marchado. Por eso también se había negado enfáticamente hasta a conversar sobre un posible trabajo en el *Sentinel*. Se iba a marchar. Y me iba a dejar atrás, girando en su estela blanca. Y yo nada podía hacer para cambiar eso.

Así que, junto a la puerta, sólo dije:

—Bueno, te traje a salvo a casa.

—Buenas noches, Cal —dijo, y desapareció.

Caminé hasta el borde del patio, me detuve y me volví. La vi acercarse a la ventana, juntar las cortinas. Y después las luces se apagaron, una a una, en la casa. Sin embargo, no me iba. Permanecía en el lugar, contemplaba las ventanas oscurecidas, la imaginaba a ella más allá acomodándose en la almohada, recostada y sin dormir en la oscuridad, quizá pensando en el desierto que me había mencionado minutos antes, el único lugar donde había encontrado paz y al cual, ahora lo sabía, iba a volver muy pronto.

Entonces, cuando Hedda Locke se volvió hacia mí, con el rostro enmarcado en el paisaje del desierto que se extendía más allá de su ventana, imaginé que podía ser Dora, esos mismos ojos verdes apuntándome como aquella noche, y un par de gafas de montura dorada delicadamente sostenidas en la mano.

Pero ante mí tenía una mujer por completo distinta, mucho mayor y evidentemente muy enferma.

Me quité el sombrero al entrar.

—Me llamo Calvin Chase —dije.

Se inclinó hacia delante, entornó los ojos.

—Puedes salir, María —le dijo a la mujer baja y regordeta que me había acompañado a la polvorienta habitación donde estaba acostada. A pesar del calor sofocante, estaba envuelta en una sábana india. Apretaba en la mano una taza de café hirviente.

—El sheriff Vernon me dijo dónde encontrarla —le dije cuando María salió.

—Se debe haber sorprendido con mi regreso —dijo Hedda, que sostenía la sábana con los dedos—. Todos se sorprendieron. La vuelta de la hija pródiga.

Tenía el pelo muy negro, con algunas canas, y los ojos hundidos eran dos pozos oscuros, legañosos. Empezó a hablar y se interrumpió abruptamente; tosió en un pañuelo rojo. Pasó el espasmo, se enjugó la boca a medias y dejó la mano en el regazo.

—Lo siento —dijo, casi con amargura—. No he estado muy bien. —Miró por la ventana, hacia la cegadora luz del sol y la extensión de arena blanca del desierto—. No quería volver, pero era propietaria de esta casita; sin deudas. —Se movió un poco y asomaron bajo la sábana dos pies morenos, pequeños—. Dijeron que esto me ayudaría. Volver acá. El clima. La sequedad del aire. —Se abanicaba con la mano abierta—. Es un buen lugar para morir.

Deduje algo de la retorcida vida que había vivido, sentí la muerte que muy pronto acabaría con ella.

—Lo siento —le dije.

Me observaba atentamente, como quien estudia un mapa.

—María me dijo que ha viajado desde Maine.

—Sí.

—¿Y qué está buscando, señor Chase?

—A Catherine Shay.

La más vieja de sus heridas se abrió ante mis ojos.

—Así que esto es en realidad por Adrian Cash —dijo—. Lo que hice a Catherine al salvarle la vida a Adrian. Creí que tenerlo tanto tiempo en la cárcel la tranquilizaría. —Se quedó en silencio un momento y finalmente dijo—: Dígame, ¿la gente de Twelve Palms todavía cree que me enamoré de Adrian?

—No sé.

—Bueno, suponga que sí. Una no puede evitar enamorarse de quien se enamora, ¿verdad?

Escuché mi propia declaración de muerte: *Te amo, Dora.*

—No —dije—. No se puede.

—Bueno, y para que conste, me enamoré de mi deber, no de

Adrian Cash —dijo Hedda—. De mi deber como abogado. Y nunca me han perdonado por eso. —Se limpió con la mano el sudor sobre el labio superior—. Final de la historia.

—Pero no el final de Catherine. Todavía está huyendo de él.

Entornó los ojos otra vez.

—Parece un cura, señor Chase. Uno de esos curas mundanos. —Aspiraba el aire ruidosamente. Una brisa cálida agitaba la sábana a sus pies y le hacía temblar el pelo—. Conoce el tipo. Un hombre caído.

Vi la casa de Dora emerger entre la lluvia, el coche de mi hermano, cubierto de barro en el sendero, sentí mis pies presionando la tierra empapada, avanzar mi cuerpo entre alambres plateados de lluvia.

—El tipo que no puede perdonarse a sí mismo —dijo Hedda.

Los peldaños crujían mientras iba subiendo, un coro de gritos dolorosos, tenues.

—Algo le está carcomiendo, algo que hizo.

La puerta estaba entreabierta. Me detuve un instante, nada más, y apoyé la mano en ella, la llamé, *Dora*.

—Algo…

Y entré, buscándola en la penumbra, pero encontré a otra persona.

—… terrible.

William.

Los ojos de Hedda me penetraban ahora con tanta fuerza que creí que había visto mis imágenes mentales.

—Bueno, también soy de esa especie —dijo—. Caída. Por lo que hice. Salvar a Adrian Cash de la horca. Lo que eso hizo a Catherine.

—Ayúdeme a encontrarla —fueron las únicas palabras que conseguí articular.

—No debería complicarse tanto con eso —dijo Hedda, brutalmente—. Ya no se está escondiendo.

—¿Por qué no?

—Porque Adrian Cash ha muerto. Murió hace tres meses en la cárcel. —Se volvió hacia la mesilla que había junto al lecho—. Me dejó todas sus posesiones. —Abrió un cajón, buscó en su interior, y extrajo un maltratado anillo de plata—. Esto es —dijo y me lo pasó—. Todo lo que tenía.

Hice girar el anillo entre los dedos.

—No sé dónde está Catherine Shay, señor Chase —dijo Hedda. Me quitó el anillo, sin dejar de mirarme a los ojos—. Pero estoy segura de que su padre sabe que Adrian está muerto. Catherine está a salvo. Y por lo tanto, como le decía, ya no necesita seguir huyendo ni ocultándose. Supongo que su padre ya se habrá puesto en contacto con ella y le habrá dicho que regrese a casa.

De pronto sentía a Dora tan cerca de mí que hasta podía oler su cabello.

—¿A casa? —pregunté.

Hedda hizo un gesto hacia la ventana.

—No muy lejos de aquí. —Apuntaba hacia una línea de montañas oscuras y escabrosas que se alzaba en la distancia—. Está allá, en alguna parte. Con su padre. En las montañas.

En ese momento, como he calculado desde entonces, Dora estaba sentada en una piedra de granito, con las piernas alzadas bajo el mentón, contemplando un helado arroyuelo en la montaña.

22

Billy estaba junto a la ventana cuando ingresé en su despacho.

—¿Cómo te sientes? —pregunté.

—Bien —contestó en voz baja. Continuó con la vista fija en el patio. Estaba completamente vestido, sentado en una silla, con las manos en el mango del bastón, masajeándolo sin pausa.

—Tienes poca leña —le dije—. Traeré algo del sótano.

Seguía mirando por la ventana.

—No tardaré —le dije—. Trataré de no molestarte.

No dijo nada hasta que me volví para salir. Entonces habló:

—Esa mujer, la que visitas en Royston. ¿Alguna vez has sentido algo por ella, Cal?

—No.

—¿Absolutamente nada?

—Nada.

—¿No confías en ella?

—No.

—¿Y no te gustaría?

—Es una prostituta, Billy. No le pago para que escuche mis problemas. Por otra parte, hace un tiempo que no voy a verla.

—¿No vas? ¿Por qué?

—Supongo que... bueno... No sé por qué.

Me miró, verdaderamente desconcertado, y finalmente dijo:

—Cal, ¿con quién hablas tú?

—Hablo contigo.

—No, no hablas. En realidad, no. Hace tiempo que no. —Su mirada era extrañamente tierna—. Por lo menos no hablas sobre ti mismo.

—Entonces no hablo con nadie —dije—. Si no hablo contigo, no hablo con nadie.

Miró alrededor, de súbito muy agitado, como alguien atrapado en su propia mente, que lucha por liberarse de la red en que se le ha convertido, gris y nudosa, un amasijo de donde no logra escapar. Entonces algo le centelleó en el cerebro y otra vez enfocó abruptamente su atención en mí.

—¿Hablas con Dora?

—No.

—¿Ella te habla?

Negué con la cabeza.

Volvió a caer en el silencio. Esperé, no quería presionarle con un tema tan molesto.

—Dora tampoco habla conmigo —dijo por fin.

Fingí reír.

—¿Y qué quieres que te diga? ¿Algún secreto profundo, oscuro? Quizá no tiene ninguno.

—Creo que tiene uno.

De nuevo parecía divagar.

—¿Recuerdas lo que solía decir mamá, que todos desean por lo menos una cosa que no cambie en la vida?

Lo recordaba muy bien. Lo había dicho durante la última visita que le hicimos antes del ataque.

—Y que deseamos que eso sea el amor —dije.

—Sí, el amor —dijo Billy, pensativo. Hizo una pausa, y después agregó—: Dora no confía en mí, Cal. Pero si amas a alguien, tú confías en esa persona, ¿verdad? —No esperó una respuesta—. Está ocultando algo, Cal. Algo que teme que yo sepa. Pero nada va a cambiar lo que siento por ella. Absolutamente nada. —Me miró, casi implorante—. La amo, Cal.

Si alguna vez había dudado del amor de mi hermano por Dora, en ese momento terminaron las dudas. Su dolor provenía de la posibilidad de que la persona que finalmente amaba quizá no lo amara a él.

—Sé que la amas —dije en voz baja.

Pareció avizorar el mundo que una vez habíamos compartido, el amor y la confianza que una vez conocimos.

—Tú me ayudarías si pudieras —dijo con la antigua confianza de que era yo todavía el hermano que recordaba, el que se había lanzado al agua hacía tantos años, que siempre había nadado para salvarle.

—Por supuesto que sí —le dije, en un tono que sin duda parecería fraternal a mi hermano, amable, amistoso, con sólo sus intereses en el corazón, como debió de sonar a Otelo la voz de Yago.

Pasé las horas siguientes ordenando algunas cosas, acarreando leña desde el sótano y carbón para la vieja estufa de hierro que nunca había quitado de su despacho. Billy ya había subido a su cuarto, así que, mientras trabajaba, escuchaba los golpes de su bastón de un lado a otro de su habitación; parecía evidente que seguía pensando en Dora.

Apenas terminé de hacer las cosas, le grité un rápido «buenas noches», esperé su respuesta y, como no hubo ninguna, salí por la puerta. Terminaba de bajar los peldaños del portal cuando vi que el coche de Henry Mason venía hacia la casa.

—Me parece que Billy está durmiendo —le dije apenas estuve con él.

—¿Durmiendo? Pero si me acaba de llamar.

—¿Te llamó?

El rostro pálido de Henry se veía aún más fantasmal en la oscuridad.

—Dice que está por volver al trabajo.

—¿Cuándo?

—Supongo que pronto. Quiere ver los libros.

—¿Los libros? No sabe nada de los libros.

—Lo sé —dijo Henry—. Pero quiere verlos.

Eché un vistazo al asiento trasero del coche de Henry, y vi los libros de contabilidad amontonados en una caja de cartón, algo demasiado pesado para que una persona tan débil como Henry pudiera subirlo por la escalera.

—Yo se los llevo —dije.

Henry no rechazó la oferta.

—Lo que tú digas, Cal.

Abrió la puerta del coche y se apartó a un costado para que yo pudiera sacar la caja y cargarla al hombro.

—Perdona la molestia, Henry.

Henry me miraba preocupado.

—William... ¿Está bien?

—Está bien —le dije, y me volví y me encaminé a la escalera.

Billy estaba sentado en la cama.

—Henry te trajo esto —le dije—. ¿Dónde te lo dejo?

—Déjalo aquí en la cama.

Deposité la pesada caja a los pies de la cama.

—Buenas noches otra vez —le dije.

—Buenas noches, Cal —dijo mi hermano, y justo cuando me volvía para marcharme sonrió con la vieja sonrisa, la que le vi tantas veces en su juventud, la que nunca dejaba de mostrar cuando compartía una golosina con él o le daba la oportunidad de participar en algún juego que jugaba con mis amigos, una sonrisa que no le veía desde el accidente y que parecía, en todos los sentidos, recuperar un mundo brillante e inocente, la hermandad que un tiempo habíamos conocido y que mi elemental inocencia creía que duraría para siempre.

Fui directamente a casa, preparé la cena y después me encerré en mi despacho y traté de leer. Pero pasaban las horas y la atmósfera solitaria de la habitación me empezó a oprimir. Volví a escuchar las palabras de mi padre, *Nada hay como la soledad para ponerte de rodillas*, y me pregunté si había llegado al punto en que la soledad se convierte en una acusación.

Hacia las ocho, el sonido de mi propia respiración me había sacado de la casa, y me paseaba de un lado a otro sin destino, así que me pareció casi providencial ver de pronto que Dora se acercaba; su larga falda negra flotaba como una ola oscura sobre la acera.

—Iba donde William —dijo cuando se detuvo a mi lado.

—Le vi esta tarde —le dije.

—¿Cómo estaba?

—Bien. En este momento está revisando los libros.

—¿Qué libros?

—Los libros de contabilidad. Del *Sentinel*. Le pidió a Henry que se los llevara.

—¿Y por qué quiere revisarlos?

—Supongo que se prepara para volver al trabajo.

Esperaba que asintiera y continuara su camino. Pero se quedó allí el tiempo justo para que yo recordara el último encuentro con mi hermano y lo que había dicho de Dora.

—¿Dora? ¿Podríamos conversar un rato? —pregunté.

Antes de que pudiera negarse, agregué:

—Billy está concentrado en este momento en los informes financieros del *Sentinel*. Es preferible que le dejemos solo hasta que se canse.

Le toqué el brazo y la moví por la acera en la dirección contraria de la casa de mi hermano.

—Billy y yo tuvimos una charla esta tarde —le dije.

No me miraba, pero sentí una tensión sutil producirse en ella.

—Acerca de sus sentimientos por ti —agregué en voz baja, sin ser enfático, dejando caer mis palabras en Dora como copos de nieve, sin indicios de la oscura sospecha que me embargaba.

Anduvimos un poco, y finalmente me detuve y la encaré.

—¿Sabes cuáles son esos sentimientos, verdad?

—Lo sé —dijo Dora—. Pero, Cal, jamás he dado pie a William para que crea que yo… —Se interrumpió. Los ojos le brillaban en la oscuridad—. Esto es muy duro.

Sentí que un círculo se apretaba en torno de nosotros, acercándonos.

—¿Qué puedo hacer, Cal? Está mejorando. No quisiera hacer nada que pudiera…

—¿No le amas, verdad?

—No.

Un fuego se encendía en mí.

—¿Y nunca podrás amarlo?

—Nunca.

Con una confianza que nunca había sentido en la vida, una confianza como la de mi madre, rápida y segura, tomé del brazo a Dora y la conduje hacia la bahía. No hablamos hasta llegar al borde del agua.

—No quiero hacerle daño, Cal —dijo Dora.

—Sé que es así.

—No sé qué hacer.

—Quizá no puedas hacer nada.

—No quería que William...

—No puedes evitar el hecho de que no lo amas, Dora. No se puede escoger a quién se ama. Tampoco puede Billy. Él no pudo evitar enamorarse de ti. —La miré cara a cara. Tiré la toalla, y contuve el aliento—. Tampoco puedo yo.

Me miró como ninguna mujer me ha mirado.

—Cal.

Le brillaban los ojos. Y supe.

—Dora —susurré.

Una ola me empujó hacia delante. La estreché en los brazos.

Fue un beso como nunca había experimentado, y mientras duró sentí que nuestros cuerpos fluían con suavidad uno en el otro, y había una quietud alrededor, perfecta e intacta, con sólo el vaivén de las algas marinas y el sonido distante de unas olas, que sugería que nada existía además del círculo de nuestros brazos. Y pensé que así debieron de ser las cosas con el primero de todos los besos, con sólo el amor inmóvil en el mundo que gira y gira, y todo lo demás un torbellino y un caos, nuestra única esperanza esta entrega completa.

Cuando habló, su voz era apenas audible sobre el viento en los juncos, pero su misma suavidad contenía un mensaje terrible.

—William.

—Ya sé.

—No podemos hacer esto, Cal.

La sostuve con fuerza.

—Podemos hacer cualquier cosa.

—Es tu hermano.

—No me importa.

—William —repitió, esta vez enfáticamente—. William.

La interrumpí con un beso. Caímos sobre la arena, mi cuerpo la apretaba sintiendo la misma necesidad del suyo, una sensación de devorar y ser devorado al mismo tiempo.

Finalmente me apartó.

—No —alcanzó a decir—. No puedo. —Empezó a levantarse, pero le cogí la mano—. Tenemos que hallar un modo.

Se soltó de mi mano y se puso de pie. Esperaba que huyera en la noche como esas heroínas febriles que amaba mi madre. Pero se quedó inmóvil, con la sorpresa en los ojos porque el amor hubiera llegado a ella por un camino tan inesperado.

—Nunca creí que algo así me pudiera…

Empecé a levantarme.

Alzó la mano para detenerme.

—Mañana —dijo, y se volvió y se marchó a grandes pasos.

Me embargó una felicidad increíble.

Y pensé: *Es mía.*

Seguía flotando en los restos de esa felicidad cuando llegué a casa de mi hermano la mañana siguiente.

Estaba sentado en la cama, con la misma ropa de la noche anterior. Tenía abierto sobre las rodillas uno de los libros de contabilidad, y los otros dispersos aquí y allá en el cuarto, con algunas páginas marcadas y otras sujetas por un clip. Parecía un estudiante en plena preparación de un examen final, con la misma mirada cansada e inquieta.

—Algo está sucediendo, Cal —dijo.

—¿De qué me estás hablando?

—De algo extraño en el *Sentinel.* En los libros. Falta dinero.

—Tiene que ser algo menor.

Cerró el libro.

—Es verdad. Durante los últimos seis meses. Más y más cada mes. En efectivo. Sustraído.

Le miré atentamente, asombrado de que, incluso engañado como estaba, pudiera pensar que alguien del *Sentinel* le pudiera estar robando.

—Billy, escúchame —le dije lenta e intencionadamente—. No pensarás que alguien, en el *Sentinel*, podría…

Hizo un ademán, señalando la pila de papeles.

—Verifica tú mismo —dijo.

Me acerqué a la cama.

—No. Que Dora los controle.

Algo se encendió en sus ojos.

—¿Dora?

—¿No querías que fuera Dora?

—¿Por qué Dora?

—Bueno, ella hace los cheques, ¿o no?

—¿Cómo sabes eso? No te lo he dicho.

Le miré en silencio.

—¿Te lo dijo Dora? —preguntó.

—¿Por qué, era un secreto?

—¿Te lo dijo Dora? —repitió, ahora con énfasis.

—No.

—¿Y quién te lo dijo?

—Henry.

—¿Qué te dijo?

No quería dar a mi hermano el menor indicio de las sospechas de Henry.

—Nada especial. Sólo que estaba haciendo cheques. Que tú la habías…

Pareció genuinamente apenado por lo que me dijo enseguida.

—Estás mintiendo, Cal.

—¿Por qué te iba a mentir?

Me miró, desesperado.

—Tengo que confiar en ti, Cal.

—Puedes hacerlo.

—Tengo que confiar…

Se interrumpió, me miró desolado, como si entre todas sus heridas hubiera una última mucho peor.

—¿Y si ella fuera una ladrona?

Fingí una risa, pero sentí en ella mi propio temor desesperado.

—No seas ridículo.

Alzó los brazos, se llevó la palma de las manos a los costados de la cabeza y se apretó el cráneo.

—Tengo que confiar... en alguien.

Me acerqué a él y le quité las manos de la cabeza.

—No puede ser Dora —dije con fuerza—. Por Dios, Billy, mira como vive. ¿Qué haría con el dinero?

Parecía inmerso en una oscura confusión.

—Utilizarlo para marcharse. Quizá sea eso. Marcharse con... —Abrió todavía más los ojos—. Marcharse con otro.

—¿Con otro?

—Con otro hombre.

Sentí mis brazos alrededor de su cuerpo.

—¿Y qué te hace creer que hay otro hombre?

Me miró intensamente.

—Podría haber otro hombre, ¿o no, Cal? Podría haber otro.

Sabía que estaba esperando que le asegurara que en todo el mundo no había para Dora otro hombre que no fuera él. Pero sentí sus labios en los míos, su cuerpo en mis brazos; no podía hacer eso.

—Billy, estás...

Fue entonces cuando vi alzarse en su mente como una nube negra: *¿Eres tú?*

Mis ojos se apartaron de él y volvieron otra vez a él.

—Estoy seguro de que hay un error, Billy —dije—. Voy a revisar yo mismo los libros. Y te lo voy a demostrar. Que no falta nada. Nada en absoluto.

Permaneció mudo mientras yo reunía los libros, pero nunca dejó de mirarme ni sus ojos dejaron de hacer la terrible pregunta: *¿Eres tú?*

—Todo está bien, me puedes creer —le dije al levantar en brazos la pesada caja.

Su mirada me siguió por la habitación y mientras bajaba por la escalera, o así me pareció, y después por el patio, siempre a mi espalda, silenciosa, tan firme que semanas después, mientras avanzaba hacia la casa de Tom Shay en las montañas, la podía sentir todavía allí detrás.

23

El camino hacia la cabaña de Tom Shay atravesaba las montañas por una pista estrecha y escarpada excavada en la roca. Una pared de granito se alzaba a mi derecha, y a la izquierda podía ver la veloz corriente de un arroyo que serpenteaba blanco y espumante por piedras grises. De vez en cuando el rizo de un humo subía desde una cabaña de montaña, pero durante los aproximadamente cien kilómetros que ese día recorrí por las montañas, siguiendo las no muy exactas indicaciones de Hedda Locke, nunca vi un ser humano, y menos aún un perro o un gato.

Así que parecía que Shay había hecho lo que haría cualquier padre en vista de las circunstancias. Había llamado a su hija a las montañas, lejos del desierto y sus asociaciones de pesadilla, la mordedura del metal del puñal al rasgar la espalda. Y tan al interior de las montañas que parecía que el camino, a medida que se estrechaba, me iba construyendo una prisión.

Mientras conducía, sentí que me acercaba al final de todo esto, me encontré volviendo a los últimos días de mi hermano, dejando que las piezas encajaran, todo lo que había ocurrido desde que me marché de su casa en dirección al *Sentinel* con la caja de libros de contabilidad en brazos, hasta tres días después cuando entré a la cabaña de Dora y le encontré allí esperándome.

Henry Mason se volvió hacia mí cuando pasé por la puerta de las oficinas del periódico; los ojos le brillaban ansiosamente.

—Bueno, ¿todo en orden y ha quedado satisfecho William? —preguntó.

Deposité la caja de libros en su escritorio.

—No exactamente.

Me miró, alarmado.

—Sólo unos detalles —le dije.

No podía repetir las sospechas de mi hermano, implicar a Dora ni confirmar las serias dudas de Henry. Me volvieron sus palabras, las que dijo mientras estábamos sentados en la barbería de Ollie, *Extraña, inestable*; Dora ya era objeto de profunda inquietud.

Así que me oculté tras una mentira.

—Me pidió que viera los libros yo mismo. Que verificara unas cosas. Nada importante.

Esperaba no tener que dar más explicaciones, pero Henry no me dejaría ir tan fácilmente.

—Así que había problemas —dijo en tono indiferente.

—Unas cosillas —repetí, todavía sin ganas de entrar en detalles, convencido de que todo era una ilusión, algo que sólo existía en la mente atormentada de mi hermano, que Dora, fuera lo que fuera, además, revelara su pasado lo que revelara, no podía ser una ladrona.

Pero sabía que Henry dejaría de insistir cuando tuviera una presa.

—Puede que haya unos dineros sin contabilizar —le dije.

—¿Desde cuándo?

—Durante los últimos seis meses, más o menos.

—¿Los últimos seis meses?

—Sí.

Noté que su mente trabajaba en los detalles, moviéndose entre las imprecisas referencias que le había dado, ofreciéndole y enseguida descartándole diversas posibilidades.

—En este momento ni siquiera puedo asegurar que falte un centavo, Henry —le dije, como quien cubre sus huellas en el bosque.

Henry parecía anonadado.

—Es difícil de creer, Cal.

Para proteger a Dora, desplacé la culpa a mi hermano.

—Ya lo sé. Billy ha estado un poco raro últimamente. Me refiero a su cabeza. Desde el accidente.

Henry parecía capaz apenas de seguir respirando; estaba pálido, respiraba con gran dificultad.

—Pero Billy, seguramente, no creerá que alguien de aquí, del *Sentinel*, podría...

—No, por supuesto que no —le tranquilicé—. De ningún modo.

A pesar de mi esfuerzo, vi emerger el horrible pensamiento.

—Seis meses —dijo Henry, pensativo—. ¿No es cuando Dora...? —Se interrumpió y me miró interrogativamente—. ¿Podría ser Dora? —preguntó.

Me precipité a suprimir toda especulación de esa clase.

—Mira, Henry, quizá se trate de una gran equivocación. Quiero que me prometas que no dirás nada a nadie hasta que termine con esto.

Los ojos de Henry se convirtieron en líneas tenues.

—Dora. ¡Dios mío!

—No es una ladrona, Henry —le dije, cortante—. De ningún modo. Y no quiero que se vuelva a plantear esa pregunta. ¿Entendido? No quiero que se hable más del asunto.

Accedió, pero con reticencia.

—De acuerdo, Cal —dijo.

—Esto queda entre nosotros. Todo. Hasta que lo aclare.

Henry retrocedió, animal dócil y pequeño que se aleja de uno más grande y mucho más amenazante.

—Lo que tú digas, Cal.

—Hablaré contigo después que pueda ver los libros —le dije.

—Por supuesto —dijo Henry—. Pero lo vas a hacer.

—Me puedes creer, Henry. No hay nada en todo esto. Nada en absoluto. Todo este asunto es un gran error. Y acabará pronto.

—Estoy seguro —dijo Henry, ya tembloroso.

Pero no se acabó. Y durante el resto del día, cada vez que intenté sacarme la cosa de la cabeza, emergía el rostro de mi hermano, profundamente agraviado por haber tropezado con algo oscuro y terrible en Dora, con una deshonestidad que no había imaginado: toda su inocencia no parecía más que astucia inteligente.

Eso habría sido bastante. Pero sabía que Billy había vislumbrado algo más oscuro que el fraude de Dora. Una y otra vez le escuchaba decir *Otro hombre,* y después veía formarse la pregunta en sus ojos: *¿Eres tú?* Mucho más que el dinero faltante o incluso la posibilidad de que Dora, por razones que no conseguía imaginar, se lo hubiera quedado, su pregunta circulaba sin cesar por mi cabeza. Porque si bien mi hermano podía estar equivocado sobre los libros, sin duda tenía razón acerca de mí.

¿Eres tú?

No había sido una pregunta. Había sido una acusación fundada en pruebas que sólo Billy podía haber visto, algún intercambio de miradas o de palabras entre Dora y yo. Había presentido la traición, había sentido que le habían robado algo más que dinero.

Una y otra vez, sin cesar, revivía el beso que Dora y yo habíamos compartido junto a la bahía, la mirada de sus ojos cuando la estreché entre mis brazos. Mi hermano no podía haber visto nada ni escuchado una sola palabra de lo que habíamos dicho antes. Y, sin embargo, yo no podía eludir una triste conclusión: *Él lo sabe.*

Así pues, casi como una manera de distraerme de las fuerzas perturbadoras que se juntaban en mi interior y alrededor de mí, esa noche regresé al *Sentinel* cuando supe que ya no habría nadie allí.

Henry había devuelto los libros a su lugar en el mueble. Sentado ante el escritorio de Billy, los leí uno por uno, sus interminables líneas de cifras, con el rostro sin duda pálido y fantasmal a la luz amarilla de la lámpara. La prueba se fue acumulando con cada discrepancia insignificante, con unos cuantos dólares deducidos de un ingreso al contado o retirados para pagar una factura inexistente, y todo registrado con esa letra fracturada que no permitía dudar que la mano de Dora lo había hecho.

Era pasada la medianoche cuando terminé; una débil luminosidad se alzaba en el horizonte más allá de las ventanas. Dejé los libros en su lugar sobre el archivo de madera y salí a la niebla de la noche. Anduve hasta el rompeolas y desde allí contemplé bastante tiempo la isla MacAndrews y traté de ordenarme mentalmente, de hallar alguna clave para entender por qué lo había hecho.

Sabía que la confianza infantil de mi hermano lo había permitido, a lo cual se sumaba que era muy improbable que algún día fuera a revisar los libros de contabilidad con suficiente detalle para advertir que algo no calzaba. Dora tenía que haberlo comprendido así, por supuesto, y por lo tanto contaba con la seguridad de que nunca la descubrirían. Si no se hubiera roto ese pequeño engranaje en una máquina y hubiera marchado él a Portland para caer al regreso en una zanja y quedar con algo dislocado en la mente, estoy seguro de que nunca habría llegado a notar la menor falta.

Pero lo que más me impresionó esa larga noche fue lo poco que me importaba que Dora fuera una ladrona. Hasta intenté convencerme de que sus razones tenían que ser puras. La imaginé entregando el dinero, billete tras billete, a los hombres que vivían en la población miserable de la periferia, un ángel de misericordia la llamarían, enviado para que pudieran ponerse de pie. Era mera fantasía, por cierto, pero había caído por completo en un mundo de fantasía; no sentía nada más poderoso que el recuerdo de sus labios en los míos, y el placer arrebatador de su cuerpo en mis brazos. Decidí que haría cuanto pudiera por sentir de nuevo esa felicidad. Contemplé la bahía, silencioso e inexpresivo, la mole de la isla MacAndrews, imaginé a Dora de pie en su acantilado negro, sentí mi amor por ella golpearme cual ola hirviente, escuché su cálido susurro pronunciar: *Cualquier cosa*.

Abrió la puerta con cuidado.

—No deberías haber venido.

—Tenía que venir.

—Es muy tarde, más de medianoche. No estoy vestida.

—Tengo que hablar contigo, Dora.

—Espera un minuto.

Se cerró la puerta. Me quedé fuera, inmóvil en la completa oscuridad, hasta que se abrió otra vez.

Retrocedió, me observó entrar a la habitación, me siguió con la mirada mientras me acercaba al fuego y me giré para verla.

Vestía un largo traje oscuro y apenas se distinguían sus pies. El pelo, largo y desordenado, filamentos de oro, resplandecía a la luz del fuego.

—No puedo dejar de pensar en ti —dije—. En la playa. El modo como… —Sentí que todo en mí se volvía audaz y fuerte, de súbito armado de una única y apremiante verdad—. No puedo dejar que te vayas, Dora.

Movió la cabeza suavemente.

—Cal, por favor, hay algo que tú no sabes.

Vi su letra en los libros de contabilidad.

—No importa, Dora. —Me adelanté, la apreté en mis brazos, sentí que su cuerpo se tensaba—. No me importa lo que hayas hecho. Sólo me importas tú.

Se apartó de mi abrazo.

—No puedo, Cal.

—¿Por qué no?

Parecía incapaz de contestar, así que yo mismo respondí.

—Sé que no quieres dañar a Billy —dije.

Me miró, dolida.

—Ya le he hecho daño.

—No puedes evitar el amor.

No dijo nada, y entonces le pedí lo único que me importaba:

—Di que me amas.

—Te amo —dijo, y me tocó en la cara.

—¿Entonces?

Apartó la mano.

—No puedo.

—Puedes hacer lo que quieras.

—No —dijo Dora.

—No voy a permitir que él se interponga.

Le brillaron los ojos, y observé que una resolución terrible emergía de ella. Se acercó al fuego y se quedó allí, rígida, de pronto más de piedra que de carne.

—Mejor que te marches, Cal.

—No voy a renunciar a ti. Haré cualquier cosa, pero no renunciaré.

—¿No te importa a quién dañes?

—No.

Avancé otra vez, pero se apartó y enseguida abrió la puerta.

—Por favor, vete —dijo.

—Haré cualquier cosa —repetí al salir—. Recuerda eso.

—Adiós, Cal —dijo en un tono tan definitivo que giré sobre mí mismo, decidido a rectificarlo.

Pero la puerta ya estaba cerrada.

24

¿Y nunca volviste a ver a Dora?

Era la voz de Hap Ferguson, que me resonaba urgentemente en la cabeza mientras recorría los últimos kilómetros hacia la cabaña de Tom Shay. Me había llamado al día siguiente del funeral de mi hermano. Más tarde, mientras conversábamos en su oficina, a veces tomaba notas en la misma libreta donde una vez había escrito el nombre de Dora.

¿Y nunca volviste a ver a Dora?

No, nunca más.

Y durante ese último encuentro, ¿la señorita March no dijo nada acerca de marcharse de Port Alma?

No.

¿Sólo hablasteis de negocios?

Sí.

¿De que podría reemplazar a William?

Sólo hablamos de eso.

¿Dónde fuiste después de dejar su casa?

Regresé a casa caminando.

Escuché mis pasos sobre las hojas de otoño, andando por la acera, camino de casa.

¿Directamente a casa?

Sí.

Directamente a casa hasta que vi la luz en la habitación de mi madre.

¿Así que no viste a William esa noche?

No.

La puerta del cuarto de Emma estaba cerrada, como comprobé al subir hasta la entrada en sombras, pero Billy había dejado abierta la de la habitación de mi madre. Los vi a la luz, mi madre en la cama y Billy en una silla, a su lado. Estaba inclinado hacia delante, con el pelo desordenado y el rostro entre las manos. Mi madre le observaba en silencio, con una expresión tan seria que supe que le había contado todo, vaciado todo su amor por Dora, lo que de ella sabía y lo que ignoraba, sus mayores esperanzas y sus temores más oscuros. Y después habría hundido el rostro en las manos, a la espera de que el Gran Ejemplo señalara el camino.

Permaneció callada un rato, con los ojos inmóviles, sopesando el asunto, tratando de decidir lo que debía hacer su hijo: o seguir su corazón sin que importaran los peligros e incertidumbres del camino, o elegir el sendero desapasionado y dejar atrás a su único amor verdadero. Entonces hizo un gran esfuerzo y alzó la mano, se quitó el anillo de oro que su propia madre le había dado muchos años antes y se lo dio a mi hermano, alzada la cabeza, decidida, tan segura como siempre había estado de que el corazón sabe elegir lo mejor.

—Para Dora —dijo.

Billy se inclinó, la besó en la mejilla y cogió el anillo. Tomó el bastón, que había apoyado en la cama, se puso de pie. El asunto estaba definitivamente resuelto.

Cuando se volvió para retirarse, yo ya me había marchado.

¿Qué hiciste al llegar a casa?

Nada.

¿Y te quedaste allí el resto de la noche?

Sí.

¿Y la mañana siguiente?

Fui a ver a mi hermano.

Esa noche y la mañana siguiente reviví la escena que había presenciado la noche anterior en la habitación de mi madre. No dudaba de que Billy haría exactamente lo que ella le había aconsejado. Avanzaría con su corazón en ristre, apoyado en su don más profundo, en la confianza que tenía en la vida, en la honda e insuperable naturaleza de su amor. También sabía que una vez que enfrentara a Dora, ella no tendría más opción que abandonar Port Alma. Entonces nada que yo dijera o hiciera la disuadiría de hacerlo. Así que la única pregunta que me hacía a mí mismo esa mañana mientras me dirigía a casa de mi hermano era qué hacer para detenerlo y, de conseguirlo, ganar el tiempo que necesitaba para convencer a Dora de que podíamos vivir juntos, perdonarnos, y mi voz no sería ya la de un abogado al decir eso, calmosa y razonable, sino que estaría cargada de pasión ardiente.

¿Ibas donde William por una razón particular?

No.

Incluso mientras recordaba las mentiras que dije a Hap ese día, lo que le había ocultado, no conseguía imaginar cómo había sucedido todo, la torturada historia que me había llevado hasta este camino de montaña por donde viajaba ahora con la vida reducida a un solo objetivo: *Encontrarla.*

Sabía que me estaba acercando a ella, el camino se angostaba, se aproximaba a la vía muerta que Hedda Locke me había descrito. El refugio de montaña de Tom Shay estaba a pocos kilómetros de distancia. Pero con cada kilómetro sentía crecer en mí una ineludible desesperación, un hambre voraz, quería recordar todo lo ocurrido para poder calzarlo después con cuanto me dijera Dora y de este modo adecuarlo con mi propio sentido de las cosas, y así alcanzar finalmente el centro de la red en que me balanceaba.

¿Así que sencillamente decidiste pasar por casa de William?

Sí.

¿Era sábado?

Sí.

El día que murió.

Sí.

¿Mencionaste a William que habías visto a Dora la noche anterior?

El rostro de Hap me apareció otra vez, con los ojos cerrándose lentamente mientras se reclinaba en su silla y se rascaba suavemente la oreja derecha.

No.

¿Por qué no?

Estaba raro. No quería perturbarlo.

¿Raro?

Parecía… entusiasmado.

¿Entusiasmado? ¿Por qué?

Porque se estaba recuperando, supongo.

¿Qué aspecto tenía?

El mismo de mi madre. La misma expresión en la cara.

¿Qué me quieres decir?

Completamente seguro de sí.

Se abrió una puerta, tal como aquella tarde, y vi a Billy sentado junto al fuego, con la mirada llena de certidumbre. Toda confusión y duda habían desaparecido. Ningún hombre, antes o después, ha renacido tanto.

—Me alegro de que vinieras, Cal —dijo, con la voz en calma—. Quería decirte que he cometido un error.

—¿Error?

—Sobre el dinero. No falta nada. Ni un centavo. —Agarró el bastón y se puso de pie con gracia, con un solo empujón—. Así que no es necesario que revises esos libros. Están perfectamente en orden.

No había errores, por supuesto. Billy había sencillamente decidido cegarse para siempre ante cualquier oscuridad que avizorara en Dora, sin duda advirtiendo lo que todos terminamos por advertir, que sólo podemos amar si optamos por no ver.

Se acercó a la ventana y corrió las cortinas.

—¿No has hablado con ella, verdad?

—¿Con Dora? ¿Sobre los libros? No.

—No me refiero a los libros.

—¿Sobre qué entonces?

Soltó las cortinas, pero no me miró.

—Sobre mí —dijo en voz baja.

Sentí sus labios tocar los míos, escuché otra vez nuestros férvidos susurros.

—No he hablado de nada con Dora —mentí.

Se volvió y me miró.

—Qué bien. Porque he decidido hacerlo yo mismo. Decirle lo que siento. —Su voz adquirió una certidumbre total—. No habría superado esto sin ella, Cal. He estado pensando en todo lo que ha hecho por mí. Mientras estaba herido, enfermo, o como quieras llamarlo. En cualquier caso, se me aclaró de pronto. Lo que verdaderamente es el amor. —Le brillaban los ojos, volvía a ser un caballero con la espada dispuesta—. Es el sacrificio, Cal. Es cuanto estás dispuesto a sacrificar de lo que deseas por las necesidades de otra persona. Eso es lo que siento por Dora. Por eso sé cómo tengo que hacerlo. Ofrecerme yo mismo. Todo. Ahora.

Empecé a hablar, para decirle la horrible verdad, que todo era una ilusión, que Dora no le amaba, que nunca podría amarle. Pero alzó la mano para callarme.

—Ya sé que no crees en nada de esto, Cal. Nunca lo has creído. Pero no importa. Esto es sólo entre Dora y yo.

Escuché mi pregunta: *¿Le amas?*

Y después su respuesta: *No.*

Otra vez empecé a hablar, pero otra vez mi hermano me detuvo.

—Estoy decidido, Cal. —Sus ojos resplandecían anticipando la escena—. Pero primero le quiero mostrar que estoy mejor de lo que cree. Que puedo conducir, caminar, que casi estoy como nuevo.

Dejó a un lado el bastón, se tambaleó ligeramente, con los brazos extendidos.

Me adelanté.

—Cuidado.

Me apartó con un gesto.

—Observa —ordenó.

Y se volvió y anduvo de un lado al otro por el cuarto. Fue un esfuerzo arduo, doloroso, hecho por amor y voluntad solamente.

—¿Bastante bien, eh? —preguntó, sin aliento, mientras se dejaba caer en una silla.

—Muy bien —repliqué, con la voz extrañamente insegura.

Parecía alzarse en una ola victoriosa.

—Dora me salvó, Cal. Me estaba ahogando. Lo sentía así. No podía respirar. Había algo en mi mente que no podía respirar. Pero ella me salvó.

Trató de levantarse de nuevo.

—Un favor, Cal. Un gran favor.

Las palabras me surgieron, vacías:

—Cualquier cosa —dije.

¿Quería que lo llevaras a Fox Creek?

Sí.

¿E hiciste eso?

Sí, lo llevé.

¿Por qué no condujo él mismo? Ya habían reparado su coche, ¿verdad?

Sí. Pero quería que yo fuera con él. Lo habíamos hecho muchas veces. Ir a Fox Creek.

¿Y por qué quería ir precisamente a Fox Creek?

Porque había seleccionado el lugar.

¿Seleccionado?

Seleccionado el lugar para llevar a Dora. El lugar donde pensaba pedirle que se casara con él. La iba a llevar allí, pasear con ella por el arroyo tal como mi padre lo había hecho con mi madre. Quería practicar la caminata. Para no tropezar.

¿Y necesitaba que lo ayudaras?

Sí.

Llegamos a Fox Creek poco después de las diez de la mañana. Billy se las había arreglado para conducir él mismo, instalado al volante de mi coche. Había dejado el bastón en el asiento trasero, pero no lo cogió cuando llegamos. Se bajó, en cambio, sin ayuda y se quedó de pie, evidentemente complacido consigo mismo, mirando primero la abandonada cabaña de mi madre y después hacia el agua.

—Éste es el lugar para hacerlo, ¿no te parece, Cal?

—Supongo que sí —contesté sin expresión.

Me miró con afecto fraternal.

—¿Te sientes bien?

—Estoy bien.

—Estás muy callado.

—A veces soy así.

—¿Pasa algo malo?

—No.

Volvió a mirar la cabaña, perdido en sus pensamientos por un momento, y después regresó a mí y me dijo:

—Dos hijos. Me gustaría que tuviéramos dos hijos. Dora y yo. Dos varones. Como nosotros, Cal. Hermanos.

Dicho lo cual, se encaminó hacia las aguas del arroyo Creek, vacilando un poco, pero ganando confianza paso a paso por la tierra fría y cubierta de hojas.

Le seguía, observando cómo avanzaba con alguna dificultad. Un viento bastante fuerte nos azotaba, pero de ningún modo apartaba a Billy de su objetivo. Iba hacia el puente que describía un arco sobre el arroyo y, mientras me movía en silencio tras él, con las manos hundidas en los bolsillos del abrigo y la cabeza contra el viento, supe que precisamente en ese punto pretendía abrir su corazón a Dora, pedirle que se casara con él; tal como nuestro padre se lo pidió a mamá.

Llegó hasta el puente y subió con mayor facilidad que la que yo esperaba. Se aferraba de la baranda de madera y contemplaba la corriente; parecía indudablemente renovado y fortalecido, una figura fuerte y decidida, audaz, ennoblecida por el amor.

—No me dirá que no, Cal —declaró.

No dije nada, pero me mantuve en el extremo del puente, apoyado en esa baranda oscilante e inestable.

—Ven aquí —me dijo como jugando—. Ponte a mi lado. Como cuando éramos niños.

Vacilé, pero me volvió a llamar.

—A mi lado, Cal —repitió—. Mi padrino.

Subí por el puente sin mucho entusiasmo, mientras sentía crujir las viejas maderas. Me detuve justo detrás de mi hermano. Los dos estábamos sobre la oscura corriente, mirando un remolino de hojas empapadas que giraban enloquecidas bajo nosotros.

—Nunca la dejaré marcharse —dijo—. Nunca renunciaré a ella. No importa qué me diga mañana.

Una ráfaga de viento nos golpeó de repente y Billy se tambaleó como si le empujaran por detrás. El viento lo presionaba contra la vieja baranda de madera que, advertí, cedía peligrosamente por el peso, así que mi hermano parecía efectuar una lenta y deliberada reverencia en dirección al agua negra, que al parecer le urgía a su turbulenta hondura.

—Dios mío —dijo, y se apartó con un movimiento rápido y una risa nerviosa. Se separó de la baranda, me agarró de la mano y la sostuvo con fuerza—. Creí que me iba al infierno.

Nos azotó otra ráfaga, pero ya se había recuperado. Se apartó, caminando, de la baranda, y alzó la vista hacia las nubes.

—Dicen que habrá tormenta esta tarde. Puede ser lluvia. Puede ser nieve.

Aproveché la última oportunidad.

—En cualquier caso tendrás que esperar que pase antes de traer aquí a Dora —le dije.

Billy avanzaba y se movía por el puente con sorprendente rapidez y agilidad.

—No, no voy a esperar. Ya esperé bastante.

Ya había vuelto al coche y se había instalado tras el volante cuando añadió:

—Pase lo que pase, Cal, lo voy a hacer mañana.

Regresamos a Port Alma, y ahora, entusiasmado por cómo se las había arreglado la hora anterior, Billy se negó a que le acompañara a su casa.

—Me parece que ya no voy a necesitar tanta ayuda —me dijo, confiado, y sonrió—. Gracias por todo —agregó—. Creo que he sido bastante difícil últimamente.

No me molesté en esperar que llegara a la puerta, pero sencillamente me puse al volante y me marché. Por el retrovisor le vi luchar con los escalones y con el viento que le azotaba el abrigo. Al llegar arriba hizo una pausa y respiró profundamente. Y de inmediato, con el valor que siempre mostró ante la vida, se impulsó otra vez y continuó.

¿Y eso es todo lo que sabes del último día de William?

Sí.

¿No lo volviste a ver hasta varias horas después?

Cuando lo encontré.

Ya muerto.

Vi mentalmente los ojos de mi hermano clavados en los míos y escuché una vez más su angustiada pregunta: *¿Cal?*

¿Cal? ¿Ya estaba muerto cuando lo encontraste?
Sí. Ya estaba muerto.

Recuerdo que el rostro de Hap, con mi última respuesta, adoptó una expresión de profunda simpatía por lo que yo había sufrido, por la honda y perdurable naturaleza de mi pérdida.

La casa de Tom Shay era algo distinta a las pocas que había visto al pasar, una cabaña de montaña, de troncos, con techo de zinc ondulado. Había un pozo de piedra casi en el centro del patio, cubierto con una plancha de madera contrachapada, y un cubo de madera colgaba encima, suspendido de una gruesa cuerda gris. A la izquierda había un establo pequeño y un corral, ambos aparentemente vacíos, y un destartalado cobertizo. Una vieja silla de montar descansaba sobre la verja de hierro, junto con un par de riendas y unas bridas.

El aire era claro y fresco, pero sólo podía apreciar la pesadez de las cosas, la fatiga de la larga búsqueda, todo lo que me había empujado tan lejos de casa.

Caminé hacia la cabaña. Me detuve casi de inmediato al abrirse la puerta y salir un hombre al portal. Vestía una camisa de franela y pantalones azul oscuro. Tenía las botas polvorientas pero limpias de barro, y advertí que se las había raspado contra los peldaños antes de entrar. Una larga cabellera de brillante pelo blanco le caía sobre los hombros. Le daba el aspecto formidable e imponente de un patriarca de algún relato del Antiguo Testamento.

—¿Le puedo ayudar en algo, señor? —dijo.

—Me llamo Chase. He venido a ver a su hija.

El rostro de Dora emergió en mi mente, sostenido por mis manos.

—¿Mi hija?

Me miraba con dureza.

—Catherine —dije—. Catherine Shay.

Permaneció en silencio, alerta, como animal que observa a otro que se acerca a su madriguera.

—Catherine no ve a nadie —dijo.

—A mí me verá —le dije.

Avanzó hasta el borde del portal, alto, poderoso, dispuesto a hacer cualquier cosa para proteger a su hija.

—¿Por qué? ¿Acaso le está esperando?

No podía estar seguro. Quizás, incluso al huir, Dora sabía que yo la seguiría, que la encontraría. Así que dije:

—No lo sé. Quizá.

—¿Por qué quiere verla? —preguntó Shay.

¿Cómo podía contestar a esa pregunta? Me protegí con mi truco habitual, mostré mi disfraz oficial.

—Soy de la oficina del fiscal del distrito —dije.

Shay se desinfló de pronto. Me miró con resignación, como si hubiera estado esperando esa visita. Recordé la observación del sheriff Vernon: *Ha tenido algunos problemas con la ley.*

—¿Qué ha hecho? —preguntó Shay—. ¿Ha robado algo?

No respondí. Me limité a mirarlo.

—Sea lo que sea, yo lo pagaré —me aseguró—. Cada centavo. Siempre lo he hecho. Puede preguntar a cualquiera. Siempre he reparado lo que ha hecho. —Bajó del portal y se acercó con lentitud, ahora extrañamente a mis órdenes, pidiéndome que fuera amable con su hija—. No es responsable, señor Chase. Eso empezó después de lo que le ocurrió. —Se quedó callado, sin ganas de continuar y volver a describir a una niña acurrucada en la oscuridad y observando un haz de luz amarilla acercársele y un rostro que escudriñaba detrás de esa luz y después se inclinaba cuchillo en mano.

»¿Sabe lo que le ocurrió? —preguntó.

—Sí.

—Bueno, entonces empezó todo —dijo Shay—. La gente a veces reacciona así. Eso dijeron los médicos. Algo les sucede y empiezan a hacer cosas que nunca habían hecho. Cosas malas. Robar…

—No se trata de dinero —le dije.

—¿De qué entonces? ¿De qué se trata?

De súbito se desvanecieron todos los días transcurridos desde la muerte de mi hermano. Sentí mi pie en el acelerador, escuché el roce rítmico de los limpiaparabrisas, el violento golpeteo de la lluvia mientras corría a casa de Dora, tan desesperadamente urgido que todo se me borraba alrededor, el pueblo donde yo había nacido, las colinas, el mar, todo se me disolvía en una niebla insustancial, y mi único pensamiento era, en ese último día, llegar antes que Billy donde Dora, reclamarla para mí.

—¿Qué ha hecho Catherine? —preguntaba Shay.

Apareció la cabaña de Dora, y allí estaba, estacionado en el sendero inundado, el coche de Billy, azotado por el viento, con hojas dispersas sobre el techo y el motor. Había actuado impulsivamente, me di cuenta enseguida, incapaz de esperar hasta el día siguiente o que el tiempo mejorara en Fox Creek, el lugar perfecto para hablar con ella. Había decidido obtenerla entonces, en ese mismo momento. Lo imaginé ante ella, exponiendo su amor, tan puro y noble en ese instante de su vida que difícilmente se lo podría rechazar, un caballero de rodillas ante su dama, a la espera de la lenta caída del pañuelo blanco.

—¿Qué ha hecho Catherine que le obligó a viajar tanto?

La puerta había crujido al entrar yo a la cabaña. Una luz difusa inundaba todo. Así que no vi nada, sólo escuchaba la lluvia que resonaba en todas partes, y la llamé entonces por su nombre, *Dora*.

—Escapó —le dije a Shay.

La vi corriendo entre los arbustos, hacia la carretera donde Henry Mason acabaría viéndola, empapada y temblorosa, y le ofrecería llevarla a la terminal de autobuses de Port Alma.

Shay me miró e inquirió:

—¿De qué se trata todo esto?

—Un asesinato —dije.

La gravedad de la palabra pareció golpearle como una piedra.

—¿Un asesinato? Es imposible que Catherine se vea envuelta en un asesinato.

Un puñal me brilló en la mente. La voz me salió dura.

—Que ella me lo diga.

Asintió con fuerza, con la fe de un padre en que su hija está libre de culpa, que no puede haber hecho cualquier cosa que digan que ha hecho; el amor le cegaba los ojos.

—De acuerdo —dijo—. Vamos.

Le seguí alrededor de la casa hasta donde la vi sentada en una piedra gris, de cara al lago de montaña que se extendía ante ella reflejando el cielo.

—Catherine —la llamó Shay en voz alta mientras nos acercábamos pisando una alfombra de espesa hierba verde.

Se estremeció, empezó a volverse. Su pelo largo, rubio, resplandecía a la luz del sol.

—Todavía tiene pesadillas horribles —me dijo Shay cuando estábamos casi junto a ella—. Pero no acerca de ese hombre. Siempre sobre esa niña. La que la sostenía en el suelo.

Pude ver entonces el rostro de Catherine, su mirada desconcertada, la absoluta falta de reconocimiento, contemplando a un hombre que caminaba con su padre, un hombre que nunca había visto.

—Recuerda siempre esos ojos verdes —agregó Shay—. Que parecían muertos.

Me detuve, vi esos ojos en la sombra de su cabaña, y sentí entonces la hoja del puñal que penetraba en mis propias costillas, no en las de mi hermano.

—A veces creo que Catherine estaba huyendo de esa niña más que de Cash.

Escuché la voz de Dora resonar en mi memoria: *Hay algo que no conoces.* Y susurré entonces por fin su verdadero nombre: *Irene.*

25

El largo pelo rubio y las trenzas le oscurecían la cara en la fotografía del periódico. Y, sin embargo, mirándola de cerca y atentamente, pude discernir a Dora, como el diseño original que reaparece en un lienzo sobre el cual se ha vuelto a pintar, en el rostro salvaje y demacrado de Judith Irene Dement. La leyenda bajo la fotografía entregaba los hechos: *Adolescente acusada en el asesinato de la familia Dayton.*

—Irene tenía trece años —dijo Shay, y me quitó la fotografía de la mano—. No era mucho más que una niña. —Devolvió la fotografía al triste archivo donde la había guardado hacía años—. No sabían qué hacer con ella. Demasiado joven para la cárcel, pero no podían dejarla ir así sin más. —Cerró el archivo—. Finalmente la entregaron a las monjas.

—¿Las monjas?

—Las Hermanas de la Caridad —contestó Shay—. Tienen un hogar para niñas cerca de Lobo City. Dijeron que se llevaron a Irene y que la dejarían allí hasta que cumpliera la sentencia. El juez la condenó a quince años. Y había tres muertos. —Miró hacia donde estaba sentada Catherine, al extremo de la cabaña, observando algo, sin expresión, por la ventana—. Y otra medio muerta. Y todo lo que impusieron a Irene fueron quince años. En un convento. ¿Qué le parece? Ni siquiera en la cárcel.

Durante todo el tiempo que Dora estuvo en Port Alma, sólo me entregó una clave. *Creo que conozco tu secreto.* Me había mirado con indudable temor hasta que añadí, *Eres católica.* Era lo único que había acertado en ella, la única verdad que había deducido de la nube que la rodeaba y ocultaba.

Shay guardó el archivo en el cajón de su escritorio y lo cerró con llave.

—Pero esto es bueno para usted, supongo.

—¿Qué me quiere decir?

—Por su búsqueda. Porque si alguien sabe dónde está Irene Dement son las hermanas.

Me acompañó al coche pocos minutos después. Catherine nos siguió, observando sin expresión mientras me instalaba al volante, sin decir nada, inmóvil y para siempre dañada. Me fui rápidamente.

Fueron unos ochenta kilómetros de regreso por la carretera llena de curvas de la montaña que me había llevado donde Catherine Shay y después otra vez por el desierto. Atravesé Lobo City, pasé ante la tienda de cosas usadas que las monjas tenían en la polvorienta calle principal y avancé enseguida por una calle estrecha, de grava, hasta una plaza circular donde se alzaban las altas puertas de encina del Hogar de Niñas de las Hermanas de la Caridad.

Abrieron a mi primer golpe. Una mujer muy pequeña me contempló, vestida con el hábito completo.

—Soy la hermana Colleen —dijo—. ¿Le puedo ayudar?

—Me llamo Calvin Chase. Estoy buscando a Irene Dement.

A la hermana Colleen pareció sorprenderle que, en vista de mi desarrapado estado, no pidiera trabajo o comida.

—¿Le puedo decir a la madre superiora por qué está buscando usted a Irene, señor Chase?

Adopté mi postura oficial.

—Se trata de un asunto legal.

Se oscurecieron los ojos de la hermana Colleen.

—Ya veo.

Retrocedió desde la puerta.

—Sígame, por favor.

Fui tras ella, primero a un sencillo vestíbulo y después por un pasillo sin adornos, y finalmente atravesé un gran pórtico de madera y una columnata con arcos. Al final había un jardín arenoso, sofocante, con cactus y rosas del desierto.

—Espere aquí, por favor —me dijo la hermana Colleen, me señaló un banco de piedra y desapareció por uno de los pasillos.

Me senté, dejando que mis ojos recorrieran la columnata, siguieran el extrañamente tranquilizador alzarse y caer de los arcos, suave como olas lentas, recordando lo que Dora me dijo que más deseaba en la vida, *paz*, tratando de imaginar cómo podía esperar conseguirla después de un pasado asesino y una vida escapando. O quizá nunca había deseado algo así y ese sentimiento era por entero falso, sólo parte de un elaborado disfraz.

Al cabo de un momento sentí pasos, me volví y vi una figura que se movía bajo los arcos, una mujer mayor, de hábito completo, con un rosario que le colgaba del cinto.

—Señor Chase —dijo apenas estuvo cerca.

Asentí.

—Soy la madre Pauline.

Se sentó a mi lado, juntó las manos y las dejó en el regazo.

—Me han dicho que viene por Irene Dement.

—Cuando la conocí se llamaba Dora March.

El nombre falso no pareció sorprenderla.

—Nunca mencionó a los Dayton, por supuesto —agregué.

Los dedos de la madre Pauline tocaban el rosario.

—La gente hace cosas malas, señor Chase.

Vi a mi hermano, una ruina sangrienta.

—Sí.

—Y también le hacen a la gente cosas malas —dijo la madre Pauline—. Me refiero a Irene. A lo que le hicieron.

Escuché la voz de mi hermano muerto. *Algo le ocurrió, Cal. Algo le sucedió a Dora.*

—Ella no fue esa noche al rancho Dayton porque quisiera, señor Chase —decía la madre Pauline—. La habían abandonado. Años antes. Su padre. La dejó en el desierto con sólo unas migajas para comer. Y cuando se acabaron empezó a buscar comida como un animal. Comía todo lo que podía encontrar. Sólo tenía ocho años.

Se me presentó mentalmente como una niñita que escudriñaba

el desierto vacío, vestida con un traje roto, abandonada, viviendo como la niña salvaje cuyo nombre había adoptado más tarde.

—Así que se puede imaginar lo que sintió cuando vio a un hombre que venía del desierto —agregó la madre Pauline—. Lo aliviada que debió sentirse. Alguien que la ayudaría, que se ocuparía de ella, que quizá la querría.

La advertencia de Dora me resonó en la mente. *Cuidado, Cal. Cuidado con necesitar demasiado el amor.*

—Era Adrian Cash —dijo la madre Pauline.

En una de las fotografías del archivo de Tom Shay se le veía flaco, alto, con la locura saltando como fuego de sus ojos.

—Cash había vivido en las montañas —continuó la madre Pauline—. Le dijo a Irene que una voz le había dicho dónde estaba y que él debía ocuparse de ella. Vivieron juntos cinco años, y al principio no le hizo daño. —La voz se le endureció y se volvió un murmullo—. Pero la voz le volvió a hablar. Es obvio que le dijo que había que enseñar a la niña. Y después él le hizo cosas terribles a Irene. Para purificarla, decía.

La puerta del dormitorio se abrió y dejó ver una silla llena de almohadones y una cama sin colchón.

—Cosas terribles —murmuró otra vez la madre Pauline.

Cayó la bata roja y reveló un entrecruzamiento de cicatrices blancas.

—Tenía trece años cuando Cash decidió que ya era suficiente con tanto desierto —continuó la madre Pauline—. Así que sencillamente salieron de él. Tardaron dos días. No buscaban el rancho Dayton. Sólo fue el primer lugar con que toparon.

Parpadearon las luces del rancho Dayton en mi cabeza. Y Cash que disminuía el paso a medida que se acercaba, empujando a Irene adelante. *Diles que tienes hambre. Pídeles comida.*

—Usted ya sabe lo que ocurrió cuando llegaron —decía la madre Pauline.

Vi a Catherine Shay apretada contra el suelo de madera, y a un hombre y a una adolescente mirándola, a Irene Dement con muertos ojos verdes a las órdenes de Adrian Cash. *Tenla en el suelo, levántale la blusa.*

—¿Pero sabe lo que Irene le dijo a Catherine Shay? —preguntó la madre Pauline.

—¿Le dijo?

—Justo antes de que Cash la apuñalara, Irene se inclinó sobre ella y le susurró al oído: «No te va a doler». Eso le dijo. —La madre Pauline sonreía apenas—. No había malicia en su corazón, señor Chase. Por eso floreció aquí.

Miré un momento el jardín. Imaginé que si Dora se hubiera mantenido a un continente de distancia de los acantilados de Maine, todavía estaría yo con mis putas y mi hermano aún soñaría con su único amor verdadero.

—¿Cuándo se marchó? —pregunté.

—Hace poco más de un año —respondió la madre Pauline. Me observó un momento, como tratando de precisar algo que estaba pensando. Y dijo—: Los amaba a ustedes dos, ya lo sabe. —Me miró atentamente—. A usted y a su hermano William.

La miré, asombrado.

—¿Ha hablado con ella desde que…?

—Sí.

—¿Y sabe dónde está?

La madre Pauline se levantó, me indicó la columnata a la derecha.

—Allí —dijo, se volvió y se marchó.

Estaba de pie bajo los arcos, vestida con un sencillo traje blanco; se había cortado el pelo y en la mano llevaba sus gafas de montura dorada.

—Hola, Cal —dijo, salió de las sombras y se me acercó.

Los labios se me entreabrieron, en silencio, mientras la observaba avanzar por la columnata hasta que estuvo a mi lado.

—No quería marcharme de Port Alma así como me fui, Cal —dijo. Se sentó a mi lado—. Sin hablarte. Quiero decir cara a cara. —Por un instante pareció desconcertada, sin saber cómo continuar—. Pero tenía miedo.

—¿De qué?

—De todo —dijo.

—¿De mí?

—De ti, sí. Y de William. —Sacudió la cabeza—. Pero sobre todo de mí misma.

—¿Qué sucedió, Dora?

La pregunta pareció soltar una ola en ella.

—No se me ocurría ninguna salida, Cal. Tan simple como eso. No quería hacer daño a nadie. Ni a ti ni a William. No podía estar con ninguno de los dos. Sólo podía marcharme.

Vi el anillo de oro en el suelo de su cabaña, las rosas empapadas de sangre, imaginé a Billy lanzándolas al suelo en un súbito impulso de amargo desencanto.

—Te pidió que te casaras con él.

—Iba a hacerlo. Por eso no pude encararlo.

—¿Encararlo? ¿Acaso no viste a William el día que tú te marchaste?

—No —respondió—. La noche antes me dijo que quería que fuéramos juntos a Fox Creek dentro de un par de días. Y de pronto me dijo: «Mañana. Mañana te vengo a buscar». Entonces supe que iba a... Y yo no podía, Cal. Como puse en la carta, sencillamente...

—¿Qué carta?

—La carta que dejé.

Su cabaña vacía me reapareció en la mente.

—¿Dónde dejaste esa carta?

—Se la di al señor Mason —dijo Dora—. Me encontré con él en la oficina cuando pasé por ahí camino del autobús.

—¿Henry estaba en la oficina un domingo por la tarde?

—Sí, estaba allí. Revisando los libros de contabilidad.

Una sombra oscura se iba formando en mi cabeza.

—¿Le dijiste que te marchabas de Port Alma? —pregunté.

—Sí —dijo Dora—. Y que William iría a mi casa esa tarde. Entonces le entregué la carta. Para que se la diera a William.

Vi la mano de Henry Mason coger la carta de Dora, guardarla en silencio mientras ella se volvía y se encaminaba a la puerta.

—Estaba lloviendo —agregó—. Se ofreció a llevarme a la terminal de autobuses.

—¿Le explicaste a Henry lo que decía la carta? —pregunté.

—No.

Me miraba, desconcertada.

—¿Nunca le entregó mi carta a William?

—No —respondí en voz baja, y ahora la sombra se alzaba oscura y siniestra, como algo de las más confusas profundidades—. No, nunca se la entregó.

Y en ese instante emergió esa forma sombría a la superficie. Vi a Henry en su coche, observando, entre los árboles y la lluvia, a Billy que llegaba a la cabaña de Dora con rosas y el anillo, a sabiendas de que ella ya se había marchado y que, sin la carta que le había dejado, mi hermano jamás sabría adónde había ido ni tendría modo de encontrarla. A esas alturas sin duda había organizado una mentira que pensó que Billy creería, que Dora le había traicionado, robado y escapado, que nunca, nunca le había amado, un relato al cual Billy sólo podía haber respondido con las palabras que Betty Gaines había escuchado al pasar frente a la casa de Dora: *No digas eso. No lo creo. No es verdad.*

Y entonces el momento de la terrible revelación: *¡Eres tú!*

Podía sentir la angustia que se apoderaría de mi hermano, y después la rabia que le habría hecho adelantarse, violento y furibundo, y a Henry, aturdido porque su plan había resultado tan desesperadamente frustrado, retrocediendo, tropezando, a través de la cocina, moviendo las manos, encontrando en plena retirada y presa del pánico un largo cuchillo de cocina, sin aliento, acezante, rogando a mi hermano que por favor, por favor le creyera, y decidido a hacer lo que tenía que hacer si no le creía.

—Billy —dije, perdido ahora en la memoria, corriendo a casa de Dora, conduciendo a través de la lluvia, escuchando el pesado roce de los limpiaparabrisas, alto y rítmico, como si el automóvil mismo hubiera cobrado vida y su corazón de metal latiera tan urgentemente como el mío.

La voz de Dora fue muy suave.

—Nunca quise hacerle daño, Cal. Y no podía permitir que tú se lo hicieras.

La puerta se abrió de par en par y allí estaba, tirado de espaldas, una mancha de sangre sobre la camisa blanca, una mano alzada hacia mí, débil y temblando mientras sus ojos me buscaban y se esforzaba por hablar.

—Marcharme era lo único que podía hacer —decía Dora.

Vi un brillo dorado a la luz, el anillo que yacía al borde de un charco escarlata, un cuchillo ensangrentado a pocos centímetros de distancia. Su voz resonó en la quietud, débil y moribunda, pero con fuerza suficiente para que yo escuchara la fe que allí había, el conocimiento seguro y cierto de que había acudido a salvarle: *Cal*.

—Amaba a William —dijo Dora—. Espero que lo sepa.

Billy alzó los brazos hacia mí, a la espera de que corriera a ayudarlo, pero me quedé inmóvil, helado, mirándole, escuchando su jadeo y la única palabra que conseguía modular: *Cal*.

—Pero no podía amarle de *ese* modo.

Me clavó la vista, interrogativamente, confundido porque permanecía allí mismo, de pie junto a él, y puso toda su confusión agónica en una pregunta que contenía mi nombre: *¿Cal?*

Le contemplé con ojos fríos, muertos, ya no mi hermano Billy sino sólo un saco de aliento cuya respiración me bloqueaba el camino a Dora. Y en un instante estremecedor, sentí emerger mi pasión en una plegaria negra y muda: *¡Muere, William, muere!*

Fue sólo un instante, nada más, un único y explosivo segundo, al que siguió un terrible ataque de revelación y odio a mí mismo. «Dios mío», grité, llorando, caí de rodillas, cogí en brazos a mi hermano, corrí con él al coche y lo llevé donde el doctor Bradshaw, llamándole una y otra vez. Mi voz era el cabo que le sostenía en vida en las aguas que querían devorarlo, *Billy, aguanta por favor, aguanta*, y veía sin consuelo cómo se hundía, *Billy, por favor*, más y más hondo, cómo sus propios pulmones le ahogaban, *Billy, Billy*, hasta que un globo final de sangre estalló en sus labios con el nombre de aquella con quien había soñado toda la vida, *Dora*.

—Tienes que decirle a William que yo lo amaba —dijo ella.

Billy...

La miré con ternura.

—Se lo diré.

—Pero Cal, no le digas nunca...

... por favor...

—... nada sobre ti.

—No —dije—. No, nunca le diré nada.

… perdóname.

Se puso de pie, con un curioso alivio, complacida de que hubiéramos llegado a este encuentro final que consideraba una gracia.

—Ven —me dijo—. Ven conmigo. Te quiero mostrar algo.

Me llevó por el jardín, después por sus silenciosos senderos, mostrándome las plantas del desierto que allí crecían y lo poco que requerían, luz del sol y apenas algo de lluvia. Estaría con las hermanas unas cuantas semanas, dijo, y después se iría a otro lugar donde esperaba ser útil de alguna manera, «servir finalmente para algo».

Por último, al terminar el día, junto a mi coche, sacó del bolsillo la pequeña figura de porcelana que se había llevado de la casa de Ed Dillard, una niña de pelo largo y rubio, la depositó en mis manos y me dobló los dedos alrededor de ella.

—Para ti —dijo—. Adiós, Cal.

—Adiós, Dora.

Se quedó de pie en el camino mientras me alejaba. Por el retrovisor vi que levantaba la mano en una última despedida, y después iba disminuyendo de tamaño, fue un punto de luz y finalmente desapareció.

Si mi alma fuera de hueso, la habría escuchado quebrarse.

26

La larga enfermedad de Henry Mason lo había derrotado cuando regresé a Port Alma. Había muerto en el Hospital de Portland, no sin antes escribir una confesión completa de lo que había hecho, incluyendo en ella la carta de Dora para Billy.

—Henry quería que vieras esto —me dijo Hap cuando me mostró las dos cosas.

En su carta, Henry describía con un lenguaje extrañamente formal cómo había imitado cuidadosamente la escritura de Dora y escrito entradas falsas en los libros de contabilidad sin nunca suponer que esos libros podrían ser revisados. «Por supuesto era consciente», escribía, «que si William llegaba a revisar los libros nunca acusaría a la señorita March de haberle robado. Porque era de conocimiento general, y a menudo mencionado entre el personal, que estaba enamorado de ella.»

El dinero era para su hija retardada, Lois, agregaba Henry. Lo había robado porque se estaba muriendo y necesitaba dejarla a cubierto. «Mantengo la esperanza —escribió—, que algo se podrá hacer por Lois, ya que no podrá, en ausencia mía, valerse por sí misma.»

La muerte de Billy había sucedido de un modo algo distinto a lo que había imaginado esa tarde que me senté con Dora en el jardín del convento. Era exacto que Henry había acusado a Dora de robo, y exacto que Billy había advertido el engaño. Pero me había equivocado sobre la reacción de mi hermano. Porque en vez de enfurecerse, sólo había exigido saber dónde estaba Dora, qué había dicho o hecho Henry para que ella se marchara huyendo de Port Alma. Henry había intentado escapar corriendo por la cocina y Billy lo persiguió. Allí, según Henry, Billy tropezó, una pierna no le había sostenido, había caído hacia delante, y al pasar había arrastrado un cuchillo de cocina sobre el cual cayó con todo su peso. «Juro por mi vida que no maté a William Chase», escribió Mason. «Mi crimen fue dejarle allí, a sabiendas de que, sin ayuda, su herida resultaría fatal.»

—Así que ya sabemos lo que sucedió —dijo Hap. Esperó que yo le dijera algo, pero como permanecí callado, continuó—: ¿Qué te parece volver a trabajar conmigo?

Negué con la cabeza.

—¿Qué piensas hacer?

—No sé.

Me dirigió una de sus miradas de advertencia.

—Bueno, ya sabes que no es bueno que un hombre esté… Pero diablos, supongo que tú sabes lo que te conviene.

Sólo sabía lo que ya no era bueno para mí: llevar a juicio a hombres y mujeres de cuyos sufrimientos nada sabía, pasar la noche de los sábados en Royston. Necesitaba mucho amor.

—Mejor que me vaya —dije.

Hap me miraba con tristeza.

—¿Cómo están tus padres, Cal?

—Muriendo —respondí.

Durante los tres meses siguientes hice todo lo necesario para ayudarlos.

A menudo, cuando me sentaba por las tardes con mi padre, caía un silencio entre nosotros, pero había otros momentos en que discurríamos sobre las cosas, recordábamos lo que soportábamos recordar y guardábamos el resto. Permaneció estoico hasta el final, negándose a toda piedad o compasión de sí mismo.

—Mejor morir como Sócrates —decía, y era la última de sus referencias clásicas—. Recordando que debes una gallina a alguien.

Murió en la primavera siguiente.

Me mudé donde mi madre pocos días después.

Durante ese largo y cálido verano la alimenté y la vestí, la mantuve tan limpia y cómoda como pude.

Al atardecer le leía como hacía Billy, aunque me aclaró que ya no soportaba la poesía romántica que hasta entonces le había servido de guía en la vida.

Se fue debilitando más y más a medida que pasaban esos días sin aire del verano. Perdió interés en el juego de la naturaleza más allá de la ventana, en el vuelo de los pájaros por el amplio cielo, y mantenía los ojos fijos en el ejemplar del *Sentinel* que siempre tenía en la mesilla de noche y que llevaba el obituario de Billy.

Entonces una noche, cuando estaba por apagarle la luz, gruñó y algo oscuro se reunió en sus ojos como si después de una prolongada meditación hubiera llegado a una conclusión sombría.

—¿Qué sucede, madre?

Empezó a hablar, pero se interrumpió. Volvía a ensimismarse.

—Me puedes hablar.

Me miró, destrozada, un rostro que era el ajado resto de la orgullosa mujer que un día había sido.

—Asesiné a mi hijo.

—No —dije—. Tú no le mataste.

La voz le temblaba de pena y remordimiento.

—Serpientes, Cal. Sólo era un niño y le metí serpientes en la cabeza.

—Mamá, por favor.

—Serpientes.

Se dejó caer hacia atrás y en ese movimiento vi deshacerse en polvo el gran muro de su seguridad en sí misma, la vasta confianza que un día tuvo en su visión de la vida, y recordé lo que Billy había dicho tantos años antes, que sin ello seguramente moriría.

Me adelanté de un salto.

—Enseñaste a Billy a amar —le dije, desesperado—. Y lo hizo bien, madre. Hasta el final.

Parecía no escucharme. Alzó la mano y empezó a hacer la señal de la cruz.

—*Mea culpa.*

—No.

Apoyó la mano en el pecho.

—*Mea culpa.*

—Basta, por favor.

—*Mea máxima culpa*.

Le tomé la mano en el aire oscuro y me la llevé al pecho.

—Nunca has dejado de amarle. Nunca. Ni por un segundo. Ni por el más breve… —La cabeza me cayó, pesada como piedra—. Pero yo… yo…

El silencio se instaló entre nosotros. Pocos segundos después sentí sus dedos en mi pelo.

—¿Cal?

Alcé la vista.

Me miró cariñosamente un momento y enseguida buscó el ejemplar del *Sentinel* que estaba en la mesilla de noche y lo levantó hacia mí.

—¿Qué? —pregunté.

No dijo nada, sólo continuó con el periódico en la mano, temblando en el aire, entre nosotros.

Entonces comprendí.

—No me puedo hacer cargo del diario —le dije—. Tú misma lo dijiste una vez. Hace años. Que no tenía corazón para eso.

Me miró con más ternura que nunca. Su voz era apenas un susurro.

—Ahora sí —dijo.

Murió la mañana siguiente. La sepulté en un remolino de hojas rojas.

Pocas semanas más tarde reinicié el diario una vez más, honrando lo que me parecía el último deseo de un gran ejemplo.

Volví a contratar al equipo de siempre y agregué a Lois Mason, la hija de Henry; le enseñamos a barrer y a limpiar, y a saludar con su gran sonrisa de niña a todo el que llegaba a la recepción.

Y cada domingo visitaba las tumbas. A mi madre le llevaba laurel de la montaña, y hiedra a mi padre. Y a Billy una sola rosa roja.

La primavera se adelantó el año siguiente, fundió primero la nieve en los riscos de la isla MacAndrews, después al borde del rompeolas, y finalmente en los montículos de tierra bajo los cuales mi hermano Billy dormía una noche interminable.

—Eres Cal Chase.

Levanté la vista de la rosa que acababa de poner sobre su tumba.

—Pasaste por mi casa en Royston —dijo, y me pasó la mano—. Soy Rachel Bass. —Me mostró una pequeña tumba de piedra—. Mi marido. Siempre vengo aquí en el aniversario.

—¿De su muerte?

Negó con la cabeza.

—De su vida. Vengo una vez al año. En su cumpleaños.

—Yo vengo todos los domingos.

Tocaba la rosa con los ojos.

—Tienes que haber querido mucho a tu hermano.

Me inundó una ola de pena.

—Aún no consigo superarlo.

Me miró con ternura.

—Quizá no tengas que hacerlo, Cal.

Entonces me cogió del brazo y bajamos juntos la colina conversando en voz baja mientras pasábamos bajo la puerta de hierro, y después continuábamos entre los juncos y por la tierra cubierta de guijarros, hasta donde las gaviotas vuelan en círculos y se dejan caer gritando a lo lejos en el aire frío, donde el mar se agita para siempre.

Visite nuestra web en:

www.umbrieleditores.com